KÖLN KRIMI FÜR PÄNZ
10

Köln im 11. Jahrhundert

Zu den Aposteln

St. Gereon

St. Cäcilien

St. Columba

St. Andreas

St. Georg

7 St. Maria im Kapitol 6 St. Alban 5 4 St. Laurenz 3 2 Dom St. Peter 1

15

16

8

17

9

10

11 22

13

St. Maria Lyskirchen

14

Groß St. Martin

12

Rhein

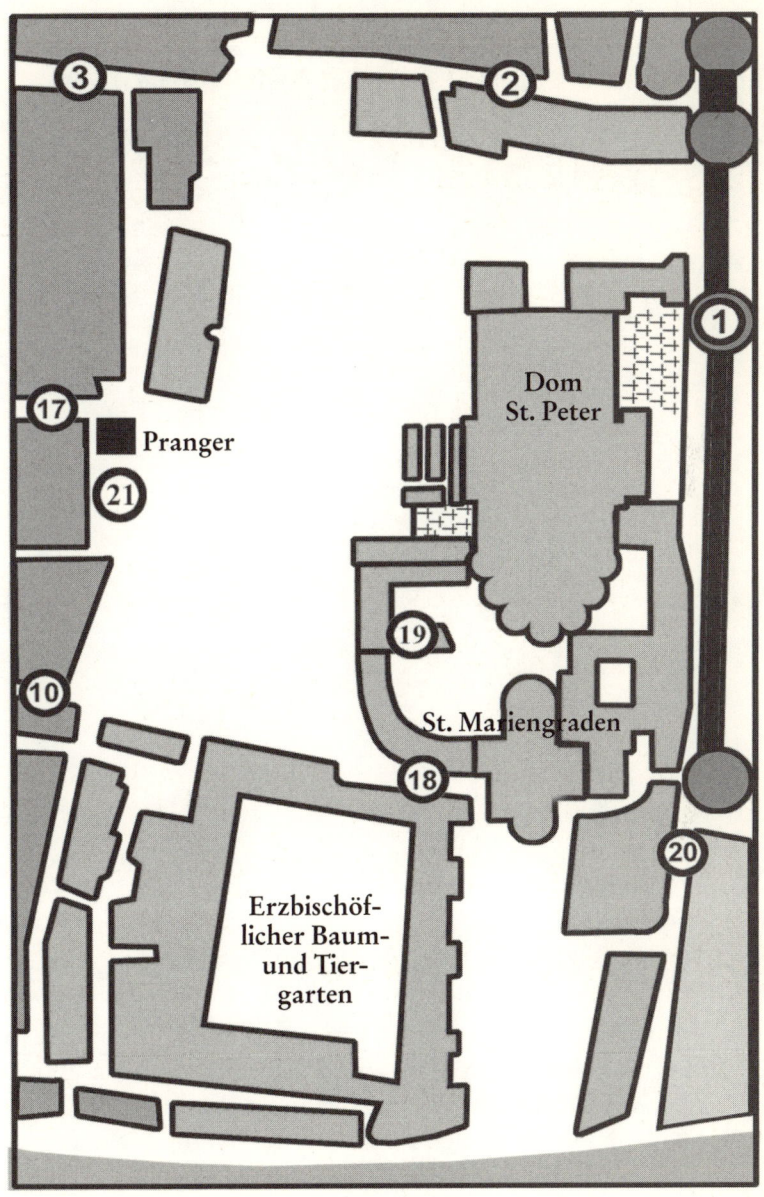

Dom St. Peter

Pranger

St. Mariengraden

Erzbischöf-
licher Baum-
und Tier-
garten

Ausschnitt des Bereich um den Dom

Eva Steins lebte viele Jahre lang an der Hohe Straße. Heute wohnt sie in Hürth, ohne den Blick auf den Kölner Dom verloren zu haben – ubi bene, ibi Colonia. Sie arbeitet als freie Autorin. Im Emons Verlag erschien »Das Schwert des Julius Caesar«.

Eva Steins

Der Ring des Anno

Emons Verlag

© Hermann-Josef Emons Verlag
Alle Rechte vorbehalten
Umschlagzeichnung: Heribert Stragholz
© Stadtpläne: Werner Steins
Druck und Bindung: Clausen & Bosse GmbH, Leck
Printed in Germany 2004
ISBN 3-89705-346-2

www.emons-verlag.de

Eine Erläuterung der Namen und Begriffe findet sich auf Seite 210.

För ming Pute, ming Mam, dr Möpp
un de Minsche, die mich jän han
(… ävver nit för die, die mich jän han künne)

Un wenn et och nit wohr es – su es et doch jot erfunge.
Und wenn es auch nicht wahr ist – so ist es doch gut erfunden.

1. Kapitel

Das Wummern will und will nicht aufhören.

Alina presst beide Hände auf ihre Ohren und wirft genervte Blicke aus dem Fenster zur Baustelle. Hinter riesigen, grauweißen Planen, die an einem Baugerüst festgezurrt sind, frisst sich ein Presslufthammer durch den Beton der alten Klassenräume.

Seit Montag, dem ersten Schultag nach den großen Sommerferien, ist im Apostel-Gymnasium kein normaler Unterricht möglich. Seit Montag ist alles anders, denn die vierzig Jahre alten Schulgebäude werden von Grund auf saniert.

Insgesamt zehn Klassen hatten in funkelnagelneue Container umziehen müssen, die während der Ferien in fünf Reihen auf dem ehemaligen Schulhof aufgestellt worden waren. Eigentlich findet Alina den Unterricht im Container gar nicht mal so übel. Hier sind keine Kritzeleien an den Wänden, auf dem Boden kleben keine Kaugummireste, alles ist blitzsauber.

In den ersten vier Tagen war der Lärm, der von der Baustelle zu ihnen in die Container drang, einigermaßen erträglich gewesen, aber seit heute Morgen hat Alina das Gefühl, sich auf nichts anderes mehr konzentrieren zu können als auf dieses hartnäckige, nicht enden wollende Wummern.

Frau Kunert schnaubt ärgerlich, kneift die Lippen zusammen und stöckelt zum Fenster, um zum x-ten Mal an diesem Freitagvormittag zu prüfen, ob es auch wirklich fest geschlossen ist. Die Absätze ihrer hochhackigen Pumps aus rosa Schlangenlederimitat klappern dabei auf dem Boden des Container-Klassenzimmers mit dem Rattern des Presslufthammers um die Wette.

Auch Alinas Klassenlehrerin scheint sich heute nicht konzentrieren zu können. »Bei dem Radau kann man noch nicht mal lüften«, stöhnt sie und fächelt sich mit dem Klassenbuch Luft zu. »Entweder bringt uns die Hitze um oder der Lärm. Schreibt bitte eure Hausauf…« Der Rest des Satzes geht im Läuten der Schulglocke unter.

Endlich Schulschluss.

Endlich Wochenende.

Die Jungs aus der letzten Reihe springen auf und stürmen johlend zur Container-Tür.

»Moooment!«, ruft Frau Kunert. »Lest noch mal gaaanz gründlich ›Unit one‹, ja? Und lernt unbedingt die Vokaaabeln!«

»Tsss …«, macht Alina und sieht ihren Klassenkameraden kopfschüttelnd nach. »Unsere Herren schon wieder. Und bei der nächsten Klassenarbeit von den Mädchen abschreiben wollen.« Sie schiebt das Englischbuch in ihren himmelblauen Eastpak. Als sie ihr Schreibmäppchen, das wie eine mit Stiften gefüllte Tigerkatze aussieht, hineinstopfen will, streckt ihre neue Sitznachbarin die Hand danach aus.

»Zeig's mir noch mal«, bittet Bille und knuddelt auch schon die weichen Plüschpfötchen. »Das ist ja sooo süß! Ich glaube, ich wünsche mir zum Geburtstag auch eins. Gibt's noch andere Tiere?«

»In dem Laden hatten sie noch Esel, Bären, Tiger, Zebras …« – Alina deutet auf Frau Kunerts Pult – »… und das Schweinchen da.«

»Das finde ich auch supisüß«, säuselt Bille mit gespitzten Lippen. Auf dem Weg zur Tür schlendert sie am Pult vorbei und kann sich nicht verkneifen, mit dem Finger über das rosa Plüschfell zu streichen.

»Vorsicht! Es beißt!«, warnt Frau Kunert und droht scherzhaft mit dem Finger.

»Das soll es bloß nicht wagen. Ich beiße zurück.« Bille lacht, und dabei bilden sich auf ihren Wangen kleine Grübchen.

»Wie hat dir denn die erste Woche an unserer Schule gefallen, Sibylle? Hast du dich schon etwas eingewöhnt?«

»Ja, APG!«

»Wie?«

»Alles prima gelaufen.«

Frau Kunert versteht und lächelt.

»Wie ich sehe, habt ihr beide euch schon ein bisschen angefreundet.«

»Ja, haben wir. Alli ist voll nett.«

»Freut mich, dass ihr euch mögt«, sagt Frau Kunert und fügt mit einem Zwinkern in den Augen hinzu: »Auf eine ganz besondere Art und Weise seid ihr euch nämlich ähnlich.«

»Ähnlich? Wir?« Bille und Alina starren sich überrascht an. Bisher war ihnen nicht aufgefallen, dass sie auch nur einen Hauch von Ähnlichkeit miteinander haben könnten.

»Nun ja«, sagt Frau Kunert, »Alinas Haare sind zwar blond und glatt, deine dunkel und gelockt, aber ihr habt die gleiche Größe, den gleichen Humor, ihr seid beide ziemlich dünn und … schlau.«

Sie zwinkert den Mädchen zu und scherzt: »Das liegt sicher daran, dass ihr am selben Tag Geburtstag habt.«

»Was? Echt?«, ruft Alina in das wieder einsetzende Dröhnen des Presslufthammers hinein.

»Das gibt's doch gar nicht!«, schreit Bille.

»Doch! Dreizehnter November!« Frau Kunert zeigt auf Alina.

»Nee, ne? Ick ooch!« Bille schreit noch immer, obwohl der Presslufthammer keinen Ton mehr von sich gibt.

Frau Kunert schmunzelt. »Du kannst nicht verheimlichen, dass du aus Berlin kommst, Sibylle.«

»Sagen Sie doch bitte Bille zu mir. In Berlin haben mich auch alle so genannt.«

»Gerne. Bille, das klingt nach einer waschechten Berlinerin.«

»Dabei bin ich das gar nicht.« Bille pustet eine vorwitzige Locke aus der Stirn und klemmt sie sich hinters Ohr. »Eigentlich bin ich Kölnerin. Jedenfalls bin ich hier geboren. Meine Eltern sind mit mir nach Berlin gezogen, als ich ein halbes Jahr alt war.«

»Ach so. Ich hatte mich schon gefragt, ob Köln als Geburtsort in deiner Schulanmeldung vielleicht falsch eingetragen sein könnte.«

Prrr … prrr … prrr … Der Presslufthammer gibt keine Ruhe.

Frau Kunert stöhnt. »Und dabei hat die Bauerei gerade erst angefangen. Das kann ja noch heiter werden. Kommt, wir machen, dass wir hier rauskommen.«

Sie legt ihre Arme um die Schultern der Mädchen und bugsiert die beiden aus dem Container. »Die Ferien sind zwar gerade erst vorbei, aber ich freue mich schon richtig auf ein ruhiges Wochenende. Ihr nicht auch?«

»Ruhig? Nee. Wir wollen einen Stadtbummel machen«, sagt Alina. »Bille kann sich an Köln natürlich nicht erinnern, denn sie war ja ein Baby, als ihre Familie nach Berlin umzog.«

»Das ist eine tolle Idee. Womit fangt ihr an? Sicher mit dem Dom, oder?«

»Nein, das geht leider nicht, weil Caruso nicht mit rein darf.«

»Caruso?« Frau Kunert guckt verwundert. »Der italienische Opernsänger? Ist der nicht schon lange tot?«

Jetzt muss Alina laut lachen. »Ach, Sie wissen es ja noch gar nicht. Wir haben einen Hund. Einen Jack-Russel-Terrier. Am Anfang der Sommerferien durften wir ihn aus dem Tierheim holen. Erst konnten wir uns auf keinen Namen einigen, aber dann fing er plötzlich an, beim Laufen zu singen.«

»Wie, singen? Lieder?«, fragt Frau Kunert.

Alina und Bille prusten gemeinsam los.

»Vielleicht Hundelieder«, sagt Alina, und schon macht sie es vor. »Miiihhh … njiiihhh … miiihhh …« Sie legt dabei den Kopf in den Nacken und läuft im Zickzack vor ihrer Klassenlehrerin her.

»Meine Mutter hat gesagt, er sei ein Tenor wie Caruso. Das fanden wir cool, und seitdem heißt er so.«

Frau Kunert lacht. »Scheint ja ein lustiger Hund zu sein. Den möchte ich unbedingt mal kennen lernen.«

Prrr … prrr … prrr … lärmt es wieder von der Baustelle herüber.

Die Mädchen halten sich die Ohren zu, und Frau Kunert verzieht das Gesicht. »Der Krach geht langsam an meine Schmerzgrenze. Ich wünsche euch viel Spaß bei eurem Stadtbummel.« Frau Kunert winkt ihnen noch einmal kurz zu und stöckelt in Richtung Lehrerzimmer.

Beim Blick auf ihre Armbanduhr wird Alina plötzlich hektisch. Sie stupst Bille mit dem Ellbogen an, tippt mit dem Zeigefinger auf das Zifferblatt und schreit in den dröhnenden Lärm hinein: »Bus!« Dann spurtet sie los. Bille rennt hinterher. Links, rechts und noch mal rechts in die Dürener Straße. Dahinten kommt der Hundertsechsunddreißiger. Zum Glück ist die Fußgängerampel grün, sie überqueren im Laufschritt die Geibelstraße und rennen weiter zur Haltestelle.

Hier warten schon Lukas und Ben.

Alinas Bruder Lukas ist zwar ein gutes Jahr älter, aber nicht sehr viel größer als sie. Er und sein bester Freund Ben besuchen die siebte Klasse. Der erdbeerblonde Ben ist groß, bärenstark und wirkt neben dem schmächtigen Lukas noch kräftiger, als er eigentlich ist.

Ben ruft den beiden Mädchen zu: »Los, ihr Schnecken! Gebt mal Gas!«

»Wieso bist du eigentlich hier?«, japst Alina, als sie die Haltestelle erreicht. »Hast du schon frei, oder schwänzt du Latein?«

Ben versteht die Anspielung, und sein Gesicht bekommt fast den gleichen Farbton wie seine Haare. Im Gegensatz zu Lukas ist er nicht gerade der beste Schüler. Jedenfalls nicht in Latein. Er hat seine Versetzung in die siebte Klasse nur mit Ach und Krach und der Hilfe eines Pfuschzettels geschafft, den er vor der letzten Klassenarbeit in seinem Schuh versteckt hatte. Niemand hatte es bemerkt, bis ausgerechnet Alina den Zettel in der großen Pause entdeckte.

Bevor Ben etwas antworten kann, wird er auch schon von Lukas in den Bus geschoben, dessen Tür sich mit lautem Zischen direkt vor ihrer Nase geöffnet hat.

Sie stürmen nach hinten durch. Die vier Sitze in der letzte Reihe sind noch frei. Lukas, Bille und Alina lassen sich auf die Polster plumpsen. In diesem Moment fährt der Bus mit einem so überraschenden Ruck an, dass Bens Hände auf die Schnelle keinen Halt mehr finden. Mit wildem Armrudern landet er auf Alinas Schoß.

Alina quietscht vor Schreck. Bens Gesichtsfarbe wechselt von Erdbeer- zu Brombeerrot und verlegen murmelt er: »Ich war das nicht. Ich habe überhaupt nichts gemacht.«

»Ist schon gut, *Bart* Simpson«, knurrt Alina und wischt ein paar Mal hastig über ihre Oberschenkel, als hätte Ben dort eine ansteckende Krankheit hinterlassen.

»Ihr könnt euch wohl überhaupt nicht riechen, was?«, fragt Bille und guckt ziemlich verdattert, als die beiden plötzlich grinsen und gleichzeitig sagen: »Ooch, das sieht bloß so aus.«

»Seitdem wir zusammen im Römerkeller eingesperrt waren, geht's so einigermaßen«, erklärt Alina der verdutzten Freundin.

»Ich hab von eurem Abenteuer gelesen. Das stand sogar bei uns in der *BZ*.«

»Echt?«

»Echt! Und das Coolste war, dass meine Oma alle Zeitungsartikel, die sie finden konnte, gesammelt hat. Ausgeschnitten und aufgeklebt. Einen ganzen Schnellhefter voll. Sie hat sich gedacht, dass mich das interessieren wird, weil dort stand, dass ihr Schüler des Apostel-Gymnasiums seid. Und schließlich sollte ich nach den Ferien auf genau diese Schule.«

»Warum seid ihr eigentlich aus Berlin weggezogen?«, fragt Lukas.

»Weil meine Eltern sich getrennt haben.«

»Oh! Das tut mir Leid«, sagt Lukas leise.

»Pfff …« Bille winkt ab. »Ist schon okay. Mein Vater ist in Berlin geblieben, und meine große Schwester und ich sind mit Mama zurück nach Köln gezogen – in das Haus meiner Großeltern. Mein Opa ist vor einem halben Jahr gestorben, und meine Oma sagte, dass sie in ihrem Alter so viel Platz für sich allein nicht braucht. Dann hat sie für uns ihre große Wohnung freigemacht und ist unters Dach gezogen.«

»Coole Oma. Das würden nicht viele machen«, sagt Alina anerkennend.

»Meine schon. Die ist total lieb. Kommt doch einfach mal bei mir vorbei.«

»Gerne!« Lukas strahlt.

Er hat es ein bisschen zu schnell gesagt, und er wird verlegen, als er bemerkt, dass Alina ihn schräg ansieht. Hastig fügt er hinzu: »Ich … eh … wir wissen aber nicht, wo du wohnst.«

Bille lächelt ihn an. »Beethovenstraße.«

»Kenn ich!«, ruft Ben erfreut. »So 'n Zufall! Mein Vater arbeitet da gerade auf einer Baustelle. Ich komm dich bestimmt bald mal besuchen.« Lukas' grimmigen Blick bemerkt er nicht.

»Nächster Halt: Roonstraße!«, quäkt die automatische Ansage aus dem Lautsprecher über ihnen, und Bille springt wie elektrisiert auf.

»Ups! Schon da! Ich muss hier raus.« Sie bahnt sich einen Weg zur Tür und dreht sich kurz vor dem Aussteigen noch einmal um. »Alli, ich ruf dich an, ob ich morgen überhaupt weggehen darf.«

»Hat dein Clan dich etwa schon verplant?«, ruft Alina ihr nach, aber Bille hört es nicht mehr. Sie bleibt draußen neben dem Bus stehen und hält erst beide Hände mit zehn gespreizten Fingern hoch, klappt dann neun Finger wieder ein, sodass nur noch ein Daumen hoch steht. Dabei formen ihre Lippen: »Elf – Uhr – ich – zu – dir!«

Als stumme Antwort lässt Alina nun ihren Daumen zum Okay-Zeichen hochschnellen.

Und schon fährt der Bus mit heftigem Ruck an. Diesmal hat sich Ben rechtzeitig am Haltegriff festgekrallt.

2. Kapitel

Um Punkt elf Uhr klingelt es im Haus an der Hohe Straße.

»Alli! Für diiihiiich!«, rufen Lukas und Ben laut und postieren sich wie Wachsoldaten neben die Wohnungstür, machen aber keine Anstalten, sie zu öffnen.

Alina schneidet den beiden eine Fratze, nimmt Caruso an die Leine, drückt auf den Knopf der Sprechanlage und sagt: »Hi, Bille! Ich komm runter.«

»Können wir nicht doch …«, bettelt Lukas.

»Nein!«, sagt Alina. »Das Thema ist durch. Wir Mädchen gehen allein.«

»Menno«, jammert Ben.

»Nein!«

»Bitteee!«

»Neiäään!«

Schließlich knufft Lukas Ben in die Rippen. »Gib's dran! Wir haben null Chance. Heute ist Weibertag.«

»Stimmt genau«, bestätigt Alina und öffnet die Wohnungstür. »Außerdem habt ihr beide doch gar keine Zeit. Wolltet ihr nicht Latein pauken?«

»Machen wir doch schon. Aber damit sind wir bald durch, und dann …« Ben lässt die Schultern hängen und sieht Alina mit seinem treuesten Dackelblick an.

Ihr wird es irgendwie ganz komisch, wenn Ben so flehentlich guckt wie jetzt. Sie zögert.

Lukas bemerkt es und legt ein Argument nach. »Ich könnte Bille eine ganze Menge über Köln erzählen.«

»Okay, okay, okay! Ich werde das mit Bille besprechen. Wenn sie einverstanden ist, dann … vielleicht! Aber erst mal gehen wir Mädchen alleine. Ich schicke dir 'ne SMS, Lukas. Und noch was: Wenn wir euch schon mitnehmen, könntet ihr uns eigentlich zum Eis einladen.«

»Geht klar!« Lukas' Miene hellt sich auf.

Ben grient: »Die Neue is voll cool, ne?«

»Phhh …«, macht Lukas, und seine Ohren beginnen zu glühen.

Alina muss sich sehr zusammenreißen, um nicht einen vorwitzigen Kommentar dazu abzugeben. Schnell zieht sie die Wohnungstür hinter sich ins Schloss und hüpft die Stufen runter.

Caruso hopst neben ihr her, und sein Quietschen hört sich an, als würde er vor Freude über das unverhoffte Gassigehen singen.

Aber kaum hat Alina die Haustür geöffnet, vergisst Caruso zuerst seine gute Laune und dann seine gute Erziehung. Er wirft sich in die Leine, stemmt sich angriffslustig nach vorn, knurrt, kläfft und fixiert mit zusammengekniffenen Augen die andere Straßenseite, denn drüben, unter Ritas Obstwagen, liegt Enzo, vierbeiniger Revierkönig der Hohe Straße, und blickt geringschätzig zu ihm herüber.

Caruso ist zwar noch ziemlich jung, aber schon ein richtiges Muskelpaket – ein Schwarzenegger unter den Hunden und so stark, dass die zierliche Alina feste zupacken muss, um seine Leine halten zu können.

Schon bei Carusos allerersten Begegnung mit Enzo vor sechs Wochen stand fest: Feinde fürs Leben. Die beiden Hundemännchen können sich nicht ausstehen.

»Hi, Alli!«, sagt Bille, die neben dem Hauseingang gewartet hat. »Hi, Caruso! Du bist ja ein gaaanz Süßer.«

Caruso knurrt und knöttert noch ein bisschen in Enzos Richtung, als Bille dann aber einen Hundekeks aus ihrer Jackentasche zieht, ist er vollkommen von dem Extra-Leckerchen gefesselt. Er schlingt es mit einem letzten triumphierenden Blick auf den Erzfeind gierig runter und schnüffelt an Billes Hand nach einer möglichen Zugabe.

»Was interessiert dich am meisten, Bille?«, fragt Alina. »Was soll ich dir zuerst zeigen?«

»Also … am liebsten euren Römerkeller.«

»Tut mir echt Leid. Das geht nicht«, wehrt Alina ab. »Da darf niemand rein. Im Moment sortieren die Archäologen jedes Steinchen. Alles ist abgesperrt. Verbotene Zone.«

»Ach bitte, Alli! Nur einen einzigen Blick, ja?«

»Sag mal, Bille, wie bist du eigentlich drauf? Stehst du etwa auch auf Römer so wie Lukas?«

»Die Römer waren schon cool. Aber seit ich im Kino den Film über König Artus und seine Ritter gesehen hab, finde ich das Mittelalter voll abgefahren.« Bille hebt geziert eine Hand. »Ritter und Burgfräulein. Das hat was. Ach komm, Alli! Bitte! Nur ganz kurz!«

Alina hat aus den Augenwinkeln heraus bemerkt, dass Herr Hansen, der Lagerverwalter und Hausmeister ihrer Eltern, drüben an Ritas Vitaminbombe steht und zu ihnen herübersieht. Seitdem er ein Herz für die schmucke Rita entdeckt hat, futtert er in seinen Mittagspausen keine Hamburger mehr, sondern Bananen und Äpfel, was seiner Figur deutlich gut getan hat.

Wieder mal lässt er seinen Schlüsselbund riesenradmäßig an der Kette um sein Handgelenk kreisen, während er die Mädchen aufmerksam beobachtet.

»Es geht jetzt wirklich nicht! Glaub mir doch«, zischt Alina durch die zusammengebissenen Zähne und grüßt gleichzeitig mit einem Kopfnicken Herrn Hansen.

Jetzt hat Bille kapiert. »Alles klar. Ich will nicht, dass du Ärger kriegst«, flüstert sie zurück. Und dann sagt sie so laut, dass Herr Hansen es hören kann: »Ich muss für meine Mutter noch was im Bahnhof besorgen. Können wir das jetzt schnell erledigen?«

»Ja, klar!«, sagt Alina mindestens ebenso laut. »Aber vorher sollten wir mit Caruso zur Wiese gehen.«

Caruso hat das offenbar verstanden, denn er wedelt freudig mit dem Schwanz und stemmt sich in seine Leine. Hechelnd zieht er die Mädchen zu seiner »Geschäfts-Adresse«, der kleinen Wiese an der Rückseite der Minoritenkirche. Heute allerdings scheint er dort mit dem Gras aus irgendeinem Grund nicht zufrieden zu sein. Er schnüffelt wählerisch an jedem Büschel, trippelt ein paar Schritte mit der Nase am Boden, schnüffelt aufs Neue und tapst unentschlossen weiter.

»Bitte, Caruso! Mach endlich!«, sagt Alina ungeduldig. »Ich hab keine Lust, hier noch lange im Kreis zu gehen. Wir haben heute nämlich noch was anderes vor. Außerdem gucken die Leute schon ärgerlich.«

»Wegen Caruso?«, fragt Bille.

»Wegen der Haufen«, sagt Alina und schwenkt dabei ein leeres Plastiktütchen, das sie aus ihrer Hosentasche gezogen hat. »Sie können ja nicht wissen, dass ich Carusos Geschäfte wegräume.«

»Bähhhh!« Billes Nase kräuselt sich.

»Nix bähhh! Wenn ich die Haufen liegen lasse und jemand tritt rein, das wäre dann bähhh.«

»Ein paar anderen Hundebesitzern scheint das ziemlich egal zu sein«, sagt Bille, rümpft die Nase und blickt an der Kirchenmauer entlang. »Ist die eigentlich aus dem Mittelalter?«

»Die Minoritenkirche? Keine Ahnung.«

»Ob Lukas das weiß?«, fragt Bille vorsichtig.

Alina könnte schwören, dass Billes Stimme irgendwie zittrig geklungen hat. Sie blinzelt die Freundin an und sagt: »Wir können ihn nachher fragen.«

»Nachher?«

Bingo, denkt Alina, ihre Stimme war zittrig. Freudig zittrig. »Na ja …« Sie dehnt die Antwort, um es spannender zu machen. »Natürlich nur, wenn du nichts dagegen hast.«

»Was? Wer? Ich? Nö!«

»Ich habe Lukas und Ben vorhin versprechen müssen, dich zu fragen, ob es okay ist, wenn sie nach dem Lernen mitkommen.«

Betont lässig, beinahe so, als würde es sie gar nichts angehen, sagt Bille: »Klar, warum nicht.« Dabei sieht sie angestrengt auf ein Fenster der Minoritenkirche und wickelt sich eine Locke um den Zeigefinger. »Und was machen wir beide bis dahin?«

»Hm … shoppen? Dabei nerven Jungs sowieso nur.«

»Wäre schon toll, geht aber nicht. Keine Kohle.«

Alina seufzt: »Ich auch nicht. Aber nur gucken geht. Ich kenne ein paar coole Klamottenläden.«

»Und später? Was machen wir mit Ben und Lukas zusammen?«

»Also … ich hab da 'ne Idee, aber lach mich jetzt bloß nicht aus: Wir könnten ins Museum gehen.«

Der Blick, den Bille jetzt aufsetzt, spricht für sich.

»Okay, okay, ich weiß.« Alina lacht. »Museum ist vielleicht nicht so megatoll. Aber ich hatte dabei an was ganz Spezielles gedacht.

Im Zeughaus ist das Kölnische Stadtmuseum, und da gibt's ein riesiges Modell vom mittelalterlichen Köln. So 'n Geschichtsfreak wie Lukas kann dir echt 'ne Menge drüber erzählen.«

»Ja, dann …«, sagt Bille zögernd.

»Wenn du allerdings so gar keinen Bock auf Museum hast …«

»Doch, schon. Ich dachte nur … na ja … ich hatte eben an was anderes gedacht. An was Cooles. Ich hatte nämlich heute Morgen beim Aufwachen das ganz sichere Gefühl, dass ich heute noch was hypermegamäßig Tolles erleben werde.«

»Es kommt immer drauf an, was man draus macht«, sagt Alina lachend und hakt sich bei ihr ein. »Komm, wir gehen mal eben hin und fragen, ob sie heute Nachmittag überhaupt aufhaben.«

»Ist es weit? Ich muss nämlich wirklich zum Bahnhof. Ich soll meiner Mutter einen Fahrplan mitbringen.«

»Nee, zum Zeughaus sind es nur ein paar Minuten, und von da aus gehen wir direkt zum Bahnhof.« Alina steckt mit einem Seufzer die unbenutzte Plastiktüte in ihre Hosentasche zurück, denn Caruso steht still wie eine Kuh auf der Weide und denkt gar nicht daran, sein Geschäft zu erledigen.

Kurz darauf müssen sie am Fußgängerüberweg der Tunisstraße lange auf Grün warten. Hier ist viel Verkehr. Es kommt ihnen wie eine Ewigkeit vor, bis sie endlich weiter über die Breite Straße bis zur Neven-Du-Mont-Straße gehen können, wo sie nach rechts abbiegen. Am Ende dieser Straße steht das Zeughaus, ein lang gestreckter, alter Ziegelbau mit Stufengiebel, dessen rotweiße Fensterläden schon von weitem die Blicke anziehen. Auf dem Weg dorthin stoppt Caruso plötzlich vor einem großen Gebäude auf der linken Straßenseite, schnuppert kurz am Boden und macht dann mitten auf dem Gehweg den Rücken krumm.

»*Dress*!«, flucht Alina leise und fischt das Plastiktütchen wieder aus ihrer Hosentasche. Kurz darauf landen Tüte und Inhalt in einem Papierkorb.

Billes Blick fällt unterdessen auf ein Schild an dem Haus, direkt neben dem Eingang. »*EL-DE*-Haus« steht darauf. Ihre Augen starren groß und rund. »Ach, hier ist das!«, sagt sie, und plötzlich werden ihre Lippen ganz schmal.

»Hier ist was?«, will Alina wissen.

Bille deutet auf die Tafel. »Das hier war mal eines der grauenhaftesten Gefängnisse von ganz Köln.«

»NS-Dokumentationszentrum«, liest Alina vor. »Davon habe ich noch nie gehört. Woher weißt du das?«

»Ach, meine Oma hat mir mal darüber erzählt«, sagt Bille ausweichend und geht weiter. Kurz darauf stehen sie am Gitter vor dem Haupteingang des Kölnischen Stadtmuseums.

»Hier, halt du ihn mal! Ich gehe kurz rein und hole einen Prospekt.« Alina drückt der Freundin die Hundeleine in die Hand. Bille wickelt sich die Schlaufe zweimal um die Hand, weil Caruso wieder einmal mit aller Kraft an der Leine zerrt. Er hat auf dem Boden unter dem schweren Fahnenwagen aus massivem Eichenholz und Eisen, der neben dem Eingang steht, ein angebissenes Butterbrot entdeckt.

»Caruso! Nein!«, ruft Bille, aber sie traut sich nicht, ihn wegzuziehen. Caruso nutzt das aus, reckt sich und schnappt zu. Er schlingt und schluckt, ohne zu kauen. Weg ist das Brot.

In diesem Moment kommt Alina mit dem Prospekt in der Hand zurück. Sie hat Carusos gierige Aktion gerade noch gesehen und droht ihm mit dem Zeigefinger. »Pfui, Caruso! Du bist ein richtiger Müllschlucker! Hoffentlich war das nix Schlimmes, was da unter dem Karren gelegen hat.«

»Karren ist gut«, sagt Bille und tauscht Carusos Leine gegen den Prospekt. »Das ist ein Fahnenwagen.«

»Ein was?«

»So eine Art Panzer des Mittelalters«, erklärt sie, während sie das Faltblatt studiert. »Nur dass die Männer, die damit in die Schlacht gezogen sind, keine Kanonen hatten, sondern mit Pfeil und Bogen oder einer Armbrust schießen mussten. Die Fahne oben auf dem Mast zeigte an, ob Freund oder Feind drin war.« Sie bemerkt Alinas schrägen Blick und fügt hinzu: »Das hab ich mal in einem Film gesehen.«

Alina kann sich ein Grinsen nicht verkneifen, als sie sagt: »Mein Vorschlag scheint ja wohl nicht so verkehrt gewesen zu sein. Du wirst dich mit Lukas bestimmt prima verstehen.«

»Na ja, mal sehen …«, murmelt Bille und taucht ihre Nase noch ein wenig tiefer in den Prospekt hinein. Alina fällt auf, dass Billes Wangen rötlich schimmern. Bille ist es peinlich. »Was ist? Bin ich grün im Gesicht?«

»Nee, grün nicht«, feixt Alina, lenkt dann aber das Gespräch lieber doch auf ein anderes Thema. »Hoffentlich ist heute Nachmittag nicht viel los im Museum«, sagt sie. »Dann darf man nämlich manchmal verschiedene Rüstungen und Helme anprobieren.«

»Hier steht's«, sagt Bille und tippt auf eine Seite des Faltblattes. »Samstags ist um halb drei eine Führung. Wollen wir?«

Alina sieht auf ihre Armbanduhr. »Das passt ja prima! Jetzt ist es halb zwölf, bis dahin haben wir also noch drei Stunden Zeit. Am besten gebe ich unseren beiden Latein-Professoren zu Hause erst mal Bescheid, dass wir sie gegen zwei Uhr abholen.« Sie verschickt blitzschnell eine SMS an Lukas und sagt: »Erledigt! Und jetzt gehen wir zum Bahnhof und holen den Fahrplan für deine Mutter.«

Beim Überqueren des Zebrastreifens an der Kreuzung steigt ihnen der Duft von Pommes frites in die Nase. Caruso zerrt schnurstracks auf den Eingang von McDonald's zu, und Alina hat Mühe, ihn von der Tür wegzuziehen. Dabei fällt ihr Blick auf die Einfahrt der Dom-Tiefgarage an der gegenüberliegenden Straßenseite. In diesem Moment macht es »Klick« in ihrem Kopf.

»Bille, ich hab 'ne tolle Idee! Ich weiß, wie du Lukas mächtig beeindrucken kannst. Los, komm mit! Ich zeig dir was, das hat selbst er noch nicht gesehen. Der wird staunen.« Und schon rennt sie los – einfach quer über die Straße, den verdutzten Caruso hinter sich her ziehend.

»Alli!«, kreischt Bille. »Alli! Warte! Hier ist doch gar kein Zeb…« Mitten im Satz hält sie inne, weil ihr auffällt, dass auf der Straße weit und breit kein Auto zu sehen ist. »Was soll's«, seufzt sie schulterzuckend und setzt den beiden nach.

Alina hat schon die Schranke der Einfahrt passiert und ruft über ihre Schulter zurück: »Hoffentlich finde ich die Stelle wieder. Ich war nämlich mit meiner Grundschulklasse hier, und das ist schon über ein Jahr her.«

»Aha!«, keucht Bille, als sie Alina und Caruso an der Tür zum Treppenhaus endlich eingeholt hat.

Alina springt, immer zwei Stufen auf einmal nehmend, die Treppen zum unteren Parkdeck runter. Dort muss sie sich erst orientieren, und sie wirft suchende Blicke in alle Richtungen. Caruso sieht hechelnd zu ihr auf. Er kann es kaum abwarten, weiterrennen zu dürfen.

»Ich glaube, da ist es«, sagt Alina und sprintet nach links. Ihre Schritte hallen von den kahlen Betonwänden wider. Sie kurvt geschickt um die Autos, die in der Mitte parken, herum, steuert dann geradewegs auf die auffällige Stelle zu, die zwischen den Parkplätzen mit den gelb aufgemalten Nummern 192 und 193 liegt. Dort hebt sich raumhoch ein halbrundes Gemäuer aus dicken Tuffsteinen deutlich von den hellgrau gestrichenen, glatten Wänden ab.

»Bitte schön!« Alina baut sich stolz vor der Mauer auf. »Der Brunnen des alten Doms.« Dann deutet sie auf die Steine im Hintergrund des Brunnens. »Und das dahinter ist das Fundament des heutigen Doms.«

»Echt?«, schnauft Bille außer Atem.

»Echt!« Alina strahlt. »Wenn du Lukas nachher davon erzählst, wird der erst grün vor Neid, und dann wird er wollen, dass du ihm die Mauer zeigst.«

»Und die da drüben?«, fragt Bille. Sie hat am Kopfende dieser Parkebene eine andere Mauer entdeckt, die ebenfalls sehr alt zu sein scheint. »Auch aus dem Mittelalter?«

»Nee, doppelt so alt – römisch«, sagt Alina. »Ein Rest der römischen Stadtmauer.«

»Die hatten aber kleine Tore damals«, wundert sich Bille, als sie einen Durchbruch in der Mauer entdeckt. »Die mussten sich ja bücken, wenn sie da durch wollten.«

»Das war kein Stadttor. Unsere Lehrerin hat damals gesagt, das sei die *Anno-Pforte*.«

»Wieso Anno? Stammt die aus dem Jahre Anno Pief?«

»Keine Ahnung, woher der Name kommt.« Alina zuckt die Schultern und greift nach Billes Arm. »Komm, jetzt holen wir den Fahrplan, und dann gehen wir endlich Klamotten gucken.«

3. Kapitel

Als sie sich gegen halb zwei auf dem Rückweg Ritas Obstwagen nähern, warnt Alina ihre Freundin. »Besser, wir machen einen Bogen um die Vitaminbombe, damit Caruso und Enzo sich nicht sehen. Man muss tierisch aufpassen, dass diese spitzgedackelten Mopsterrier keinen Streit miteinander anfangen.«

Obwohl Alina die Leine sehr kurz hält, pendelt der temperamentvolle Caruso wie ein ferngesteuerter Terminator mal nach rechts, mal nach links. Anscheinend wittert er seinen Erzfeind schon.

Doch diesmal bleibt die Begegnung friedlich: Enzo liegt unter dem Wagen und schläft tief und fest.

Alina schließt die Haustür auf, sie klinkt Carusos Leine aus dem Ring an seinem Halsband und gibt ihm einen liebevollen Klaps. »Na los! Rauf mit dir, du Flitzer! Du hast sicher Durst.«

Der Terrier stürmt los.

Aber anstatt die Treppe, die nach oben führt, zu nehmen, hopst er auf seinen kurzen Beinen die Treppe zum Lagereingang runter. Die schwere Schiebetür aus Stahl steht eine Handbreit offen – weit genug für Caruso.

»Caruso! Nicht da rein! Bleib stehen!«, schreit Alina.

Vergeblich. Er flutscht durch den Spalt und verschwindet im Warenlager. Den beiden Mädchen bleibt nichts anderes übrig, als dem Ausreißer zu folgen. Zu ihrer Überraschung ist das Lager menschenleer.

»Herr Hansen?«, ruft Alina. »Herr Haaansen!«

Doch Herr Hansen ist nicht an seinem Platz, und auch keiner der Verkäufer ist zu sehen.

Auch von Caruso keine Spur.

»Das gibt's doch gar nicht«, wundert sich Alina. »Wo kann er nur stecken?«

Über die Treppe, die vom Lager direkt in den Verkaufsraum hinaufführt, dringt Stimmengewirr zu ihnen. Offenbar gibt es oben im Geschäft viel zu tun – so wie immer, wenn in Köln Messe ist.

»Vielleicht ist Caruso da raufgerannt«, sagt Bille, aber Alina hat einen ganz anderen Verdacht. Sie geht in den Raum, in dem bis vor sieben Wochen das Büro des Lagerverwalters Hansen untergebracht war. Die meisten Regale mit Preislisten und Prospekten stehen zwar noch an ihren Plätzen, seinen Schreibtisch hat er allerdings in einem anderen Raum unterbringen müssen. Denn direkt darunter hatten die Kinder vor den Ferien den Einstieg zu dem Keller aus der Römerzeit entdeckt.

Das Loch im Boden ist mittlerweile fachgerecht vergrößert, befestigt und mit einer Art Geländer abgesichert worden. An diesem Geländer hängt eine rotweiße Kette, an der ein Schild mit der Aufschrift »Zutritt verboten« baumelt. Die Holztreppe, die in den zweiten Keller hinunterführt, hat eine seitliche Stütze und einen Handlauf erhalten.

Bille reißt erfreut die Augen auf. »Der Römerkeller!«

Als Bille und Alina sich über den Einstieg beugen, hören sie unten ein leises »Miiihhh … njiiihhh …«

»Das darf doch wohl nicht wahr sein!«, schimpft Alina. »Caruso! Komm sofort rauf, du Ausreißer!«

Unten schimmert das schwache Licht der Notbeleuchtung. Anscheinend sind die Archäologen nicht bei der Arbeit, sonst würden Scheinwerfer den Raum ganz ausleuchten.

»Hallo?«, ruft Alina vorsichtshalber hinunter. »Hallo! Ist da jemand?«

Niemand antwortet.

Auch von Caruso ist nichts mehr zu hören. Kein Singen, kein Bellen, kein Scharren, rein gar nichts.

Alinas Hals fühlt sich mit einem Mal ganz zugeschnürt an, und auch ihr Mund wird trocken. »Caruso? Bist du noch da?«, ruft sie mit zittriger Stimme. Sie hat eine Befürchtung. »Hoffentlich hat er nicht Ratten gewittert und ist ihnen in den Kanal nachgelaufen. Dann sehen wir ihn womöglich nie wieder.« Kurzerhand hakt Alina die Kette aus, und das Zutritt-verboten-Schild fällt scheppernd zu Boden.

Nacheinander steigen die beiden Mädchen die knarrenden Stufen hinab.

Im ersten Augenblick kann Alina nicht glauben, dass dies hier der Römerkeller ist, den sie mit Lukas und Ben entdeckt hat, denn es sieht hier inzwischen sehr aufgeräumt aus. Die Archäologen haben in den vergangenen sieben Wochen ganze Arbeit geleistet. Der Mittelgang ist völlig frei von Trümmerbrocken und Schutt. Keine einzige Glasscherbe, kein Steinchen, kein Kachelstückchen liegt mehr herum. Der Eingang zu dem Raum an der rechten Seite war bis obenhin mit Trümmerteilen verstopft. Auch hier ist jetzt alles wie geleckt.

Alina wendet sich zuerst in den Raum an der linken Seite und wirft einen besorgten Blick hinein, um zu prüfen, ob Caruso über die versteckte Treppe in den römischen Abwasserkanal entwischt sein kann. Das Loch vor dem Treppeneingang, das Ben damals geschlagen und das ihnen später die Flucht ermöglicht hatte, ist inzwischen verschlossen worden. Hier kann Caruso also unmöglich durchgeschlüpft sein. Alina atmet erleichtert auf.

Bille ist der Freundin gefolgt. »Wie still es hier unten ist.« Sie sieht sich beinahe ehrfürchtig um. »Man hört keinen Mucks.«

»Nicht mal von Caruso, und der macht normalerweise immer irgendwelche Geräusche. Aber er muss doch hier irgendwo sein.«

»Vielleicht ist er –«

»Schschsch … ich höre was«, unterbricht Alina die Freundin. »Es kommt von da drüben. Da muss er sein.« Sie geht mit schnellen Schritten zu dem Raum rechts von der Treppe. In der gegenüberliegenden Ecke des schummrigen Raumes steht ein Campingtisch mit drei Klappstühlen davor. Auf dem Tisch liegt eine aufgeschlagene Mappe mit Skizzen und Lageplänen, obenauf steht eine metallisch schimmernde Thermoskanne.

Unter dem Tisch zappelt ein Rucksack, aus dem eine rote Leine und ein weißbraun gefleckter Hundepopo samt wedelndem Schwanz herausragt. Der Rest von Caruso steckt im Rucksack. Er versucht wieder und wieder, tiefer in den Rucksack vorzudringen, drückt dabei aber nur immer heftiger mit dem Kopf gegen die Mauersteine.

Alina muss lachen. »Du dummer Kerl«, sagt sie, greift unter den Rucksack und hebt ihn mitsamt Caruso auf.

Aber das macht den Hund erst recht ärgerlich, er knurrt, und als Bille ihm den Rucksack vom Kopf streift, versucht er sogar wütend, nach ihrer Hand zu schnappen.

Bille schreit erschrocken auf, lässt den Rucksack fallen, und dabei kullert ein in Cellophanpapier eingewickeltes Leberwurstbrötchen heraus.

Jetzt ist klar, was ihn so verrückt gemacht hat. Caruso liebt Leberwurst über alles. Der Duft muss ihn magisch angezogen haben. Auf der Jagd nach dem Brötchen ist er mit der Schnauze in das hintere, größere Fach geraten, doch die Leckerei steckte in dem kleineren vorn. So hatte Caruso den Leckerbissen dicht vor der Nase und konnte ihn trotzdem nicht erreichen.

Doch nun gibt es für ihn kein Halten mehr. Er dreht und windet sich junxend in Alinas Armen, zappelt, will auf den Boden springen. Aus Sorge, dass er ihr entgleiten könnte, fasst Alina ihn umso fester, während Bille das Brötchen aufhebt.

Caruso glaubt anscheinend, dass Bille es selbst essen will, denn er versucht, den Leckerbissen aus ihrer Hand zu schnappen.

Alina kann den zappelnden Terrier kaum noch halten. Da stemmt Caruso seine Hinterbeine energisch gegen ihre Rippen, drückt sich ab und springt. Alina schreit erschrocken auf. Caruso landet mitten auf dem Campingtisch.

Die volle Thermoskanne knallt gegen die Wand, prallt zurück, rollt über den Tisch, rutscht über die Kante, fällt erst auf einen Stuhl und dann scheppernd zu Boden. Der aufgesteckte Trinkbecher löst sich dabei und kullert weg. Carusos Pfoten rutschen über das Papier, es reißt. Die Schreibmappe schlittert über die Tischkante und fällt zu Boden. Auch auf der glatten Oberfläche des Tisches finden Carusos Pfoten keinen Halt. Seine Beine rotieren wie durchdrehende Räder eines Rennwagens, er quietscht vor Schreck und Schmerz.

Der Tisch hält der Belastung nicht länger stand. Die einklappbaren Beine geben nach, der Tisch neigt sich zur Seite, und Caruso rutscht herunter. Er landet auf allen vieren, schüttelt sich kurz, wedelt mit dem Schwanz, bellt und springt Bille an, die immer noch das Leberwurstbrötchen in ihrer Hand hält. Sie reißt das Brötchen erschrocken hoch über ihren Kopf, was Caruso erst recht herausfordert. Wie ein Vollgummiball hüpft er vor ihr auf und nieder und versucht schnappend, den Leckerbissen zu erreichen.

»Schluss jetzt! Aus die Maus!«, befiehlt Alina energisch und packt sein Halsband.

Caruso weiß genau, wann er klein beigeben muss – nämlich jetzt.

Er wirft sich auf die Seite, zieht die Pfoten an, setzt seinen Tu-mir-nichts-ich-bin-doch-nur-ein-kleiner-Hund-Blick auf und fiept jämmerlich.

»Halt du ihn mal fest«, bittet Alina die Freundin und hakt die Leine in Carusos Halsband ein. »Ich bringe schnell so gut es geht alles in Ordnung, und dann nichts wie raus hier, bevor jemand kommt.«

Mit wenigen Handgriffen klappt Alina die Tischbeine wieder auseinander, richtet den Tisch auf und legt die Schreibmappe darauf. Das zerrissene Blatt steckt sie einfach hinten in die Mappe. Die Thermoskanne ist zum Glück nicht verbeult, und der Drehverschluss in der Öffnung hat dichtgehalten. Nichts ist ausgelaufen. Sie hängt den Rucksack über eine Stuhllehne und steckt das ramponierte Brötchen hinein. »Fertig«, sagt sie und wischt die Hände an ihrer Latzhose ab. »Gehen wir!«

An der Tür dreht sich Bille noch einmal um. »Ich hätte mich so gern noch ein bisschen umgesehen.«

»Kommt nicht in Frage. Ich habe keinen Bock auf Stress.«

»Es merkt doch niemand.«

»Pass mal auf, Bille! Lukas hat es vor ein paar Wochen versucht und ist erwischt worden. Das gab 'ne Riesenwelle. Unser Vater hat ihn ziemlich abgebügelt.«

»Moment mal!« Bille deutet in die linke Ecke. »Da liegt der Becher. Den stecke ich noch schnell auf die Thermoskanne.«

Bille läuft zurück und bückt sich. Dabei fällt ihr Blick auf einen der Ziegelsteine. Er sieht zwar nicht anders aus als die anderen in dieser Wand, aber einen kleinen Unterschied gibt es doch: Er scheint nämlich locker in die Wand eingeschoben zu sein.

»Kommst du?«, ruft Alina ungeduldig von draußen.

»Ja, gleich«, antwortet Bille, und obwohl sie es wirklich nicht will, greift ihre Hand wie von selbst zu diesem Ziegelstein statt nach dem Deckel. Ihre Fingernägel krallen sich in die leeren Fugen um die raue Oberfläche, und sie kann ihn mit ein wenig Geruckel tatsächlich herausziehen.

»Bille? Was machst du da so lange?«

»Komm mal zurück, Alli! Hier ist was.«

»Oh, nein! Bitte nicht!« Alina presst die Lippen zusammen.

»Doch! Hier, sieh mal. Den Stein konnte ich einfach so rausziehen. Das ist doch nicht normal, oder?«

»Das ist völlig normal bei so alten Mauern. Schieb den Stein wieder rein und vergiss es.«

»Aber das ist doch echt merkwürdig, Alli«, beharrt Bille und zählt mit dem Finger die Ziegel ab. »Es ist genau der Dritte von links und der Dritte von unten.«

»Na und?«

»Alli! Das MUSS was bedeuten. Ich hab einfach ein komisches Gefühl.«

»Ich bekomme gleich auch ein komisches Gefühl, wenn wir nicht auf der Stelle abhauen.«

»Nein, Alli! Voll total echt wirklich nicht!« Bille geht auf die Knie, beugt den Oberkörper tief herunter und hält ihre Nase direkt vor die Lücke. »Hm. Ich kann allerdings nix Besonderes erkennen.«

»Na bitte! Sag ich doch! Es kann schließlich nicht hinter jeder Mauer ein Geheimnis liegen. Denk an den Thermoskannendeckel und komm endlich raus hier!«

»Moment, Alli! Da ist doch was …«

»Haaach!« Alinas Stimme klingt ziemlich ungehalten.

»Doch. Bestimmt. Ich fühle da was.« Bille fingert in der Lücke herum. »Ich hab's gleich!« Plötzlich strahlen ihre Augen triumphierend. Zwischen den Fingerspitzen hält sie etwas festgeklemmt wie mit einer Pinzette. »Sieh mal einer an. Ein Ring«, haucht Bille.

»Veräppeln kann ich mich alleine«, knurrt Alina. »Den hast du vorher selbst hinter den Stein gelegt.«

»Nein! Bestimmt nicht! Ich schwör's!«, protestiert Bille entrüstet.

Alina beäugt misstrauisch den Ring, den die Freundin in ihre Handfläche legt, und Caruso stellt sich auf die Hinterbeine, versucht, an dem vermeintlichen Leckerbissen zu schnüffeln.

Ein breiter, goldener Reif, den ein ungewöhnlich großer, in Gold eingefasster roter Edelstein ziert, liegt schwer in Alinas Hand. »Das könnte ein Rubin sein«, sagt sie. Mit Edelsteinen kennt sie sich zwar nicht gut aus, aber sie weiß, dass Smaragde grün, Saphire blau und Rubine rot sind.

Bille streift den Fund erst über ihren Ringfinger und dann über den Daumen. »Die Frau, die den getragen hat, muss aber richtige Wurstfinger gehabt haben.«

Sie hält den Ring gegen das spärliche Licht der Notbeleuchtung und dreht ihn hin und her. »Jedenfalls muss er schon sehr lange in dem Versteck gelegen haben.«

»Hm …«

»Wie stumpf das Gold geworden ist.«

»Hm …«

»Und der Stein erst. Total matt. Überhaupt kein Glanz mehr.«

»Hm …«

»Was ist mit dir, Alli?«

»Ich bin sauer. Warum muss so was immer ausgerechnet dann passieren, wenn meine Eltern nicht da sind. Mein Vater wird sich wieder tierisch aufregen.«

»Wieso denn? Wir haben doch nichts Schlimmes angestellt, oder?«

»Nichts Schlimmes?« Alina beginnt an ihren Fingern abzuzählen: »Wir hätten besser auf Caruso aufpassen müssen … nicht in den Römerkeller gehen dürfen … den Stein nicht aus der Wand nehmen … den Ring im Versteck lassen sollen …«

»Wirst du deshalb wirklich Ärger bekommen?«

»Wahrscheinlich.«

»Sollen wir den Ring zurücklegen? Stein davor, Klappe zu, Affe tot? So tun, als sei nichts passiert?«

»Das wäre vielleicht am besten. Aber so einfach geht das nicht. Wir müssen das melden.«

»Haallooo!!! Alli? Bille? Seid ihr da unten?«, tönt in diesem Moment Lukas' Stimme aus dem Einstieg über ihnen.

Noch bevor Alina antworten kann, stürmen ihr Bruder und Ben die Treppe herunter. Billes Finger schließen sich reflexartig um den Ring, die Hand schnellt hinter ihren Rücken.

»Sagt mal, was macht ihr denn hier? Das Betreten der heiligen Grabungsstätte ist doch strengstens verboten«, ereifert sich Lukas.

»Eben! Und was macht ihr gerade?«, zischt Alina zurück.

»Wir? Ähhh … wir haben euch gesucht.«

»Und wir haben Caruso gesucht. Er war abgehauen, und wir mussten ihn einfangen.«

Als Lukas sich bückt, um Caruso zu tätscheln, fällt sein Blick auf Billes Hand.

»Was versteckst du denn da hinter deinem Rücken?«

»Nix!«

»Du hast da doch was.«

»Nö!«

»Zeig!«

»Kommt gar nicht in Frage.«

Argwöhnisch blinzelt Lukas auf Billes Faust. »Habt ihr hier was gefunden? Was Römisches?«

Alina weiß, dass er keine Ruhe geben wird. Sie seufzt. »Zeig ihm den Ring, Bille!«

»Ups«, macht Lukas, als Bille die Faust wie zu einem Boxhieb hochreißt und erst einen Zentimeter vor Lukas' Nasenspitze abbremst. Dann erst öffnet sie die Hand.

»Boah, ey!«, staunt Ben.

»Wo hast du den denn her? War der hier im Römerkeller?« Lukas nimmt den Ring vorsichtig zwischen Daumen und Zeigefinger.

Stumm weist Bille mit ihrem Kinn auf die Lücke unten in der Wand.

»Und wo sind die Archies?« Lukas deutet auf Tisch und Stühle.

»Keine Ahnung.« Alina zuckt die Achseln. »Als wir runterkamen, war niemand hier. Kein Hansen, keine Verkäufer, keine Archäologen. Absolut niemand.«

»Boah! Ist das 'n fettes Teil!« Ben drängt sich neben Lukas.

»Gib mal her!« Groß und breit steht er zwischen den Freunden und betrachtet den Ring. »Krasses Gerät! So 'n Riesenteil ist bestimmt megateuer. Guckt euch mal das Trumm von Stein an. Das is 'n Rubin, oder nich?«

»Kann sein.« Lukas zuckt mit den Schultern.

»Hey! Da steht sogar was drin«, staunt Ben. Er dreht den Ring dicht vor seinen Augen, aber die Buchstaben im Innern sind in der spärlichen Beleuchtung kaum zu erkennen.

»Wir gehen nach oben«, entscheidet Lukas. »Unter Hansens Schreibtischlampe werden wir das schon entziffern können. Außerdem ist da eine Lupe.«

Wenig später stehen sie im oberen Keller über Hansens Schreibtisch gebeugt, stecken die Köpfe zusammen und studieren die Inschrift.

»HENRICUS IMPERATOR ANNONI ARCHIEPISCOPO«, liest Lukas Silbe für Silbe vor.

»Das ist Lateinisch«, sagt Bille, und Alina nickt bestätigend.

»Ach, nee! Ihr seid ja voll die Checker! Darauf wären wir ohne euch nie gekommen«, sagt Lukas.

»Blödmann!« Alina knufft den Bruder in die Rippen und nimmt ihm Ring und Lupe aus der Hand. »Lass mich auch mal sehen.«

»Was macht ihr denn da?«, fragt plötzlich hinter ihnen eine Stimme in barschem Ton.

Alina, Lukas, Ben und Bille wirbeln erschrocken herum.

Der alte Hansen steht an der Treppe zum Laden, die Stirn in ärgerliche Falten gelegt. »Habt ihr etwa schon wieder unten im Römerkeller gegraben?«

Alina schließt geistesgegenwärtig die Finger um den Ring und schiebt sich hinter Bens breiten Rücken, während ihr Bruder vor Überraschung wie erstarrt dasteht und stammelt: »Oh – äh – hallo, Herr Hansen. Nee, äh – wir graben nicht. Ganz bestimmt nicht. Das dürfen wir ja nicht.«

Alina lässt den Ring unauffällig in die Brusttasche ihrer Latzhose gleiten. Die andere Hand hält sie mit gekreuzten Fingern auf dem Rücken, als sie mit honigsüßem Lächeln auf den Lippen erklärt: »Wir mussten was sehr Kleingedrucktes entziffern, und deshalb haben wir uns kurz ihre Lupe ausgeliehen.«

Als Hansen sich nähert, bugsiert Alina die Freunde in Richtung Treppenhaus. »Wir sind aber schon fertig damit, wollten gerade gehen. Vielen Dank für ihre Lupe.«

Hansen fixiert die Kinder argwöhnisch. »Gehört die auch zu euch?«, fragt er und deutet auf Bille.

»Das ist Sibylle Falk, meine neue Klassenkameradin«, stellt Alina vor.

»Aha«, grummelt Hansen und sieht ganz und gar nicht so aus, als würde er sie jetzt einfach so gehen lassen. »Wie seid ihr eigentlich ins Lager gekommen? Ich war im Laden oben und stand die ganze Zeit neben der Treppe. Da wäre nicht mal 'ne Maus durchgekommen.«

»Wir sind nicht durch den Laden gegangen, sondern durch das Treppenhaus«, sagt Alina. »Die Schiebetür stand offen.«

»Was? Zum Kuckuck!«, schimpft Hansen los. »Dieser verflixte Heini!«

»Welcher Heini?«

»Na, dieser Studentenheini, der zu den Archäologen gehört. Der Bursche war heute ganz alleine hier. Vorhin wollte er mal kurz weg, angeblich was besorgen. Ich habe ihm schon tausendmal gesagt, er soll durch den Laden gehen und nicht durch das Treppenhaus. Aber nein, er schleicht sich trotzdem da raus und lässt auch noch die Schiebetür offen. Da kann dann jeder einfach so ins Lager reinspazieren. Wohl nicht genug, dass die Ladendiebe im Geschäft zuschlagen …« Herr Hansen fuchtelt mit den Händen, rauft sich die Haare und steigert sich immer mehr in seine Aufregung hinein.

Lukas gibt sich Mühe, den Lagerverwalter zu beruhigen. »Vielen Dank, dass Sie so gut aufgepasst haben, Herr Hansen. Machen Sie sich keine Sorgen. Wenn unsere Eltern heute Abend von der Messe zurückkommen, werden wir denen die Sache mit dem Heini und der Schiebetür sofort erzählen. Papa wird sich dann beim Ausgrabungsleiter beschweren.«

»Das will ich hoffen«, schnauft Hansen, brummelt dann noch

ein paar unverständliche Flüche vor sich hin und hilft den Kindern beim Schließen der schweren Schiebetür aus Stahl.

Dreizehn Stufen steigen sie über die schmale Treppe hinauf und bleiben unschlüssig im Treppenhaus an der Haustür stehen.

»Was machen wir jetzt mit dem …?«, fragt Alina und tippt auf ihre Brusttasche.

»Wir müssen ihn abgeben«, bestimmt Lukas. »Den dürfen wir auf keinen Fall behalten.«

»Schon klar«, sagt Alina. »Aber Papa und Mama sind in Deutz auf der Messe, die Archäologen haben heute frei, und der Studentenheini scheint ein wirklicher Blödmann zu sein.«

»Warum gehen wir nicht zum Römisch-Germanischen Museum und geben das Teil da ab? Den Museumsleiter kennen wir ja noch vom letzten Mal, der freut sich vielleicht sogar, wenn wir ihm nach dem Schwert was Neues bringen«, schlägt Ben vor.

»Ich glaube nicht, dass er sich freut, wenn er hört, dass wir seinen Mitarbeitern schon wieder ins Handwerk gepfuscht haben. Andererseits sollten wir den Ring tatsächlich so schnell wie möglich loswerden. Oder hat jemand einen besseren Vorschlag?« Alina blickt in die Runde.

Die vier sehen sich eine Weile stumm an.

»Ich bin dafür, dass wir es so machen«, unterbricht Lukas die Stille.

»Also dann, abgemacht!«, sagt Ben, und Caruso stürmt sofort los, als hätte er jedes Wort verstanden.

»Immer schön langsam mit den jungen Hunden«, ermahnt Lukas ihn und nimmt die Leine kurz. »Du singst wie Caruso, futterst wie ein Sumo-Ringer und bist schneller als Michael Schumacher.«

4. Kapitel

Caruso geht ausnahmsweise ganz manierlich neben Lukas, als plötzlich Enzo knurrend und mit gefletschten Zähnen unter dem Obstwagen hervorschießt. Eine solche Attacke lässt sich Caruso natürlich nicht bieten. Er stürzt sich dem Angreifer mutig entgegen, und im Handumdrehen haben sich die beiden verkeilt. Sie kläffen, jaulen, quietschen und wollen sich gegenseitig beißen.

Lukas rutscht die Leine durch die Finger. Er fasst nach, um Caruso am Halsband zurückzuhalten.

»Finger *fott*!«, ruft Rita warnend. »Söns sin de Finger fott!«

Zu spät.

»Aua!«, schreit Lukas auf und zieht erschrocken die Hand zurück. Einer der Hunde – Lukas kann nicht mal sagen welcher – hat zugeschnappt. Zum Glück ist es halb so schlimm, jedenfalls fließt kein Blut.

Aus dem Geschäftseingang an der Ecke kommt in diesem Moment mit schnellen Schritten ein junger Mann in weißer Jeans und grünem Hemd. Er hat es offenbar eilig, und er ist so sehr damit beschäftigt, etwas in seine Reisetasche zu stecken, dass er die Hunde zunächst nicht wahrnimmt.

Enzo und Caruso sind außer Rand und Band, und in dem Getümmel geraten sie genau vor die Füße des Mannes. Der versucht zwar noch, den beiden mit einem großen Satz auszuweichen, gerät aber dabei ins Stolpern und segelt in hohem Bogen kopfüber dem Pflaster entgegen. Doch dann reagiert er schnell. Der Mann legt sein Kinn auf die Brust, macht eine Judo-Rolle vorwärts und schnellt höchst geschmeidig auf die Füße. Es sieht ganz so aus, als sei er ein erfahrener Kampfsportler, der das Abrollen viele tausend Male geübt hat.

Ben pfeift anerkennend durch die Zähne.

»Caruso!«, kreischt Alina.

»Caruso!«, schreit Bille.

»Enzo! Aus!«, kommandiert Rita.

»Carenzo!«, brüllt Lukas verwirrt, tritt reflexartig auf die Leine, die sich dem tobenden Terrier hinterherschlängelt, und bringt ihn so abrupt zum Stehen.

»Enzo!«, wiederholt Rita, aber Enzo denkt immer noch nicht daran, ihr zu gehorchen. Jetzt platzt Rita der Kragen. Aus dem Bauch der Vitaminbombe zieht sie den großen Besen, mit dem sie abends ihren Stellplatz fegt, und staucht die roten Plastikborsten energisch zwischen die Hunde auf das Pflaster.

Der Besen ist Enzos Erzfeind Nummer eins, seitdem er als Welpe versucht hat, in die leuchtend roten Borsten zu beißen. Mit blutender Schnauze hatte er damals einsehen müssen, dass der Besen ihm überlegen ist. Seitdem genügt es, wenn Rita ihn vor Enzos Nase hält. Auch diesmal funktioniert es. Augenblicklich klemmt er den Schwanz ein, legt die Ohren an und flüchtet unter den Obstwagen.

Caruso will allerdings noch nicht recht einsehen, dass diese herrliche Keilerei schon zu Ende sein soll. Er zerrt wild an seiner Leine, die sich dadurch nur enger um seinen Hals schnürt und sein wütendes Kläffen wie heiseres Krächzen klingen lässt.

»Voll der Kampfdackel«, sagt Ben kopfschüttelnd.

Alina steht wie angewurzelt da und starrt von Caruso zu dem Fremden, der sich den Schmutz von der weißen Jeans klopft. Der Mann greift nach den Henkeln der Reisetasche, die vor Alinas Füße geschliddert ist. Alina bemerkt Blut an seinen Händen, der Jeans und seinem Hemd.

»Sie sind ja verletzt«, sagt sie. »Kommen Sie! Ich bringe Sie zurück in unser Geschäft. Da können Sie das Blut abwaschen und sich verbinden lassen. Unser Vater hat in seinem Büro einen Erste-Hilfe-Koffer.«

Der Mann reagiert nicht auf ihre Worte. Stattdessen starrt er kurz auf die Sachen, die aus seiner Tasche herausgefallen sind, und sammelt sie mit hastigen Bewegungen ein. Dabei wirft er fortwährend hektische Blicke in Richtung Hohe Straße, als ob er dort nach jemandem suchen würde.

Vielleicht versteht er kein Deutsch … Alina besinnt sich ihrer Englischkenntnisse. »Can I help you?«, fragt sie. Der Mann macht eine abwehrende Handbewegung, und für eine Sekunde treffen sich ihre Blicke. Spinatgrüne Augen, denkt Alina, genauso grün wie sein Hemd. Stumm sieht sie zu, wie er die Sachen einsammelt. Einen Schlüssel mit gelbem Anhänger, auf dem die Zahl Zweiundzwanzig steht, eine schwarze Mütze, ein Deo-Stift, eine Haarbürste mit Horngriff, ein Fernglas, ein schottischkariertes Brillenetui, ein schwarzer Sportschuh und ein Stadtplan von Köln.

Plötzlich fällt Alinas Blick auf die Brieftasche, die neben ihren Füßen gelandet ist. Sie bückt sich, um sie aufzuheben. Dummerweise klappt die Brieftasche dabei auf. Einige Münzen rutschen heraus und auch ein dickes Bündel Geldscheine, das in der Mitte gelegen haben muss. Eine Ausweiskarte zum Anklemmen segelt direkt vor Alina auf das Pflaster.

Sie erkennt den Mann mit den spinatgrünen Augen auf dem Foto sofort wieder, obwohl er da eine Art Uniform trägt: dunkelblaues Jackett mit weißem Hemd und dunkelblauer Krawatte, auf der eine gelbe Sonne lacht. Die gleiche lachende Sonne prangt auch auf der rechten Kartenhälfte.

»Bart Fleet« steht dort in großen, fetten Buchstaben, und darunter, etwas kleiner: STWD. Zwischen dem Metallclip des Ausweises klemmen zwei Eintrittskarten.

Mit verkniffenem Gesicht reißt der Mann ihr alles aus den Händen. Trotzdem hat sie noch etwas entziffern können: »Köln:Ticket« stand oben auf den Eintrittskarten, darunter »Tanzbrunnen« und das Datum von heute.

Während der Mann Brieftasche, Geldscheine und Ausweis mit Eintrittskarten wortlos in seine Reisetasche stopft, betrachtet Alina ihn genauer. Er ist nicht sehr groß, schlank, und nichts an ihm ist besonders auffällig. Außer vielleicht, dass er auffallend unauffällig ist, denkt Alina.

»Es tut mir wirklich sehr Leid«, spricht jetzt Lukas den Mann an und deutet auf die Reisetasche. »Ist irgendwas kaputt gegangen? Wir werden den Schaden dann natürlich ersetzen. Schließlich hatte unser Hund Schuld daran.«

Wieder macht der Mann nur eine abwehrende Handbewegung, dann richtet er sich auf, blickt noch einmal unschlüssig rechts und links in die Hohe Straße und hastet, ohne sich noch einmal umzusehen, die Große Budengasse in Richtung Rhein hinunter.

Die Kinder sehen dem Fremden kopfschüttelnd nach, und Lukas sagt: »Ich hab gedacht, dass der uns total zusammenfalten wird, aber nix ...«

»Jeder Jeck is anders«, meint Rita trocken, woraufhin Ben anfügt: »Ja, und jeder ist anders jeck.«

»Jeck? Ich weiß nicht ... irgendwie hab ich das Gefühl, dass der um jeden Preis Aufsehen vermeiden wollte«, sagt Alina nachdenklich. »Ich glaube, mit dem stimmt was nicht.«

»Ja, genau den Eindruck hab ich auch«, sagt Lukas und wendet sich dem Ladeneingang zu. »Ich werde drinnen mal lieber Bescheid sagen. Nicht, dass der Typ womöglich doch noch zurückkommt und sich beschwert. Von wegen Schadenersatzklage und so.«

Wenig später kommt Lukas wieder aus dem Geschäft.

»Papa wird sich freuen. Im Laden ist Hochbetrieb. Aber leider sind auch die Taschendiebe wieder unterwegs. Vorhin ist einer Kundin das Portemonnaie aus dem Einkaufsbeutel geklaut worden. Die Polizei ist schon alarmiert worden.«

»Ist die Frau denn sicher, dass es gestohlen wurde?«, fragt Alina. »Sie kann es doch auch verloren haben, oder?«

»Sie sagt, dass sie das Portemonnaie nach dem Einkauf bei Rita in ihren Beutel gesteckt hat und dann sofort zu uns in den Laden gegangen ist. Da hatte sie es noch. Erst später an der Kasse war es mitsamt Geld und Ausweisen weg.«

Alina klopft mit der flachen Hand auf ihre Hosentaschen. Man kann ja nie wissen. Gerade an solchen Tagen wie heute, wenn in der Stadt dichtes Gedränge herrscht, passiert es immer wieder, dass geschickte Langfinger sich an den Sachen anderer Leute vergreifen. Ihr kleines Portemonnaie ist zum Glück noch da. Doch dann, als sie die Brusttasche abtastet, hält sie erschrocken inne.

»Der Ring ... der Ring ist weg!« Fast versagt ihre Stimme vor Entsetzen.

»Was?«, schreien Lukas und Ben wie im Chor.

»Das darf doch wohl nicht wahr sein!«, ruft Bille. »Sieh noch mal genau nach!«

Plötzlich zittern Alinas Hände, und ihre Beine werden butterweich. Mit hektischen Blicken tastet sie jeden Pflasterstein ab. »Er ist nirgends zu sehen. Er muss vorhin rausgerutscht sein, als ich mich gebückt habe, um das Portemonnaie von dem komischen Typen aufzuheben. Womöglich ist er in seine Reisetasche gefallen. So ein Mist! Der hat unseren Ring bestimmt mitgenommen und weiß nichts davon!«

»Vielleicht war der Bekloppte ja auch der Ladendieb. So jeck, wie der sich aufgeführt hat, würde mich das nicht wundern«, sagt Ben.

»Jenau! Die janze Kohle war sicher jeklaut.« Bille schnappt aufgeregt nach Luft und bemerkt nicht, dass sie mal wieder berlinert.

»Ob er der Ladendieb ist, wissen wir nicht. Aber das mit dem Ring könnte schon sein«, sagt Lukas. »Los, wir rennen ihm nach.« Er will schon zum Spurt ansetzen, da fällt ihm etwas ein. »Nein! Für alle Fälle sag ich das mit dem Geld lieber auch noch im Laden. Lauft ihr schon vor!« Und schon hastet er mit Caruso aufs Neue ins Geschäft.

»Ich bleibe bei Lukas«, ruft Bille Alina und Ben nach, die schon losgesprintet sind.

Auf der Großen Budengasse ist keiner, der eine weiße Jeans und ein grünes Hemd trägt, das sehen Alina und Ben auf den ersten Blick. Also hetzen die beiden weiter bis zur Kreuzung Unter Goldschmied und sehen nach rechts und links. Doch auch hier ist der Mann nicht.

»Mist! Der kann sich doch nicht in Luft aufgelöst haben«, schimpft Ben, und Alina drängt ihn weiter zur nächsten Kreuzung, von wo aus sie nach rechts über den Alter Markt sehen können.

Auf dem großen, freien Platz ist heute nicht viel los. Zwar geht weiter hinten, am Reiterstandbild des Jan von Wert, ein Mann mit weißer Hose, aber er trägt ein blaues T-Shirt und hat eine Glatze.

Fehlanzeige.

Sie rennen ein Stück zurück, werfen einen Blick in die Mühlengasse, aber auch hier ist er nicht. Ben japst und keucht, während Alina mit schmerzverzerrtem Gesicht versucht, ihre Seitenstiche zu ignorieren.

Jetzt bleibt nur noch die Bechergasse.

»Da! Da ist er!«, schreit Ben plötzlich auf. Und tatsächlich – weiter hinten, auf der linken Straßenseite unterhalb des Römisch-Germanischen Museums, geht der Mann. »Der will bestimmt zur Philharmonie rüber!« Ben hechtet dem Mann nach.

Alina läuft Ben mit brennenden Lungen hinterher und keucht: »Nee, ich glaub eher, der will zum Bahnhof.«

Doch die beiden kommen nicht mehr weit.

Ein sehr großer, sehr dicker Mann mit mindestens tausend Einkaufstüten in beiden Händen biegt ausgerechnet in diesem Augenblick um die Ecke, und Ben prallt in vollem Lauf gegen den fremden Bauch.

Vor Schreck lässt der Dicke sämtliche Einkaufstaschen fallen und krallt seine Hände um Bens Oberarme. Der Mann muss in jungen Jahren Catcher gewesen sein, denn sein Griff ist eisenhart. Bens Füße heben vom Boden ab, und er schwebt dem Riesen scheinbar schwerelos Auge in Auge gegenüber. Bevor Ben auch nur »Au« sagen kann, wird er durcheinander geschüttelt wie ein Milchshake.

Ein Redeschwall prasselt ihm entgegen, und obwohl Alina die Taschen längst aufgehoben hat und sie dem Hünen zurückgeben will, brüllt der unbeirrt Ben an.

»Do *Büggelkläuer* ... us enem *Kradepohl* ... do *Aapejeseech* ... *Hungsfott* ... do *Jekläbbels* ...« Die kölschen Schimpfwörter fliegen Ben wie Backpfeifen um die Ohren. Der Mann kann sich offenbar nicht mehr beruhigen. »Wenn ich dinge Vatter wör, ich dät dich ens *düchdich verkamesöle*!«

»Lassen Sie sofort den Jungen los! So schlimm war es ja nun wirklich nicht.« Die energische Frauenstimme hinter dem Rücken des Mannes kommt Ben bekannt vor.

»Frau Kunert?«, ruft Alina überrascht und erleichtert zugleich.

Bens Kopf wackelt noch immer hin und her, und er bringt nur ein Gurgeln zustande.

»Stopp jetzt! Was soll der Aufstand! Sie selbst sind auch nicht ganz unschuldig an dem Zusammenstoß.« Mit sanftem Druck befreit Frau Kunert Ben aus den Pranken des Dicken, der mit einem Mal zur Besinnung zu kommen scheint.

Alina drückt ihm mit einer Entschuldigung die Einkaufstaschen in die Hände.

Plötzlich lammfromm geworden murmelt er: »*Nit mih schänge ... Is ald widder jot.*« Mit gesenktem Kopf, beinahe so, als würde er sich schämen, geht er weiter.

»Vielen Dank, Frau Kunert«, sagt Ben und reibt sich mit schmerzverzerrtem Gesicht die Oberarme an den Stellen, an denen der Mann zugepackt hat. »Das war voll nett von Ihnen.«

»Reiner Zufall, dass ich es mitbekommen habe. Ich war in der Buchhandlung, und als ich aus dem Geschäft rauskam, sah ich, wie der Mann an der Ecke mit jemandem zusammenprallte. Da wusste ich noch nicht, dass du dieser Jemand warst. Erst als er zu brüllen anfing, hab ich genauer hingesehen und Alina und dich erkannt. Für einen Moment hatte ich wirklich Angst um euch.«

Alina hat gar nicht richtig zugehört. Sie stampft ärgerlich mit dem Fuß auf und schimpft: »Mist! Jetzt ist er weg!«

»Das will ich auch stark hoffen«, sagt Frau Kunert und sieht dem Dicken kopfschüttelnd nach. »Kinder verhauen wollen! Tsss!«

»DEN meine ich doch nicht.« Alina trippelt von einem Bein auf das andere. »Unser Mann ist weg. Ich meine ... der mit dem Ring.« Sie schlägt erschrocken ihre Hand vor den Mund, als sie Bens vorwurfsvollen Blick sieht.

»Welcher Ring?«, fragt Frau Kunert prompt, und Alina könnte sich wegen ihrer unüberlegten Plapperei selbst ohrfeigen.

»Ähhh ... unser Ring. Wir hatten vorhin schon einmal so eine Art Zusammenstoß. Mit einem anderen Mann. Und als ich dem beim Aufsammeln seiner Sachen geholfen habe, muss mir der Ring versehentlich in seine Tasche gefallen sein. Erst hab ich es nicht bemerkt, und dann war der Typ schon weg. Wir sind ihm nachgelaufen und hatten ihn beinahe eingeholt. Aber dann ist Ben in das dicke Walross geplatzt. Und jetzt ist der Mann mit dem Ring wieder weg.«

Frau Kunert guckt mit zusammengekniffenen Augen abwechselnd von Alina zu Ben, aber sie stellt wenigstens keine weiteren Fragen.

Alina weist mit dem Kinn in Richtung Bahnhof. »Der Typ ist in diese Richtung gegangen. Wenn wir uns beeilen, holen wir ihn vielleicht doch noch ein!«

»Okay, ich helfe euch. Ich habe zwar nicht viel Zeit, weil mein Mann heute Geburtstag hat, aber ich muss sowieso in diese Richtung. Los, da steht Miss Piggy!«, sagt Frau Kunert und deutet auf ein Auto, das auf der anderen Straßenseite am Fuß der Treppe zum Roncalliplatz, direkt unter dem Halteverbotschild, parkt.

Dann stöhnt sie genervt auf. »Oh, nein! Dahinten kommt eine Politesse. Schnell, schnell!« Sie läuft zu dem Wagen rüber. »Rein mit euch und dem Ringträger hinterher, bevor ich ein Knöllchen bekomme.«

Miss Piggy, Frau Kunerts Auto, ist klein. Nein, nicht nur klein, genau genommen ist es sogar winzig. Auf der Rückbank hätte Ben kaum genug Platz gefunden, also klettert die zierliche Alina nach hinten. Ben nimmt Frau Kunerts Tragetasche aus Papier, die auf dem Beifahrersitz liegt, kurzerhand auf den Schoß, sortiert so gut es geht seine Beine unter das Armaturenbrett und ruckelt den Sitz weiter nach vorn, um für Alina etwas mehr Platz zu schaffen. Gerade will er die Tür zuschlagen, da sieht er, dass am Heinzelmännchenbrunnen Lukas und Bille mit Caruso auf sie zulaufen.

»Stopp!«, schreit Alina im selben Moment. »Die drei dahinten müssen auch noch mit!«

Wenig später haben sie sich alle in Miss Piggy gequetscht, kurven zwischen Bahnhof und Philharmonie herum und halten Ausschau nach dem Mann mit der weißen Jeans und dem grünen Hemd.

Ben blinzelt angestrengt über die Tüte auf seinem Schoß hinweg nach vorn. Anscheinend ist Schinken in der Tüte, denn es riecht so verlockend lecker, dass Ben sich kaum noch auf etwas anderes als auf diesen Duft konzentrieren kann. Sein Magen knurrt fast lauter als Miss Piggys Motor. Auf der Rückbank thront Caruso auf Lukas' Schoß und schnuppert mit langem Hals nach vorn. Auch er scheint hungrig zu sein. Er versucht – mal rechts mal links – Alina und Bille über die Gesichter zu schlecken, als wolle er die Mädchen auf den köstlichen Duft aufmerksam machen.

»Pfui! Lass das, Caruso«, schimpft Alina und wehrt ihn ab. »Wir müssen aufpassen. Sonst geht der Typ uns noch durch die Lappen.«

Das überladene kleine Auto bockt, knirscht und quietscht beim Abbiegen, und Frau Kunert klopft aufmunternd auf das Armaturenbrett. »Brave Miss Piggy! Gut gemacht! Nur immer schön weiter!«

Als sie an der Philharmonie vorbeifahren und dann rechts in die Trankgasse einbiegen, suchen sie so konzentriert, dass ihre Nasen beinahe an den Autoscheiben kleben. An der Rheinuferstraße lenkt Frau Kunert nach links, und anschließend kurvt sie um den Musical Dome herum. Am Busbahnhof muss sie scharf bremsen, weil ein Taxi sich vordrängelt. Die Kinder glauben für einen Augenblick, Frau Kunert hätte den Mann entdeckt. Sie suchen mit den Augen alles ab, aber auch hier gibt es keine Spur von ihm. Also fahren sie weiter durch die Unterführung zwischen Bahnhof und Dom. Sie spähen in jeden Winkel, in jedes geparkte Auto und achten auf alles, was sich bewegt. Auf dem Bahnhofsvorplatz ist wenig Betrieb. Sie erkennen mit einem Blick, dass hier niemand eine weißgrüne Kombination trägt.

»So ein Mist«, schimpft Ben vor sich hin. »Weg. Einfach weg.«

»Hm ...«, brummt Lukas »Sieht ganz so aus, als wäre er für immer futsch. Und der Ring auch.«

»Also« – Frau Kunert sieht sie der Reihe nach an – »ich habe eigentlich keine Zeit mehr, und es ist auch nicht wirklich meine Richtung, aber vielleicht sollte ich die Strecke trotzdem noch mal abfahren. Was meint ihr?« Frau Kunert wartet nicht auf eine Antwort, sondern wendet und lenkt das Auto aufs Neue durch die Trankgasse in Richtung Rheinufer. Ben knetet vor Aufregung die Henkel der Tragetasche auf seinem Schoß, während Alina an ihren Fingerspitzen kaut.

»Er darf einfach nicht weg sein, er darf einfach nicht weg sein ...«, murmelt Lukas wie eine Beschwörungsformel vor sich hin. Bille bemerkt noch nicht einmal, dass sie vor lauter Nervosität eine Haarsträhne immer wieder um ihren Zeigefinger zwirbelt. Die Spannung ist zum Zerreißen.

Frau Kunert biegt diesmal nach rechts in den Rheinufertunnel ab und erkennt im selben Moment, dass das ein Fehler war, aber es gibt kein zurück. Kostbare Zeit geht verloren. Zwar lenkt sie ihren Wagen am Ende des Tunnels gleich wieder nach rechts, um unter dem Hotel Maritim her zum Heumarkt zu gelangen, aber eine rote Ampel zwingt sie zum Anhalten und Warten. Die Sekunden verrinnen endlos zäh.

»Schitt!« Bille lässt sich nach hinten gegen die Rücklehne sinken und seufzt. »Den sehen wir nie wieder.«

Lukas ballt die Fäuste und schimpft vor sich hin. »Mist, Mist, Mist!«

»Riesenmegaoberhypermist!«, fügt Ben hinzu und hockt wie ein zusammengesunkenes Häufchen Elend auf dem Beifahrersitz.

»Aber wir müssen, müssen, müssen ihn finden!«, knurrt Alina trotzig. »Sonst ist der Ring für alle Zeiten weg.«

»Ich glaube, du hattest von Anfang an Recht, Alli«, sagt Ben. »Jetzt glaub ich auch, dass er zum Bahnhof gegangen ist und längst in einem Zug nach Sonstwohin sitzt. Hast du nicht auch eine Fahrkarte in seiner Reisetasche gesehen?«

»Nein, Eintrittskarten. Für irgendein Konzert heute Abend am Tanzbrunnen.«

Die Ampel zeigt Grün, und Frau Kunert will gerade losfahren, da stutzt sie. »Moment mal!« Sie lenkt Miss Piggy scharf nach rechts auf einen freien Parkplatz in die Markmannsgasse hinein und schaltet den Motor aus. »Daraus könnte man schließen, dass er möglicherweise doch nicht weggefahren ist, weil er ...«

»Klar!« Alina schlägt sich die Hand vor die Stirn. »Er wird wohl kaum verreisen wollen, wenn er Konzertkarten für heute Abend hat. Leider konnte ich nicht mehr erkennen, wer im Tanzbrunnen auftritt.«

»Die Bläck Fööss«, sagt Frau Kunert. »Das weiß ich zufällig genau.«

»Na suuuper!«, stöhnt Ben. »Da finden wir ihn nie. Wisst ihr eigentlich, wie voll das immer ist, wenn die Bläck Fööss spielen?«

Lukas verzieht zweifelnd das Gesicht. »Ich weiß nicht so recht. Nur weil er zwei Eintrittskarten hat, heißt das noch lange nicht, dass er auch hingehen will. Ich glaube, der Typ hat noch nicht mal richtig Deutsch verstanden, was soll er da mit kölschen Texten anfangen. Was ist, wenn er die Karten nur für jemanden besorgt hat?«

»Quark mit Soße.« Bille winkt ab. »Ich verstehe vielleicht auch nicht alles, aber wenn ich Karten hätte, würde ich bestimmt auch hingehen. Außerdem, so wie es aussieht, ist das sowieso unsere einzige Chance, ihn zu finden.«

»Habt ihr denn nicht wenigstens einen klitzekleinen anderen Anhaltspunkt? Einen Namen, eine Adresse, ein Hotel vielleicht?«, fragt Frau Kunert.

Alina schließt die Augen und überlegt. »Also … bei den Sachen, die aus der Tasche gefallen sind, war ein schwarzer Sportschuh … ein kariertes Brillenetui … ein Schlüssel mit Anhänger … eine Haarbürste … ein Fernglas … ach ja, und dieser komische Ausweis mit der lachenden Sonne.«

»Ein Ausweis mit Sonne?«, fragt Frau Kunert nach.

»Ja, so eine Plastikkarte mit Foto, die man sich anklemmt. Die Leute an Messeständen haben so was, und Stewardessen in Flugzeugen auch. Damit man weiß, zu welcher Gesellschaft sie gehören und wie sie heißen.«

»Ach so, 'ne Identätäkaat?«, sagt Ben.

Frau Kunert verbessert: »Identity Card!«

»Sag ich doch!«, mault Ben.

»Stand sein Name drauf?«, fragt Lukas.

»Hm … der hieß … Bart Fleet, oder so ähnlich. Auf dem Foto trug er jedenfalls einen Schlips mit einer lachenden Sonne drauf. Das ist mir sofort aufgefallen, weil die gleiche Sonne auch rechts auf die Karte gedruckt war.«

»Hm … Bart Fleet … Stand auch ein Firmenname dabei? Vielleicht arbeitet er ja tatsächlich an einem der Messestände«, vermutet Frau Kunert.

»Ja, schon, aber das war kein deutscher Name. Ich konnte ihn nicht richtig lesen, und deshalb hab ich ihn mir auch nicht gemerkt. Irgendwas mit Zett und einem Jott drin. Und unter seinem Namen standen ein paar Buchstaben. Moment, ich glaube STWD … oder so. Sicher 'ne Abkürzung.«

»S-T-W-D?«, wiederholt Ben gedehnt. »Was soll das heißen? Steak, Tomatensauce, Würstchen, Dauerlutscher?«

»Aaach, Beeennn …«, kommt es dreistimmig von der Rückbank.

»Wenn ich doch Hunger hab …«

»Du wirst in den nächsten paar Minuten bestimmt nicht an Entkräftung sterben«, lästert Bille und tätschelt von hinten seine Schulter.

»Nicht, wenn ich was zu essen bekomme«, knurrt er zurück und versucht, ihre Hand abzuwehren.

Dabei gerät die große Papiertüte auf seinem Schoß so stark ins Wanken, dass sie umkippt.

»Vorsicht!«, ruft Frau Kunert. »Da sind ein paar Sachen aus dem Delikatessenladen drin.« Sie schnappt nach der Tüte, kann aber nicht mehr verhindern, dass ein paar Plastikbeutel, die obenauf gelegen haben, herausrutschen und neben Bens Füßen landen.

»Ups! Schulz!«, murmelt Ben verlegen.

»Wie bitte?«

»Tschuldigung!« Kleinlaut sammelt Ben unter Frau Kunerts strafendem Seitenblick die Beutelchen wieder ein. Er ist froh, als sie sich dann zu Alina umdreht und fragt: »Hast du vielleicht an dem Mann oder an seinen Sachen irgendetwas Auffälliges bemerkt?«

Alina denkt noch einmal nach und beißt sich dabei auf die Unterlippe. Dann schüttelt sie den Kopf. »Es ging alles so schnell …«

»Das sieht nicht gut aus«, sagt Frau Kunert. »Die beiden Eintrittskarten scheinen der einzige brauchbare Anhaltspunkt zu sein, dem Mann auf die Spur zu kommen. Die Chance ist zwar nicht groß, aber ihr solltet sie nutzen, und mit ein bisschen Glück bekommt ihr den Ring vielleicht wieder. Ist er eigentlich sehr wertvoll?«

Diese Frage hatten sie befürchtet. Lukas, Alina, Ben und Bille starren aus den Autofenstern – jeder in eine andere Richtung.

»Alina, ist dein Ring wertvoll?«, wiederholt Frau Kunert, und Alina kann ihrem fragenden Blick nicht länger ausweichen.

»Keine Ahnung.« Sie räuspert sich. »Also, um ehrlich zu sein, es ist zwar irgendwie unser Ring, aber eigentlich auch wieder nicht. Nicht wirklich jedenfalls.«

»So? Wem gehört er denn wirklich?«

»Keine Ahnung«, wiederholt Alina. »Wir haben ihn gefunden. In unserem Römerkeller.«

Frau Kunert zieht stumm ihre Augenbrauen hoch, und dann erzählt Alina, was passiert ist.

»Ihr glaubt also, dass dieser Mann den Ring jetzt hat?«, fragt Frau Kunert, die aufmerksam zugehört hat.

»Jedenfalls hatte ich den Ring hier drin« – Alina klopft mit der flachen Hand auf ihre Brusttasche – »und beim Bücken muss er rausgerutscht und zwischen die Sachen von dem komischen Typen gefallen sein. Wir haben danach die ganze Straße abgesucht, aber der Ring war weg. Er kann nur in diese Reisetasche geplumpst sein.«

Frau Kunert atmet tief ein und pfeift dann ganz undamenhaft durch die Zähne, bevor sie »Scheibenkleister!« sagt. Dann legt sie ihre Hände flach auf das Lenkrad, beginnt, mit den Fingerspitzen auf dem Rand zu trommeln und sagt: »Hm … lasst mich mal kurz nachdenken …«

Die Kinder schweigen, und selbst Caruso stellt das Hecheln ein, bis Frau Kunert weiterspricht.

»Also … der Mann hat Eintrittskarten … zwei … er wird demnach nicht allein zum Konzert gehen wollen … vielleicht holt er vorher jemanden ab … oder er ist am Tanzbrunnen verabredet … wie auch immer – es bleiben zwar ein paar Fragen offen, aber ich denke, ihr habt keine andere Möglichkeit: Ihr müsst zu dem Konzert gehen und euch dort nach dem Mann umsehen.«

Ben schüttelt den Kopf und seufzt. »Das kann ich mir total abschminken. Ich bin pleite. Keine Kohle – keine Eintrittskarte.«

Alina seufzt. »Nicht nur das. Unsere Eltern würden ganz sicher nicht erlauben, dass wir so spät noch unterwegs sind.«

Auch Bille hebt bedauernd die Schultern. »Ich muss auch pünktlich um acht Uhr zu Hause sein. Spätestens.«

»Das kommt gut hin. Das Konzert beginnt um sieben, und

wenn ihr rechtzeitig da seid, habt ihr Zeit genug, um euch die Zuschauer anzusehen. Das schafft ihr bis acht Uhr.«

»Und wie sollen wir ohne Kohle da reinkommen? Über den Zaun klettern?«, fragt Ben.

»Ich glaube, es gibt eine andere Möglichkeit.«

»Und welche?«, fragt Ben skeptisch.

»Ich habe einen wirklich guten Freund, den ich schon ewig und drei Tage kenne. Hardy wird heute Abend am Tanzbrunnen sein, weil er da … weil er da arbeitet. Wenn ihr wollt, werde ich ihn anrufen und fragen, ob er euch irgendwie helfen kann. Er ist absolut zuverlässig und hat immer tolle Ideen. Ihm fällt ganz sicher was ein.«

»Wenn Sie meinen«, sagt Alina zögernd.

»Ich gehe davon aus, dass viele Zuschauer schon zwei, drei Stunden vor Konzertbeginn da sind, um gute Plätze zu bekommen. Vielleicht lässt Hardy euch sogar auf die Bühne. Von dort oben habt ihr den besten Blick auf das Publikum, das sich hinter der Absperrung aufstellt. Mit ein bisschen Glück entdeckt ihr den Mann vielleicht, bevor das Konzert losgeht. Dann könnt ihr die Sache mit dem Ring klären und seid immer noch rechtzeitig zu Hause.«

»Das klingt super, aber …«, Lukas guckt skeptisch, »… ob ihr Freund uns auf die Bühne lassen darf?«

Frau Kunert schmunzelt und sagt: »Macht euch darüber keine Gedanken. Hardy wird das schon hinbekommen.«

»Ja, dann … einverstanden«, sagt Alina nach einem Blick auf ihre Freunde.

Frau Kunert drückt ein paar Tasten auf ihrem Handy, die Telefonnummer des Freundes hat sie gespeichert. Die Blicke der Kinder kleben an Frau Kunerts Lippen.

»Hallo, Hardy! Ich bin's, Lena«, sagt Frau Kunert endlich. »Ich brauche mal deine Hilfe.« Und dann erklärt sie ihm die verzwickte Situation ihrer Schüler. Als sie schließlich das Gespräch beendet und ihr Handy in die Handtasche zurückschiebt, lächelt Frau Kunert zufrieden. »Wunderbar. Es klappt. Er erwartet euch nachher am Tanzbrunnen-Eingang, ungefähr um …«

Frau Kunert sieht auf die Uhr im Armaturenbrett und erschrickt.

»Ach, du meine Güte! Schon halb drei? Kinder, es tut mir sehr Leid, ich hätte euch gern noch gefahren, aber ich habe keine Zeit mehr. Ich wollte nur schnell noch was in der Stadt besorgen, weil sich unerwartet ein paar Freunde angekündigt haben. Es klang nach Überraschungsparty oder so. Sie wollen zwar nicht, dass ich was vorbereite, aber ein paar Kleinigkeiten muss man ja doch im Haus haben.«

Ben betrachtet die Riesentüte mit den »paar Kleinigkeiten« auf seinem Schoß und grinst. »Aha«, sagt er und zwinkert den Freunden auf der Rückbank mit einem Auge zu.

»Am besten geht ihr von hier aus am Rhein entlang und dann über die Hohenzollernbrücke rüber. Ihr habt Glück, denn normalerweise ist Hardy nicht so früh am Veranstaltungsort. Aber heute will er irgendetwas Neues ausprobieren.«

»Und was ist, wenn wir ihren Freund verpassen?«, fragt Alina. Nach wem sollen wir dann am Tanzbrunnen fragen? Wie heißt Hardy mit Nachnamen?«

Frau Kunerts Antwort besteht nur aus einem unbestimmbaren Handwedeln.

»Wie können wir ihn erkennen?«, drängt Alina weiter.

Frau Kunert lächelt geheimnisvoll. »Er wird euch erkennen.«

»Wie denn?«

Frau Kunert deutet auf Caruso. »Vier Kinder und ein bunter Hund. Ihr seid einfach nicht zu übersehen.« Dann scheucht sie die Kinder mit einem Lächeln aus ihrem Auto. »Viel Erfolg bei der Suche!«

Und schon braust sie davon.

»Frau Kunert!«, schreit Ben hinter ihr her und schwenkt eine kleine Plastiktüte mit der Aufschrift »Zauberkönig« hoch über seinem Kopf. »Frau Kuuunert!!! Ich hab noch ihre …«, aber sie hört Ben nicht mehr. »Voll der Mist!«, schimpft er. »Ich Doofkopp hab den Beutel einfach in der Hand behalten.«

»Einsicht ist der erste Schritt zur Besserung«, säuselt Alina und erntet dafür einen schrägen Blick von Ben.

»Geht das jetzt wieder los!«, stöhnt Bille laut. »Ist das eine von euren speziellen Zankereien?«

Mit gespielt bedröppelter Miene hält Alina daraufhin Ben ihre geöffnete Hand zur Entschuldigung hin. Ben soll einschlagen, aber er versteht die Geste falsch und drückt stattdessen das Plastiktütchen hinein.

Neugierig linst Alina nach dem Inhalt.

»Luftballons«, sagt sie. »Die hat sie bestimmt als Deko für die Überraschungsparty gekauft.«

»Bäääh …« Ben verzieht das Gesicht, als auch er einen Blick in das Einkaufstütchen wirft. »Babyrosa!«

»Schweinchenrosa!«, verbessert Alina. »Sie sammelt eben alles, was irgendwie mit Schweinen zu tun hat.«

»Ach so!«, sagt Bille. »Jetzt kapier ich's erst. Deshalb heißt ihr Auto Miss Piggy, und deshalb auch das Schweine-Mäppchen? Und dann noch der Smiley mit dem Schweinchengesicht, den sie gestern unter meinen Vokabeltest gemalt hat?«

»Stimmt genau«, sagt Alina.

»Ich hab den erst daheim entdeckt und wusste nicht, was er bedeuten soll. Macht sie das immer?«

»Nicht bei Klassenarbeiten, aber bei jedem Vokabeltest. Es gibt sechs verschiedene: Die Schweine-Smileys, die so doll lachen, dass die Mundwinkel bis fast zu den Augen hochgezogen sind, bedeuten »sehr gut«, eine Eins. Eine Zwei zeigt ein normal lachender Mund an. Ein freundliches Lächeln bedeutet »befriedigend«, und ein kleiner, gerader Strich ist der Mund für eine Vier. Runterhängende Mundwinkel sind das Zeichen für »mangelhaft«, und bei einer Sechs −«

»Sehen sie bestimmt aus wie offene Schnürsenkel, auf die man gleich drauftritt«, fällt Bille ihr ins Wort. »Hm … dann habe ich also eine Vier.«

»Kleiner, gerader Strich?«

Bille nickt. »Ich muss wohl 'ne Menge nachholen.«

»Mach dir keine Sorgen, Bille. Es war nur ein Vokabeltest – keine Klassenarbeit. Du bist erst fünf Tage bei uns. Wenn du willst, helfe ich dir. In Englisch bin ich ganz gut.«

»Prima.« Bille strahlt wie ein Einser-Smiley. »Ich hab gehört, dass du in Englisch sogar sehr gut bist. Da hab ich ja wohl richtig Schwein.«

»Ja, eine tolle Schweinerei ist das«, sagt Alina, und die Mädchen kringeln sich über die Wortspielerei.

Ben und Lukas sehen sich mit einem vielsagenden Blick an.

»Weiber …«, murmelt Lukas und verdreht die Augen.

Ben flüstert zurück: »Frau Kunert fand ich vorhin auch irgendwie komisch. Ich bin voll gespannt, wer dieser Hardy ist, um den sie so einen Aufstand macht.«

»Ja«, sagt Lukas. »Dieses Rumgetue war schon ziemlich merkwürdig. Sie ist doch sonst nicht so.«

Als die Mädchen sich wieder einigermaßen beruhigt haben, schiebt Alina das Tütchen mit den Luftballons in die Brusttasche. »Also los dann, Leute! Machen wir uns auf den Weg zu dem geheimnisvollen Hardy.«

5. Kapitel

Während sie über die Hohenzollernbrücke gehen, rumpelt beinahe jede Minute langsam ein Zug an ihnen vorbei.

Bille geht zum ersten Mal zu Fuß auf die andere Rheinseite, und deshalb ist ihr das Dröhnen und Vibrieren der Stahlkonstruktion besonders unheimlich. Außerdem wird ihr schwindelig, wenn sie über das Brückengeländer nach unten auf die Wasseroberfläche sieht. Sie hat das Gefühl, die Fluten würden sie magisch anziehen, obwohl sie doch sicheren Halt hat. Wenn in diesem Moment auch noch ein Schiff unter ihnen vorbeifährt, dann muss sie sich mit beiden Händen am Geländer festhalten. Sie ist heilfroh und atmet tief durch, als sie beim Verlassen der Brücke die Steinstufen der Treppe unter ihren Füßen spürt.

Auch Caruso hat genug von dem Lärm. Mit angelegten Ohren zieht er so eilig die Stufen hinunter, dass Lukas am anderen Ende der Leine kaum noch mithalten kann.

Sie gehen unter der Brücke hindurch und weiter am Rhein entlang zum Haupteingang des Tanzbrunnens, der zwischen Rheinpark und Messegebäuden liegt. Als hätte er eine Witterung aufgenommen, läuft Caruso mit einem Mal zielstrebig nach rechts zum Haupteingang der Messe.

»Lass es, Caruso!« Lukas nimmt die Leine kurz. »Papa und Mama sind da drin. Denen müssen wir jetzt wirklich nicht in die Arme laufen. Ich bin nicht scharf drauf, lange Erklärungen geben zu müssen, warum wir uns hier auf der *Schäl Sick* rumtreiben. Dann wäre nämlich Schluss mit Lustig, und wir dürften sofort nach Hause marschieren.«

Ein Stück weiter, auf der Ufermauer unterhalb des Messeturmes, sitzt mit dem Rücken zu ihnen ein Mann in rot kariertem Hemd. Er blickt ruhig auf das gegenüberliegende Stadtpanorama und scheint die Aussicht und das schöne Wetter zu genießen.

Caruso zerrt übermütig an seiner kurzen Leine, pendelt von rechts nach links und singt dabei laut und übermütig seine Hundearien. Als sie näher kommen, dreht sich der Fremde plötzlich um. Lächelnd sagt er: »Hallo, Caruso!«

Die Kinder sehen sich vielsagend an.

Das muss er sein, der Freund ihrer Lehrerin, denn woher sonst kann er wissen, wie ihr Hund heißt. Das Gesicht des großen, schlanken Mannes können sie im Gegenlicht der Sonne zunächst nicht erkennen, doch dann stutzen sie. Lukas' Kinnlade klappt herunter, Ben und Alina machen Glotzaugen.

Ben findet als Erster seine Sprache wieder und stammelt: »Boah, ey! Ich kenn Sie doch – Sie sind –«

»Hartmut Priess«, stellt der Mann sich immer noch lächelnd vor. »Ihr könnt ruhig Hartmut zu mir sagen – wie das bei Musikern so üblich ist.«

»Alina, Lukas, Bille, Ben«, spult Ben ihre Namen herunter, ohne den Bassisten der Bläck Fööss aus den Augen zu lassen. »Voll abgefahren!«, fügt er beeindruckt hinzu.

»Ich freue mich, euch kennen zu lernen«, sagt Hartmut und gibt den Kindern die Hand.

Caruso hopst an Hartmuts Jeans hoch und holt sich ein paar Streicheleinheiten ab.

»Lena hat mir vorhin erzählt, um was es geht. Es klang sehr geheimnisvoll. Ihr sucht also einen Mann, der wahrscheinlich unser Konzert besuchen wird und der etwas hat, das euch gehört. Und ihr hofft, dass ihr ihn vor dem Konzert am Tanzbrunnen finden werdet.«

Lukas und Alina haben ihre Sprache noch nicht recht wieder gefunden, sie nicken nur stumm.

Ben sagt mit belegter Stimme: »Das glaubt uns kein Schwein«, worauf Hartmut ihm zuraunt: »Dann würde ich es keinem Schwein erzählen.«

Jetzt muss Ben grinsen, und mit einem Mal ist die erste Befangenheit wie weggewischt.

»Wollen wir gleich los?«, fragt Hartmut und setzt sich auch schon in Bewegung. »Ich werde euch erst einmal den Männern vom Sicherheitsdienst vorstellen, damit man euch Backstage-Ausweise gibt. Die müsst ihr euch anklemmen, denn nur damit dürft ihr euch im Bühnenbereich aufhalten.«

»Boah, cool, 'ne Identity Card für uns.« Ben fühlt sich jetzt schon wichtig.

Hartmut führt sie durch den Eingang vor die Bühne, und wenig später klemmen sich die vier ihre Ausweiskarten an. Dann deutet Hartmut auf Caruso. »Euer Hund ist wirklich drollig, aber ... auf die Bühne darf er leider nicht. Außerdem wäre es besser, wenn höchstens zwei von euch sich dort oben aufhielten. Unsere Bühnentechniker nehmen die Sicherheitsvorschriften sehr genau.«

Alina erklärt sich sofort bereit, mit Caruso ein wenig umherzulaufen und dabei ihre Beobachtungen zu machen.

Ben bietet an, sich am Eingangstor auf die Lauer zu legen, um die hereinkommenden Zuschauer im Auge behalten zu können.

Lukas und Bille steigen schließlich mit Hartmut die Metalltreppe an der rechten Seite der Bühne hoch. Sie winken Alina und Ben von oben zu.

Es ist noch früh. Fünf Minuten vor drei.

Das Konzert soll erst in vier Stunden beginnen, und doch sammeln sich vor dem Eingang schon jetzt einige Bläck-Fööss-Fans, um sich nachher die besten Plätze zu sichern.

Lukas und Bille setzen sich hinter einem der Lautsprechertürme auf die Bühne und beobachten die Leute. Ein paar Kinder spielen hinter dem Absperrgitter Nachlaufen, einige Frauen sitzen auf mitgebrachten Klappstühlen und halten ein Schwätzchen, und direkt vor der Bühne hockt ein gutes Dutzend Leute auf dem Boden – anscheinend ein Fanclub, denn alle tragen die gleichen weißen Sonnenhüte.

Alina schlendert mit Caruso den Weg an der Ufermauer entlang, beobachtet dabei die Menschen, die im Rheinpark spazieren gehen, und wirft einen Blick zur anderen Rheinseite hinüber. Drüben, direkt gegenüber, steht Sankt Kunibert. An dem Spielplatz neben der Kirche wohnt Ben. Er ist *Messdiener* in Sankt Kunibert, und Alina weiß, dass er darauf superstolz ist, obwohl er das nicht zugeben würde.

Dann schwenkt ihr Blick über den Rhein. Heute, am Samstag, sind kaum Lastkähne unterwegs, dagegen herrscht bei der weißen Flotte Hochbetrieb.

Das Rundfahrtschiff kommt gerade von Mülheim zurück und schaukelt gegen den Strom rheinaufwärts zu seinem Anleger hin. Auf dem voll besetzten Oberdeck muss ein Gesangsverein sitzen. Oder Menschen, die heute Abend zum Konzert kommen wollen, denkt Alina, denn sie hört sie singen: »*Dat Wasser vun Kölle es jot!*«

Links von Sankt Kunibert liegen drei große, prächtige Passagierschiffe hintereinander vor Anker. Alina sucht mit zusammengekniffenen Augen nach den Heckflaggen, um die Herkunftsländer erkennen zu können.

Blauweißrot senkrecht nebeneinander – das ist Frankreich. Weißes Kreuz auf rotem Grund, ganz klar – das ist die Schweiz, Rotweißblau untereinander – Niederlande. Gelber Kreis auf weißem Grund …?

Alina neigt den Oberkörper vor und kneift die Augen noch enger zusammen. Tatsächlich. Neben der holländischen Flagge flattert eine weiße Fahne. In deren Mitte leuchtet ein großer gelber Kreis mit gezacktem Rand, zwei Augen und einem lachenden Mund.

In Alinas Kopf macht es »Klick!«, und auf einmal sieht sie wieder die lachende Sonne auf der Ausweiskarte und der Krawatte von diesem Bart Fleet vor sich. Auch die vier Buchstaben STWD bekommen plötzlich Sinn. Steward, denkt sie, Bart Fleet muss Steward auf dem Schiff da drüben sein.

Alinas Blick wandert vom Heck des Schiffes zum Vorderteil, dem Bug. Unterhalb der Kapitänsbrücke steht in dicken schwarzen Buchstaben: DE ZONNESCHIJN. Ha! Jetzt erinnert sie sich genau. Das war das Wort mit »Z« und »J«, das auf der Ausweiskarte stand.

Sie sieht zwischen der lachenden Sonne auf der Heckfahne und dem Schriftzug hin und her, und langsam dämmert ihr, dass der holländische Schiffsname auf Deutsch vielleicht so was Ähnliches wie »Der Sonnenschein« bedeuten könnte.

»Klar, der Typ ist nicht zum Bahnhof, der ist zum Schiff …«, spricht sie vor sich hin. Das muss sie den anderen sagen. Alina spurtet los und zieht dabei die Hundeleine so plötzlich an, dass Caruso, der gerade an einem Grasbüschel schnüffelt, von dem Ruck fast umgerissen wird.

Da steht Ben, lässig mit dem Rücken gegen das Eingangstor gelehnt, und kaut scheinbar gelangweilt auf seinem Kaugummi herum, während er aus den Augenwinkeln jeden Spaziergänger von oben bis unten aufmerksam begutachtet. Mit tiefer Stimme fragt er gedehnt: »Na? Was gesichtet, Baby?«

Alina ist sofort klar, dass in Bens Kopf in diesem Moment ein Krimi abläuft und dass er darin den Privatdetektiv spielt. »Selber Baby«, sagt sie knapp, greift nach Bens Handgelenk und zieht ihn mit sich. »Komm mal mit! Ich habe keine Lust, alles zweimal zu erzählen.«

Ben sträubt sich kein bisschen. Obwohl er vor Neugier fast platzt, lässt er sich bereitwillig an der Hand in Richtung Bühne führen.

Lukas und Bille haben schon von weitem an Alinas Gesichtsausdruck erkannt, dass es etwas Neues gibt. Sie verlassen ihren Beobachtungsposten hinter den riesigen Lautsprechertürmen und gehen zum Bühnenrand. Lukas lässt sich zuerst hinuntergleiten, dann dreht er sich um und reicht Bille die Hand, um ihr zu helfen.

Ben und Alina sehen es und grinsen. Aber dann grinsen auch Lukas und Bille, denn für sie hatte es ausgesehen, als wären ihnen die beiden Händchen haltend entgegengekommen.

Lukas zieht die Mundwinkel bis an die Ohren: »Lasst mich raten – ihr habt den Ring wieder gefunden, und jetzt wollt ihr ihn behalten. Für eure Verlobung.«

»Pfff … Bleib mal locker, Luki«, knurrt Ben, und sein Gesicht wird dabei ketchuprot.

Alina streift mit lässigem Blick ihren Bruder und sagt: »Blödmann!«

6. Kapitel

Die anderen staunen nicht schlecht, als Alina von ihrer Entdeckung berichtet, und Ben vergisst sogar, vor lauter Bewunderung über Alinas Pfiffigkeit seinen Mund zuzuklappen.

»Dann hat sich unsere Mission am Tanzbrunnen ja wohl erledigt«, sagt Alina. »Wir gehen zum Schiff, holen uns den Ring zurück und fertig.«

»Okay.« Lukas Stimme klingt nicht so, als würde er meinen, was er sagt. Auch Ben und Bille scheint die neue Lage nicht recht zu gefallen. Sie machen lange Gesichter, und Bille wirft einen sehnsüchtigen Blick zur Bühne.

»Was ist denn los mit euch? Habt ihr vergessen, weshalb wir hergekommen sind?« Alina sieht die anderen fragend an.

»Na ja«, druckst Lukas herum. »Den Ring wollen wir natürlich auch zurück, auf jeden Fall, aber …«

»… es wäre so was von abgefahren, wenn wir hier noch 'n bisschen rumhängen könnten«, beendet Ben den angefangenen Satz.

Auch Bille zeigt sich nicht gerade begeistert von der Vorstellung, schon jetzt gehen zu müssen. »Das Schiff liegt doch bestimmt noch den ganzen Abend da drüben. Und hier … na ja … es ist sooo supermegahypercool auf der Bühne.«

»Drei zu eins verloren.« Alina gibt auf und lässt die Mundwinkel hängen. »Na super!«

»Was ist super?«, fragt Hartmut Priess, der in diesem Moment von der Bühne klettert. »Gibt es ein Problem?«

»Pfff … eins?« Alina weist mit dem Kopf auf Lukas, Ben und Bille. »Es gibt drei.« Und dann berichtet sie auch Hartmut von ihrer Beobachtung.

Er findet Alinas Vorschlag gar nicht übel. »Ich denke, ihr solltet jede Chance nutzen. Es würde die Suche womöglich schnell beenden, und ihr hättet danach immer noch genügend Zeit, ganz entspannt den Anfang des Konzertes mitzuerleben.«

Lukas, Ben und Bille tauschen Blicke. Klar. Da hätten sie auch selbst drauf kommen können.

In Alinas Bauch macht sich ein wonnigwarmes Wohlgefühl breit. Sie muss sich auf die Unterlippe beißen, um nicht triumphierend »Na bitte!« oder etwas Ähnliches zu sagen.

»Ich habe eine Idee«, sagt Hartmut. »Ich bin hier fertig. Mit den Bühnentechnikern habe ich alles geklärt, und bis zum Auftritt dauert es noch fast dreieinhalb Stunden. Wir könnten also in aller Ruhe auf die Suche nach eurem Ring gehen.«

»Wir?«, fragen die Kinder gleichzeitig.

»Wir«, wiederholt Hartmut lächelnd. »Ich wollte schon immer mal Jagd auf einen verlorenen Schatz machen. Ich finde das richtig spannend. Also, wenn ihr mich mitnehmen wollt …«

»Das wäre total krass!« Lukas kann es noch nicht glauben.

Alina und Bille halten sich an den Händen, brechen in Jubelgeschrei aus und hopsen mit Caruso um die Wette auf und nieder.

Bens »Voll geil« geht in den spitzen Begeisterungsquietschern der Mädchen unter.

Als »Strolch«, die kleine Rheinfähre, wenig später über die Heckwelle eines großen Passagierschiffes schaukelt, kreischen nicht nur Alina und Bille vor Vergnügen.

Sie sitzen zu viert ganz hinten in der letzten Reihe und haben den vor Angst schlotternden Caruso in ihre Mitte genommen. Die Mädchen lassen sich mit geschlossenen Augen den Wind durch die Haare wehen, und die Jungen lauern auf die nächste größere Welle, die das Boot kurz abheben und wieder aufklatschen lässt.

Einmal hält Ben seine Hand über Bord in den Rhein und spritzt anschließend Wasser auf die Mädchen. Als er aber Carusos Zähnefletschen sieht, wagt er es kein zweites Mal.

Hartmut steht vorn und unterhält sich mit dem Fährmann. Ein paar der anderen Fahrgäste verrenken sich die Hälse nach dem Bassisten der Bläck Fööss und tuscheln.

Viel zu schnell ist die Fahrt zu Ende, und das Boot legt an seinem Platz unterhalb der Hohenzollernbrücke an.

Caruso will möglichst schnell wieder festen Boden unter den

Pfoten haben. Er zerrt wie wild an seiner Leine und zieht Lukas im Eilschritt über die Planken des Bootsanlegers hinter sich her an Land.

Am Konrad-Adenauer-Ufer wimmelt es nur so von Spaziergängern. Die halbe Stadt muss hier auf den Beinen sein, um diesen sonnigen Nachmittag zu genießen. Vor den großen Sommerferien hatten die Kölner ein paar Wochen lang unter einer großen Hitzewelle zu leiden gehabt. Dann – pünktlich am ersten Ferientag – hatte es angefangen zu regnen.

Als sollte es eine Strafe für alle Schulkinder sein, hatte der Regen fast die ganzen Ferien über angehalten, und selbst die alten Leute konnten sich kaum noch erinnern, wann es zum letzten Mal einen solch verregneten Sommer gegeben hatte.

Erst jetzt, eine Woche nach dem Ende der Schulferien, erbarmt sich der Spätsommer doch noch und verschenkt großzügig Sonnenschein.

Hinter dem Kiosk in Höhe der Machabäerstraße senkt sich die Uferpromenade um einige Meter ab. Ein Schild warnt die Autofahrer, ihre Fahrzeuge wegen der Hochwassergefahr nicht im tiefer gelegenen Teil der Straße zu parken. Trotzdem haben einige Leichtsinnige ausgerechnet hier ihren Wagen abgestellt. Dabei kann sich selbst der Dümmste denken, was bei Hochwasser passieren wird.

Ab und zu schwappen Wellen auf die Promenade und lecken über das Pflaster. Caruso beäugt sie misstrauisch, und wenn sie seinen Pfoten zu nahe kommen, weicht er ihnen schnell aus.

Dann stehen sie vor dem Schiff.

»Boah!«, platzt es aus Ben heraus. »Voll der Riesenkahn!«

Aus der Nähe betrachtet ist es noch viel größer und prächtiger als von der anderen Rheinseite. Schneeweiß und majestätisch liegt es fest vertäut an seinem Platz, hebt und senkt sich schwerfällig mit den Wellen.

Lukas studiert die Aufschrift neben dem Eingang: »Hundertfünf Meter lang, elfeinhalb Meter breit, vierhundertfünfunddreißig Tonnen, hundertachtzehn Passagiere. Wahnsinn!«

»De Zonneschijn«, liest Alina laut vor, und jetzt entdeckt sie, dass das »O« im Namen Augen und einen lachenden Mund hat.

»Boah, ick staune – is det 'n Pott«, ruft Bille beeindruckt und berlinert mal wieder unüberhörbar.

Hartmut Priess sieht sie schräg von der Seite an. »Du bist keine Kölnerin, oder?«

»Ich bin zwar in Köln geboren, aber ich habe die meiste Zeit meines Lebens in Berlin verbracht«, erklärt Bille.

»Bei mir ist es genau umgekehrt. Ich bin in Berlin geboren, habe aber die meiste Zeit meines Lebens in Köln verbracht«, sagt Hartmut.

Da staunt nicht nur Bille.

»Ich dachte immer, du wärst ein waschechter Kölner«, sagt Alina verblüfft.

»Mittlerweile wohl schon. Ich bin sehr gern hier, obwohl ich damals, als Kind, nicht nach Köln wollte.«

»Wieso musstest du denn aus Berlin wegziehen?«, fragt Bille.

»Weil meine Eltern das so bestimmt haben.«

Bille nickt. »Genau wie bei mir.«

Alina geht mit Caruso am Schiff entlang und betrachtet es sehr genau. Dabei fällt ihr auf, dass vom Bug bis zum Heck kein Mensch zu sehen ist.

Ben ist Alina gefolgt und hat es auch bemerkt. »Sieht aus wie 'n Geisterschiff, oder?«

»Stimmt. Irgendwie unheimlich.« Alina dreht sich zu Hartmut um und ruft: »Wo sind die nur alle?«

»Ich nehme an, dass die Touristen eine Stadtbesichtigung machen«, überlegt Hartmut. »Diese schwimmenden Hotels legen an den schönsten Orten an, damit die Reisenden Ausflüge machen können. Oft sind die Leute den ganzen Tag in der Stadt und kehren erst zum Abendessen an Bord zurück. Ich vermute, dass jetzt nur eine Notbesetzung da ist, eine Bordwache.«

»Tatsächlich«, sagt Lukas und deutet nach oben zur Kapitänsbrücke. »Da stehen zwei Männer.«

Der eine, ein breitschultriger, weißhaariger Mann mit vier goldenen Streifen an seinen Uniformärmeln, wirft nur einen kurzen Blick auf sie, sagt etwas zu dem anderen und wendet sich dann ab. Das Gesicht des zweiten Mannes können sie nicht sehen, denn er hält ein Fernglas vor seine Augen, durch das er sie offenbar genau betrachtet. An seinen Uniformärmeln blitzen drei silberne Streifen.

Hartmut winkt dem Mann freundlich zu und fragt ihn per Handzeichen, ob sie an Bord kommen dürfen. Der Mann setzt noch nicht einmal das Fernglas ab. Völlig unbeweglich steht er dort oben hinter der grün getönten Scheibe und beobachtet sie.

»Komischer Heini«, sagt Lukas. »Heißt das jetzt, dass wir an Bord dürfen, oder nicht, oder doch, oder was?«

»Jedenfalls hat er es uns nicht ausdrücklich verboten«, sagt Bille und betritt als Erste den kurzen Anlegesteg aus Metall. Die anderen folgen ihr, und weil Caruso sich weigert, über den Steg zu gehen, nimmt Lukas ihn kurzerhand auf den Arm.

Unter ihnen glucksen und schmatzen die Wellen, begleitet vom Quietschen der alten Autoreifen, die als Stoßdämpfer zwischen Schiff und Mauer hängen. Caruso schielt misstrauisch über Lukas' Arm auf das Wasser hinunter und beginnt zu zittern.

»Auf so einem Kahn war ich noch nie«, sagt Bille und sieht sich beeindruckt um. »Luxus pur!«

»Ich find's trotzdem gänsehautmäßig … so ganz ohne Menschen«, wendet Alina ein.

Lukas setzt Caruso auf den Boden und fragt: »Wollen wir einfach zu den beiden raufgehen?«

»Besser nicht«, sagt Alina.

Hartmut öffnet schließlich die Glastür zum großen Speisesaal und ruft hinein: »Hallo? Ist da jemand?«

Nichts rührt sich.

Also bleiben sie stehen, sehen sich um, lauschen und warten.

Caruso scheint es auf dem Schiff auch nicht wohl zu sein. Zitternd, mit eingeklemmten Schwanz und angelegten Ohren schnüffelt er den Boden ab.

Plötzlich hören sie gedämpfte Schritte von der steilen Treppe her. Sie ist von oben bis unten mit blauem Teppichboden überzogen, und auf jeder Stufe prangt rechts und links eine lachende Sonne.

Erwartungsvoll sehen sie nach oben.

Jemand kommt vom oberen Deck zu ihnen herunter. Stufe für Stufe sehen sie: erst schwarze Schuhe, dann dunkelblaue Hosenbeine, eine Uniformjacke mit drei silbernen Streifen an den Ärmeln. Ein Namensschild, genau wie das, das sie heute schon gesehen haben, klemmt an der Brusttasche. Noch eine Stufe, und endlich können sie das Gesicht des Mannes sehen.

»Hallo, Herr Fleet«, ruft Alina erleichtert und macht einen Schritt auf ihn zu. »Wir sind ja so froh, dass wir Sie gefunden haben.« Sie hat ihn gleich wiedererkannt, obwohl er ein kleines bisschen anders aussieht als in ihrer Erinnerung. Das muss an seiner Kleidung liegen, denkt sie.

Seine spinatgrünen Augen blicken sie ausdruckslos an. Ob er sich nicht an sie erinnern kann?

Alinas fragender Blick sucht den von Lukas, aber auch ihr Bruder scheint keine Erklärung für dieses merkwürdige Verhalten zu haben. Er zuckt unmerklich mit den Schultern.

»Guten Tag«, sagt Hartmut. »Entschuldigen Sie, dass wir ohne Aufforderung auf ihr Schiff gekommen sind, aber …« – er weist auf Alina, Lukas, Ben und Bille – »… diese Kinder hier haben eine wichtige Frage an Sie.«

»Was kann ich für Sie tun?«, fragt Herr Fleet nun mit holländischem Akzent. Sein Blick bleibt an Ben haften.

»Ja, ähhh …«, stammelt Ben, weil er nicht weiß, womit er beginnen soll.

Alina kommt ihm zu Hilfe. »Es ist wegen unserem Ring …«, beginnt sie, bricht aber mitten im Satz ab, weil Herr Fleet zusammenzuckt und sich ihr ruckartig zuwendet. Seine Augenlider flackern, und alle Farbe scheint aus seinem Gesicht gewichen zu sein.

»Ja?«, sagt er knapp. »Und?«

Alina atmet tief ein und berichtet dann von dem Verlust des Ringes und der Vermutung, dass er beim Aufsammeln der Sachen, die bei seinem Sturz über Caruso aus seiner Tasche gepurzelt waren, aus ihrer Latzhose in die Tasche hineingefallen sein muss. Sie erwähnt dabei ganz bewusst mit keinem Wort die Herkunft des Ringes.

Jetzt erst gelingt Herrn Fleet ein schmallippiges Lächeln. Er streicht sich dabei mit der Hand am Kinn entlang, sagt aber kein Wort.

Irgendetwas an ihm stimmt nicht, denkt Alina verunsichert und betrachtet ihn noch einmal von oben bis unten. Aber was? Ob er womöglich doch nicht …? Unsinn. Er muss es sein. Sie versucht einen Blick auf seinen angeklemmten Ausweis zu werfen, aber weil seine Hand immer noch am Kinn liegt, wird die Karte von dem Uniformärmel verdeckt.

»…eet«, kann Alina gerade noch erkennen. Das kann nur Fleet heißen, denkt sie. Na bitte! Er muss also der Typ von der Hohe Straße sein.

Der Mann hat ihren Blick auf sein Namensschild bemerkt. Die Hand, die eben noch an seinem Kinn lag, greift nun wie beiläufig zu der Klammer, löst sie und steckt das Namensschildchen in die Brusttasche. Dann tritt er – wieder verkniffen lächelnd – die letzte Stufe herunter, kommt näher und wirft dabei über ihre Köpfe hinweg rasche, prüfende Blicke zur Uferpromenade, als würde er dort jemanden suchen.

Alina späht über ihre Schulter zurück. Sie kann nichts Auffälliges entdecken. Die Spaziergänger draußen auf der Promenade schenken ihnen keinerlei Beachtung. Nach wem mag er bloß Ausschau halten, überlegt sie.

Er hat Alinas Blick bemerkt. Das Zucken um seine Mundwinkel verrät Anspannung. Er räuspert sich nervös und fragt dann Hartmut: »Sind Sie allein gekommen?«

»Ja, nur wir. Aber ich verstehe nicht ganz, was Sie meinen.«

»Oh, nur so …«, Herr Fleet macht eine vage Handbewegung, während er Hartmut und besonders den kräftigen Ben genau taxiert. Er scheint dabei nachzudenken. Einige Sekunden verstreichen – dann hat er offenbar einen Entschluss gefasst.

»Vielleicht liegt euer Ring tatsächlich in meiner Tasche«, sagt er. »Wir sollten nachsehen. Gehen wir in meine Kabine.« Wieder zucken seine Mundwinkel, und seine Augen flackern so heftig, als sei er kurz davor, in Panik auszubrechen. Er wirkt wie jemand, der sich nur mit Mühe beherrschen kann. Er deutet zu der Treppe, die in die unteren Decks führt, und geht voran.

Die Kinder und Hartmut tauschen hinter seinem Rücken Blicke. Irgendetwas ist faul an der Sache, das spüren sie.

Ben wedelt mit der flachen Hand vor seinem Gesicht hin und her und raunt den anderen leise zu: »Voll die Macke.«

Bille nickt und flüstert: »Systemabsturz.«

Caruso, sonst so naseweis, rührt sich trotz Lukas' energischem Zerren an der Leine keinen Millimeter vom Fleck und muss von ihm die Treppe hinuntergetragen werden.

Vom Flur des ersten Unterdecks, auf dem die Passagiere ihre Kabinen haben, führt Herr Fleet sie über eine enge Treppe noch tiefer hinunter zum zweiten Unterdeck. Dieser Flur ist eng und nur spärlich beleuchtet. »Stuff only – Zutritt nur für Personal« steht auf einem Schild. Die Kabinen müssen sehr schmal sein, überlegt Alina. Die Türen liegen dichter nebeneinander als auf dem Deck über ihnen. Es ist ihr hier nicht ganz geheuer, und das Vibrieren des Bodens unter ihren Füßen, verursacht durch den laufenden Dieselmotor, verstärkt das Gefühl noch.

Herr Fleet geht mit schnellen Schritten zum Ende des Ganges. Die fünf folgen ihm schweigend. An der vorletzten Tür auf der rechten Seite bleibt er stehen und zieht einen Schlüssel aus seiner Hosentasche.

Alina kann für einen Moment einen Blick auf den Anhänger erhaschen. Sie erinnert sich sofort. Es ist der Schlüssel, den sie heute schon einmal gesehen hat. Auf dem Pflaster der Hohe Straße. Der mit dem runden, gelben Anhänger auf dem eine blaue Zweiundzwanzig stand. Sie stupst die Freundin an.

Bille hat den Schlüsselanhänger auch gesehen. Sie nickt und deutet wortlos auf das Türschildchen: eine gelbe, lachende Sonne mit der Zahl Zweiundzwanzig darauf. Ganz klar, sie sind auf dem zweiten Unterdeck, vor der zweiten Tür.

Herr Fleet schließt auf und lässt die Tür in die Kabine hineinschwingen. Mit einer knappen Handbewegung fordert er Hartmut und die Kinder auf hineinzugehen. Alina geht als Letzte an ihm vorbei, und wieder bemerkt sie das Zucken um seinen Mund. Irgendetwas an ihm stimmt nicht, denkt sie auch diesmal. Irgendetwas. Aber was nur?

Die Kabine ist wirklich schmal. Zur Linken, zum Teil von der Tür bedeckt, steht ein Schrank mit zwei Türen, zur Rechten ein

Etagenbett. Kissen und Decken – weiß mit gelber, lachender Sonne – sind auf den beiden Betten ordentlich zusammengelegt. Unter einem Bullauge, durch das man über den Rhein zum gegenüberliegenden Ufer hin sehen kann, steht ein schmaler Tisch mit zwei untergeschobenen Stühlen.

Es ist ein gewöhnungsbedürftiger Rheinblick, denn das sehr schnell an ihnen vorbeifließende Wasser erweckt den Eindruck, als würde das Schiff fahren. Außerdem liegt die Wasseroberfläche nur eine Handbreit unter dem Bullauge.

Alina fühlt sich immer unbehaglicher. Lukas und Ben sehen wie gebannt auf die Fluten, Bille schaudert bei dem Anblick und sagt laut, was alle denken: »Uahhh …«

»Was soll denn das?« Der scharfe Ton in Hartmuts Stimme lässt die Kinder herumfahren. Für eine Schrecksekunde starren sie in die Mündung eines Revolvers, den Herr Fleet auf sie richtet. Alina sieht erschrocken auf die Waffe und die Hand, die sie hält. Sie kann nicht sagen, was es ist, aber sie weiß, dass mit dieser Hand irgendetwas nicht stimmt. Sie muss etwas übersehen haben. Dann verfliegt der Gedanke, weil neben ihr Bille scharf die Luft einzieht. Keiner von ihnen wagt es, auch nur ein Wort von sich zu geben. Hartmut schiebt sich langsam zwischen die Waffe und die Kinder. »Machen Sie keinen Unsinn«, sagt er ruhig und hebt beschwörend seine geöffneten Hände hoch. »Herr Fleet, wir können über alles reden, aber stecken Sie erst mal das Ding weg.«

»Umdrehen!«, befiehlt Herr Fleet knapp.

Alina hält den Atem an. Angst fühlt sie nicht, denn die Situation erscheint ihr so unwirklich wie eine Filmszene, in der sie eine Rolle spielt. Jeden Moment muss der Regisseur rufen: »Aus! Das war's! Danke!«, denkt sie.

Lukas greift nach Billes Hand, um sie und auch sich selbst zu beruhigen.

Ben steht da wie ein Klotz, sein Blick pendelt ungläubig von Herrn Fleet zu Hartmut, der sich wie ein Schutzschild vor den Kindern aufgebaut hat.

»Umdrehen!«, wiederholt Herr Fleet energisch. »Und Hände hoch!«

Erst jetzt wenden sich alle um und heben langsam die Arme. Herr Fleet stellt sich dicht hinter Hartmut, tastet mit der freien Hand über die Brusttaschen des rot karierten Hemdes und zieht ein Handy heraus. Er steckt es ein und schubst Hartmut nach vorn.

»Geh ans Fenster!«, befiehlt er.

Hartmut muss sich in der engen Kabine an den Kindern vorbeidrängen. Er flüstert ihnen dabei kaum hörbar zu: »Tut, was er sagt. Bleibt ruhig.«

»Schnauze!«, bellt Herr Fleet. »Los! Alle Handys raus!«

Bille nestelt mit zitternden Fingern an dem Schlüsselband, das um ihren Nacken liegt, und zerrt es unter dem T-Shirt hervor. Herr Fleet reißt ihr das Handy weg, kaum dass sie es von dem Karabinerhaken gelöst hat.

»Los! Eure auch! Schnell, schnell!« Er fuchtelt hektisch vor Alinas Gesicht herum, während sie in der Brusttasche ihrer Latzhose unter Frau Kunerts Luftballon-Päckchen nach ihrem Handy tastet.

Als Ben seines übergibt, kann er nur schwer dem Verlangen widerstehen, dem Fiesling kräftig eins auf die Nase zu hauen. Nur die Tatsache, dass der Typ einen Revolver hat, hält ihn davon ab.

Lukas will Caruso auf den Boden setzen, aber Herr Fleet fährt ihn an: »Halt den Hund fest! Los, her mit deinem Handy!«

Herr Fleet lässt das von Lukas zu den anderen in seine Jackentasche gleiten und macht Anstalten, die Kabine rückwärts gehend zu verlassen.

»Sie wollen uns doch wohl nicht hier einsperren?«, fragt Alina entsetzt.

»Glaubst du etwa, ich würde euch jetzt gehen lassen?«, fährt Herr Fleet sie an. »Ihr habt wohl gedacht, ihr könnt mir auf die ganz blöde Tour kommen, und ich würde es nicht merken?«

Die Kinder starren ihn verständnislos an. »Was für 'ne blöde Tour?«, fragt Lukas, aber Herr Fleet geht nicht darauf ein.

»Und denkt bloß nicht, dass euch jemand rauslassen wird«, zischt er ihnen zu. »Hier könnt ihr so laut schreien, wie ihr wollt – oben kann man euch nicht hören. Außerdem ist sowieso keiner an

Bord. Heute kommen die Passagiere nicht vor Mitternacht von ihrem Landgang zurück, und das Personal hat bis zehn Uhr frei.«

Hartmut macht noch einen Versuch und sagt: »Hören Sie, was auch immer …«, aber Herr Fleet ist bereits auf den Gang hinausgetreten. Er wirft die Kabinentür zu. Sie hören, wie er den Schlüssel im Schloss umdreht und seine Schritte sich schnell entfernen.

7. Kapitel

»Auf-ma-chen! Auf-ma-chen!« Bille trommelt wieder und wieder mit den Fäusten gegen die Kabinentür. Ihre Wangen glühen vor Aufregung, und ihre braunen Augen scheinen Funken zu sprühen. Bei jedem Schlag gegen die Tür wirbeln ihre dunklen Locken wild um ihr Gesicht. »Sofort aufmachen!«

Alina legt eine Hand auf Billes Schulter, um sie zu beruhigen. »Lass mal gut sein! Der goldgestreifte Typ da oben auf der Brücke kann uns nicht hören – dafür ist das Schiff viel zu groß. Und außer ihm scheint wirklich niemand auf dem Schiff zu sein.«

Auch Lukas und Ben versuchen nun zusammen mit Hartmut, die Tür zu öffnen. Aber als ihr Versuch ebenfalls scheitert, setzen sie sich nebeneinander auf das untere Bett. Hartmut zieht sich einen der Stühle unter dem Tisch hervor.

»Sorry, Leute. Bei Aufregung kriege ich immer totalen Hunger«, sagt Ben und legt seine Hand auf den Bauch, weil sein Magen glucksende und knurrende Geräusche von sich gibt.

Lukas murmelt vor sich hin: »Wir haben ihn doch nur nach dem Ring gefragt. Nichts weiter. Warum zielt dieser Heini mit einer Pistole auf uns und sperrt uns dann auch noch ein? Was soll das? Der hat sie wohl nicht alle!«

Bille lässt sich mit einem lauten Seufzer neben Lukas auf das Bett plumpsen. Sie ist den Tränen nahe. »Ich hab's heute Morgen beim Aufstehen schon gewusst, dass was Besonderes passieren wird. Und jetzt ist mir auch klar, was: Wir werden hier drin ersticken«, sagt sie mit zittriger Stimme.

Lukas weiß nicht recht, wie er reagieren soll, dann legt er unsicher seinen Arm um ihre Schulter, in der Hoffnung, dass es die richtige Geste ist.

»Mist!«, zischt Bille und meint ihre missliche Lage, aber Lukas zieht vorsichtshalber sofort seinen Arm zurück.

Carusos Blick pendelt irritiert von einem zum anderen. Er versteht die ganze Aufregung nicht.

Hartmut hat sich in der Zwischenzeit an dem Bullauge zu schaffen gemacht. Der Fenstergriff fehlt. Er muss schon vor längerer Zeit abgeschraubt worden sein, denn Staub und Schmutz stecken in dem Loch, in dem eigentlich der Griff verankert sein sollte. Hartmut bemüht sich vergeblich, mit einer kleinen Münze, die er in seiner Hosentasche gefunden hat, die Schraube im Inneren des Lochs zu erreichen. Er tastet in seinen Hemdtaschen nach etwas, das sich besser eignet, und zieht einen Packen Autogrammkarten der Bläck Fööss, einen dicken schwarzen Filzschreiber zum Unterschreiben und ein Plektron hervor. Skeptisch betrachtet er das dreieckige Plättchen aus Horn, mit dem er sonst die Seiten seiner Bassgitarre anreißt, setzt es aber trotzdem an die Schraube. Doch schon bei der ersten Drehung bricht das Plektron in der Mitte entzwei.

»Der Versuch war's wert«, sagt er. »Ersticken werden wir hier drin zwar nicht, aber auf frische Luft müssen wir wohl verzichten.«

Alina kann nur stumm und ergeben nicken. Sicher, man hätte durch das geöffnete Bullauge ohnehin nicht fliehen können, denn zum Durchklettern ist es viel zu klein, aber es hätte wenigstens ein bisschen Abkühlung in die enge Kabine gebracht.

»Schätze, wir haben ein fettes Problem«, sagt Ben, und die Schweißperlen stehen ihm schon jetzt auf der Stirn.

»Ob man uns vom anderen Ufer aus sehen kann, wenn wir winken?«, fragt Alina.

Lukas glotzt sie an, als hätte er plötzlich eine Geisteskrankheit bei ihr entdeckt. »Quark!«

»Nee, sicher nicht«, sagt Ben gedehnt und schüttelt den Kopf.

Trotzdem springt Bille auf, wedelt mit der Hand ein paar Mal vor dem Glas hin und her und seufzt schließlich. »Das bringt echt nix.«

»Ich glaube nicht, dass jemand auf ein winziges Bullauge ein paar Zentimeter über der Wasseroberfläche achtet«, sagt Hartmut. »Und selbst, wenn uns jemand von einem vorbeifahrenden Schiff aus sehen würde – wahrscheinlich würde er unser Winken für einen freundlichen Gruß halten.«

Alina starrt hinaus auf die Wellen, und diesmal ist es Bille, die tröstend nach der Hand der Freundin fasst. Auf der anderen Rheinseite erkennen sie das große, zipfelige, weiße Zeltdach über dem Tanzbrunnen, rechts davon die Rheinterrassen, und daneben liegen der Messeturm und die Messehallen.

»Schöner Mist«, sagt Alina niedergeschlagen. »Unsere Eltern sind da drüben und haben keine Ahnung, dass wir hier in der Klemme stecken. Sie werden uns erst vermissen, wenn wir um acht Uhr nicht zu Hause sind.«

»Meine Mutter wird vermutlich auch nicht früher Alarm schlagen«, sagt Bille.

Plötzlich fällt Alina etwas ein. »Hartmut, was wird eigentlich passieren, wenn du nicht rechtzeitig zum Konzert am Tanzbrunnen bist? Können die anderen überhaupt ohne dich auftreten?«

»Ohne mich schon, aber nicht ohne den *Bass*. Der ist unverzichtbar. Wenn ich nicht pünktlich da bin, wird wahrscheinlich Bömmel mein Instrument übernehmen. Eigentlich spielt er ja Gitarre, aber er hat auch früher schon mal, als ich krank war, bei einem Auftritt meinen Bass übernommen.« Seine Stimme klingt zwar ruhig, und er wirkt gelassen, aber Alina bemerkt, dass er einen besorgten Blick auf seine Armbanduhr wirft.

Es ist zehn nach vier.

Hartmut muss also in knapp drei Stunden auf der Bühne am Tanzbrunnen sein.

Alina presst ihre Lippen zusammen. Sie fühlt sich plötzlich schuldig an der misslichen Lage. Wäre sie doch bloß nicht auf den Gedanken verfallen, zu dem Schiff gehen zu wollen.

»Es tut mir so Leid«, sagt sie mit dünner Stimme. »Ich hab das alles nicht gewollt. Ich dachte, es sei eine gute Idee, hierher zu kommen.«

»Sie war jedenfalls nicht schlecht«, versucht Hartmut sie zu trösten. »Du konntest ja nicht ahnen, was geschehen wird. Dass dieser Herr Fleet anscheinend ein Krimineller ist, konnte keiner von uns wissen.«

»Der ist nicht nur kriminell, der ist auch irgendwie bekloppt«, knurrt Ben. »Habt ihr das Zucken um seinen Mund gesehen? Und wie der mit den Augen geplinkert hat, als Alli den Ring erwähnte?

Heute Mittag fand ich den Typen schon komisch, aber vorhin hab ich gedacht, bei dem ist 'ne Sicherung durchgeknallt.«

»Ja, genau«, stimmt Bille zu. »Irgendwas muss bei dem im Kopf so 'ne Art Kurzschluss ausgelöst haben. Der kann doch nicht im Ernst glauben, dass er uns für immer und ewig hier drin festhalten kann.«

»Das kapier ich auch nicht«, sagt Lukas. »Er hat selbst gesagt, dass die Mannschaft gegen zehn an Bord zurückkehrt. Er weiß also genau, dass wir dann auf jeden Fall hier rauskommen, und er kann sich ja wohl denken, dass wir ihn dann bei der Polizei anzeigen, oder?«

»Vermutlich glaubt er, wir wären ihm bei irgendeiner krummen Sache auf die Schliche gekommen«, sagt Hartmut. »Und jetzt will er uns nur für ein paar Stunden aus dem Weg räumen, um Vorsprung zu gewinnen.«

»Kann schon sein«, sagt Ben. »Vielleicht will er ja 'ne Bank überfallen und danach verduften.«

»Vielleicht 'ne Parkbank am Tanzbrunnen?« Alina tippt sich mit dem Zeigefinger gegen die Stirn. »Hast du vergessen, dass der Typ zwei Eintrittskarten für das Bläck-Fööss-Konzert hat?«

Ben hat tatsächlich nicht mehr daran gedacht und ärgert sich jetzt darüber. »Okay, okay. Aber ich glaube nicht, dass der uns wegsperrt, damit er sich in Ruhe bei dem Konzert amüsieren kann. Der hat die Karten bestimmt nur für andere besorgt. Vielleicht für Passagiere.«

»Wie auch immer, Ben.« Alina seufzt und lässt sich neben Lukas und Ben auf das untere Bett plumpsen. »Wir wissen nicht, was er wirklich vorhat. Es bleibt uns nichts anderes übrig, als die nächsten Stunden in dieser stickigen, engen Bude zu warten, bis die Mannschaft zurückkommt.«

Caruso kuschelt sich ganz eng an sie und legt den Kopf auf ihr Bein. Sie krault seine samtweichen Öhrchen, und es scheint nicht nur dem Hund gut zu tun. Carusos Augen, sonst rund und schwarz wie Amarena-Kirschen, blicken sie schläfrig trüb an.

Hartmut kippt seinen Stuhl nach hinten, bis er sich gegen die Bordwand lehnen kann, und betrachtet die Einrichtung der Kabine: zwei Betten, zwei Stühle, ein Tisch, ein Schrank. Sonst nichts. Absolut gar nichts liegt hier herum.

Es sieht beinahe so aus, als würde niemand hier wohnen. Und doch, die feinen Knitterfalten auf dem zusammengelegten Bettzeug beweisen, dass jemand darin geschlafen haben muss. Jemand, der offensichtlich den allergrößten Wert auf Ordnung legt.

»Der Typ sollte auch mal in Lukas' Zimmer aufräumen«, sagt Alina, die den gleichen Gedanken hatte.

»Pfff …«, macht Lukas und wirft ihr einen beleidigten Blick zu.

»Für diesen Fleet scheinen Sauberkeit und Ordnung tatsächlich extrem wichtig zu sein.« Hartmut nickt Alina zu.

Sie deutet auf das andere Bett. »Der, der oben schläft, muss genauso sein. Nirgends liegt auch nur ein Stäubchen rum. Alles wie geleckt.« Alina sieht sich in der Kabine um. »Ob er den Ring hier irgendwo versteckt hat?«

Lukas schüttelt den Kopf. »Glaub ich nicht. So blöd ist der Typ nicht. Ich bin mir ziemlich sicher, dass der den Klunker längst in seiner Tasche gefunden hat und ihn jetzt verscherbeln will. Und damit wir ihm dabei nicht in die Quere kommen können, hat er uns eingesperrt.«

Für ein paar Minuten ist es ruhig in der Kabine, weil jeder seinen eigenen Gedanken nachhängt.

»Mir geht da was nicht aus dem Kopf«, sagt Alina plötzlich in die Stille. »Ben, du hast vorhin gesagt, dass der Typ erst in dem Moment das Rucken und Zucken bekommen hat, als ich unseren Ring ins Spiel brachte. Genau das ist mir auch aufgefallen. Vorher war der zwar ziemlich merkwürdig, aber in dem Moment hat es bei dem Typen irgendwie »klick« gemacht, und die Sicherung ist rausgesprungen. Lukas könnte also Recht haben damit, dass der Typ den Ring längst gefunden hat.«

Hartmut wiegt seinen Kopf. »Hm … ist es eigentlich ein besonderer Ring?«

»Na, jaaa …«, druckst Alina herum. »Hat Frau Kunert dir denn nichts darüber gesagt?«

»Nein, nur das, was ihr mitgehört habt. Ihr wart doch dabei, als sie mich anrief, oder?«

»Ja, waren wir.«

»Nun? Was ist mit dem Ring?«

»Der Ring ist schon ziemlich … ungewöhnlich.«

»Aha. Ungewöhnlich wertvoll?«

»Keine Ahnung.«

»Vielleicht ungewöhnlich schön?«

»Nicht wirklich. Eher protzig.«

»Ich verstehe. Ungewöhnlich ungewöhnlich also?«

»Genau.«

Hartmut sieht Alina mit hochgezogener Augenbraue an, lächelt nachsichtig und wartet.

Das ist dann wohl der Moment, in dem man Farbe bekennen sollte, denkt Alina. Sie holt tief Luft und beginnt zu erzählen, wie sie und Bille heute Mittag den Ring innerhalb kurzer Zeit gefunden und wieder verloren haben. Ab und zu unterbrechen Bille, Lukas und Ben, um etwas zu ergänzen oder ihre Schilderung auszuschmücken.

Je mehr die Kinder über den Ring und seinen Fund erzählen, umso ernster wird Hartmuts Gesichtsausdruck. Er kreuzt die Arme vor der Brust und streckt seine Beine lang aus. Er hört schweigend zu und fixiert dabei seine Sandalen.

Nachdem die Kinder fertig sind, macht er ein paar Mal »Hm …« und »Tja …«, und sie wagen nicht, ihn in seinen Überlegungen zu stören.

»So war das also«, sagt er schließlich. »Eurer Beschreibung nach muss es ein recht altes Schmuckstück sein.«

»Vielleicht hat es mal einer reichen Römerin gehört«, vermutet Bille.

Skeptisch wiegt Hartmut seinen Kopf. »Habt ihr nicht gesagt, der Ring sei sehr groß gewesen? Ich meine nicht nur den Stein, sondern auch den Ring selbst.«

»Ja, das war er wirklich«, antwortet Alina. »Der saß selbst noch an meinem Daumen locker.«

»Ist es in dem Fall nicht wahrscheinlicher, dass er von einem Mann getragen worden ist?«, fragt Hartmut.

»So 'n dicker Klunker?« Ben verzieht das Gesicht. »Welcher

Mann zieht sich denn so 'n Protzteil an? Höchstens an Karneval, oder?«

Alina schüttelt den Kopf. »Er sah aber gar nicht nach einem billigen Karnevalsring aus. Dafür war er viel zu schwer. Er wirkte ziemlich echt.«

»Dann«, sagt Hartmut, »… dann habe ich nur eine Erklärung. Ich vermute, der Ringträger war ein …«

»Kaiser!«, unterbricht ihn Bille. »So ein großes Teil konnte sich bestimmt nur ein Kaiser leisten.«

»Oder ein König?« Alina bekommt Kulleraugen.

»Boah! Echt?« Ben kann es nicht glauben. »Irgend so 'n König war in eurem Keller?«

Alina wirft ihm einen schrägen Blick zu.

»Ich dachte eigentlich mehr an einen …«, setzt Hartmut erneut an.

»Bischof!« Wieder fällt Bille ihm unhöflich ins Wort, aber der Gedankenblitz hatte sie so plötzlich getroffen, dass der Mund schneller war als ihr gutes Benehmen. »Ups! Entschuldigung!« Schuldbewusst schlägt sie sich eine Hand vor den Mund, damit ihr nicht noch etwas ›Plötzliches‹ rausrutschen kann.

Hartmut lächelt. »Genau. Ich vermute, dass es sich um den Ring eines Bischofs handelt. Sicher bin ich natürlich nicht, aber ich habe schon Bischofsringe gesehen, und da kommt eure Beschreibung recht nahe.«

»Wo hast du denn echte Bischofsringe gesehen?«, will Bille wissen.

»In der Schatzkammer des Kölner Doms und auch an der Hand eines Bischofs«, sagt Hartmut.

Alina macht ein langes Gesicht. Der Ring eines Bischofs – sie ist enttäuscht. Ein König oder besser noch ein Kaiser, das wäre was gewesen, aber ein Bischof … davon gibt's so viele.

»Moment mal! Aua! Mist!« Lukas hat sich beim Hochschnellen den Kopf am Rahmen des oberen Bettes gestoßen. Er presst seine Hand gegen die Stirn. »Da stand doch was in dem Ring. Wie war das noch? Henricus Imperator Annoni Archiepiscopo, oder so.«

»Bist du sicher?« Hartmut sieht Lukas ungläubig an.

»Ziemlich. Ich hab seit der Fünf Latein.«

»Und er ist 'n Streber«, grinst Ben, wofür er prompt eine Kopfnuss von Lukas erntet.

Hartmut wiederholt leise und wie in Gedanken versunken: »Henricus Imperator Annoni Archiepiscopo …«

Alina und Bille warten auf eine Erklärung.

»Bedeutet das was Besonderes?«, fragt Alina schließlich ungeduldig.

Hartmut atmet tief durch. »Das kann man wohl sagen. Etwas ganz Besonderes sogar. Wenn es das ist, was ich vermute, dann habt ihr in eurem Keller zum zweiten Mal einen echten Schatz gefunden.«

Die Kinder halten gespannt die Luft an. Einen echten Schatz zu finden, erscheint ihnen schwieriger, als einen Sechser im Lotto zu haben. Aber gleich zweimal … das ist beinahe so selten, als fiele einem ein Stern vom Himmel direkt auf den Kopf. Sie sind dermaßen fasziniert von dem Gedanken, dass sie völlig vergessen, wo sie sich befinden: eingesperrt in einer engen Schiffskabine.

»Los, erzähl schon, Hartmut«, drängelt Alina weiter.

»Ich bin natürlich kein Geschichtslehrer, aber mit der Kölner Stadtgeschichte kenne ich mich ganz gut aus. Ich habe eine ganze Menge Bücher darüber gelesen. Mit Henricus Imperator ist wahrscheinlich *Heinrich der Vierte* gemeint, denn er war König zu der Zeit, als Erzbischof Anno der Zweite in Köln regierte. Archiepiscopo heißt nämlich Erzbischof.«

»Wann war denn das?« – »Gehörte der Ring diesem Anno oder dem anderen, König Heinrich?« – »Anno? Komischer Name für einen Erzbischof.« – »Wieso regierte denn ein Erzbischof in Köln, wenn es doch einen König gab?« Die Fragen der Kinder prasseln nur so auf Hartmut ein.

»Langsam, langsam«, bittet er und hebt beide Hände. »Lasst mich erst mal meine Erinnerungen sortieren. Ich habe mich zwar mal ausgiebig mit diesem Thema beschäftigt, als wir ein Lied gemacht haben, das von Anno und dem ›*Feschers Köbes*‹ handelt, aber das war 1979, ist also schon ein bisschen länger her.«

»Fesch… wer?«, fragt Ben.

»Feschers Köbes? So heißt in unserem Lied der Kölner Kaufmannssohn, der es vor beinahe tausend Jahren gewagt hat, sich gegen Erzbischof Anno zu stellen.«

»Feschers? Komischer Vorname«, sagt Bille, worauf Hartmut erklärt: »Fischer war der Nachname. Jakob Fischer. Auf Kölsch wird Feschers Köbes draus.«

»Hat der wirklich gelebt, oder ist das 'ne erfundene Geschichte?« Lukas will den Dingen wie immer auf den Grund gehen.

»Es hat ihn tatsächlich gegeben«, antwortet Hartmut. »Nur der Name ist erfunden. Sein richtiger Name wurde nämlich leider nicht überliefert. Wir haben ihn im Lied so genannt, weil das vor uns schon der Kölner Schriftsteller Albert Vogt gemacht hat. Albert Vogt hat die Buchstaben seines Namens so umgestellt, dass daraus B. Gravelott wurde, und unter diesem Namen hat er sein Buch über die ›Kölsche Feschers Famillich‹ geschrieben.«

»Köbes … hm, also … ich hätte ihn Gero oder Ortwyn genannt«, sagt Lukas und erntet verwunderte Blicke.

»Wie kommst du denn jetzt darauf?«, will Alina wissen.

»Kennst du etwa welche, die so heißen?«, fragt Bille.

»Nee, aber ich hab mal ein Buch über zwei Ritter gelesen, und ihre Namen waren Gero und Ortwyn.«

»War das damals was so Besonderes, dass einer gegen den Erzbischof aufgemuckt hat?«, fragt Ben. »Wir finden auch nicht immer alles toll, was unser Erzbischof macht, trotzdem würde kein Mensch ein Lied oder ein Buch über uns schreiben.«

»Das Heute und das Damals«, sagt Hartmut und wippt dabei mit dem Stuhl leicht hin und her, »das sind zwei völlig verschiedene Welten, die man nicht miteinander vergleichen kann. Heutzutage wissen wir zwar einiges über das Mittelalter, aber die Eindrücke und Gefühle der Menschen, die damals gelebt haben, können wir nicht wirklich nachempfinden. Hier und heute geht es uns gut, weil jeder frei und offen seine Meinung sagen kann. Für uns ist das schon zur Selbstverständlichkeit geworden, aber um diese Freiheit haben die Menschen vergangener Zeiten hart gekämpft. Nicht wenige mussten sogar mit ihrem Leben dafür bezahlen. Damals wurde nämlich schon die geringste Aufmüpfigkeit bestraft. Sich wie

Feschers Köbes sogar öffentlich gegen den Erzbischof aufzulehnen, das war ein geradezu ungeheuerlicher Vorgang. Er hat es als Erster gewagt, und er hat dafür fürchterlich büßen müssen.«

»Er muss wohl ziemlich wütend gewesen sein, dass ihm dermaßen der Kragen geplatzt ist«, vermutet Alina mit einem Seitenblick auf Ben, dem genau das auch manchmal passiert.

Hartmut nickt. »Das war er wohl. Und er hatte dazu auch allen Grund. Es gab da nämlich diesen Vorfall mit dem Schiff.«

»Erzähl doch mal genauer«, bittet Lukas. »Ich finde das voll spannend, und außerdem bleibt uns sowieso nichts anderes übrig, als hier rumzuhängen, bis die Passagiere von ihrem Landausflug zurückkommen.«

»Wenn ihr wollt …«

»Jaaa, bitte«, rufen Alina und Ben wie aus einem Mund.

»Beim Erzählen vergeht die Zeit schneller, und das Warten ist nicht so langweilig«, erklärt Bille.

Hartmut kann sich ein Schmunzeln nicht verkneifen, und er beginnt seine Erzählung. »Anno hat es sicher gut gemeint, als er …«

»Ha! Meine Oma sagt immer, gut gemeint ist das Gegenteil von gut«, braust Bille sofort auf und wird dafür von Alina tadelnd angestupst.

»Damit hat deine Oma sicher Recht. Und es stimmt auch hier, denn die Beziehung der Kölner zu ihren Erzbischöfen war wirklich nicht immer gut. Anno muss es allerdings auf die Spitze getrieben haben«, sagt Hartmut.

»Womit denn?«, fragt Lukas.

»Mit seiner rechthaberischen Art. Es heißt, er war ausgesprochen streng, scharfzüngig, beleidigend und manchmal sehr aufbrausend. Er hatte Macht, und das ließ er seine Mitmenschen spüren.«

Alina rümpft die Nase: »Dann wäre er mir auch nicht besonders sympathisch gewesen.«

»So aufgeblasene Typen mögen wir Kölner überhaupt nicht. Gegen den hätte ich auch Stunk gemacht«, ereifert sich Ben.

»Das glaub ich dir aufs Wort.« Alina muss grinsen.

Lukas rutscht ungeduldig auf dem Bett hin und her und wedelt mit der Hand: »Jetzt seid doch mal leise! Ich will endlich hören, was damals passiert ist. Warum ist der Typ so ausgerastet? Und was war mit dem Schiff?«

»Die Sache mit dem Schiff«, sagt Hartmut, »war nur der Tropfen, der das Fass zum Überlaufen brachte, denn eigentlich hatte alles schon früher begonnen. Die weltliche Herrschaft der Kirche war den Kölner Kaufleuten nämlich seit längerem ein Dorn im Auge. Sie waren es leid, sich vom Erzbischof bevormunden zu lassen, zumal sie wussten, dass die Welt nicht ganz so war, wie die Kirche sie glauben machen wollte. Sie hatten nämlich schon viel von der Welt gesehen – England, Frankreich, Spanien und Dänemark bereist, einige hatten sogar seltene und kostbare Gewürze aus dem Orient und den arabischen Ländern in die Heimat geholt – und dabei ihre eigenen Erfahrungen gesammelt.«

»Welche denn?«, will Lukas wissen.

»Nun …« – auf seiner Suche nach einem Beispiel, blickt Hartmut aus dem Bullauge – »bleiben wir bei dem Thema Schiff. Die Kirche beharrte damals darauf, dass die Erde eine Scheibe sei. Die Seefahrer, mit denen die Kaufleute über die Meere segelten, hatten allerdings eine Beobachtung gemacht, die sie an dieser Behauptung zweifeln ließ. Ihnen war nämlich aufgefallen, dass am Horizont immer zuerst die Masten und Segel der anderen Schiffe zu sehen waren und erst später, beim Annähern, auch der Rumpf. Daraus hatten sie den Schluss gezogen, dass die Erdoberfläche gekrümmt sein musste, denn wäre die Erde eine Scheibe, hätte man auf See selbst aus großer Entfernung das ganze Schiff sehen müssen und nicht nur die Segel. Folglich …«

»Musste die Erde eine Kugel sein«, beendet Lukas den Satz.

»Es war die einzig logische Schlussfolgerung«, bestätigt Hartmut.

»Cool! Die Seeleute waren ja voll gut drauf«, sagt Ben anerkennend. »Und trotzdem hat die Kirche weiterhin behauptet, die Erde sei platt?«

»Also, das finde ich gemein«, empört sich Alina. »Die Menschen dermaßen für dumm zu verkaufen. Das hätte ich mir auch nicht gefallen lassen.«

»Allein schon für diesen Satz wärst du damals bestraft worden«, sagt Hartmut, woraufhin Alina ihre Augen ungläubig aufreißt.

»Aber Alli hat doch Recht«, wird sie von Ben unterstützt. »Ich lass mir auch keinen Mist aufschwatzen. Und überhaupt: Wenn ich merke, dass mir einer Quark erzählt, dann glaube ich dem gar nichts mehr, weil der das bestimmt nicht nur einmal macht.«

Hartmut nickt. »So ähnlich haben die Kölner Kaufleute damals wahrscheinlich auch gedacht.«

»Wann war das eigentlich? Wann lebte dieser Anno in Köln?«, fragt Lukas.

»Vor beinahe tausend Jahren.«

»Das heißt, dass unser Ring ... eh ... ich meine, der, den wir gefunden haben, auch tausend Jahre alt sein muss«, staunt Alina. Lukas scheint mit glasigen Augen in das andere, längst vergangene Köln zu starren. »Erst finden wir das Römerschwert, das zweitausend Jahre alt ist, und dann diesen Ring aus dem Mittelalter ...« – er atmet tief ein – »ich wüsste zu gern, wie er damals in den Keller gekommen ist«, flüstert er. »Am liebsten wäre ich dabei gewesen.«

»Ach ja, ich auch«, seufzt Bille.

Keiner von ihnen denkt noch daran, dass sie in einer Schiffskabine eingesperrt sind. Ihre Blicke hängen erwartungsvoll an Hartmuts Lippen.

»Ich platze gleich vor Neugier, wenn ich nicht bald erfahre, was damals passiert ist. Was war denn nun mit dem Schiff?«, fragt Lukas, und Alina, Ben und Bille nicken stumm.

Hartmut lehnt sich zurück und macht es sich auf dem harten Stuhl so bequem, wie es eben geht. »Ich weiß nur das, was wir damals, als wir das Lied ›Feschers Köbes‹ schrieben, über diese Sache erfahren haben. Das erzähle ich euch gern. Wenn ihr aber genau wissen wollt, wie es war, müsst ihr in Büchern oder dem Internet nachforschen«, sagt er und schließt für einen Moment die Augen, um sich zu konzentrieren.

Keines der Kinder sagt auch nur einen Mucks. Voller Erwartung beugen sie sich vor, als Hartmut endlich weiterspricht. »Nun, ich weiß zwar nicht genau, wie es sich zugetragen hat, aber ich kann mir vorstellen, dass es damals vielleicht so war ...«

Kapitel VIII

Das Wummern wollte und wollte nicht aufhören.

Gero drehte sich auf die andere Seite und zog das Laken über seinen Kopf. Für einen kurzen Moment gewann der Schlaf. Doch das unablässige, dumpfe Geräusch drang immer klarer in sein Bewusstsein.

Klopfte unten etwa jemand gegen die Haustür? Dann glaubte er, die Stimme des greisen Hausknechtes Lambert auf der Wendeltreppe zum Schlafraum zu hören. »Junger Herr! Velten! Hört Ihr mich?«

Gero stemmte sich schlaftrunken auf seinen Ellbogen hoch und blinzelte unter schweren Lidern hervor. Was konnte Lambert um diese nachtschlafende Stunde von seinem Bruder wollen? Oder war es womöglich doch schon Zeit zum Aufstehen? Angestrengt lauschte Gero, aber aus der Küche im Erdgeschoss drang weder das Klappern der Kessel noch die Stimmen der Mägde herauf.

Auch von der Straße her war noch kein Geräusch zu hören. Es musste folglich noch sehr früh sein. Lange vor Sonnenaufgang.

Durch den Spalt unter der Tür flackerte der schwache Schein einer *Talgfunzel* in den großen Schlafraum. Dann wurde die Tür geöffnet. Sie gab dabei ein leises Ächzen von sich.

»Velten! Junger Herr!« Lamberts Stimme klang dringlich.

Gero versuchte im Halbdunkel Veltens Bettstatt an der gegenüberliegenden Wand auszumachen. Schließlich zeichnete sich die Kontur des strohgefüllten Sackes ab, auf dem sein achtzehnjähriger Bruder schlief. Gero konnte seinen Kopf mit dem goldblonden Haar ausmachen, das jetzt in der Dunkelheit eher stumpfem Silber glich.

»Junger Herr! So hört mich doch!«

Velten rührte sich nicht.

Auch Geros Zwillingsschwester Hilla und die drei Mägde auf der anderen Seite schliefen fest.

An der langen Wand stand das einzige Bett des Schlafraumes,

die eheliche Schlafstatt seiner Eltern – jetzt leer und mit hochgerafften Vorhängen, daneben die ebenso leere Wiege der kleinen Cäcilie, von allen liebevoll Cilly genannt. Die Eltern waren mit der Einjährigen und den fünf Knechten über die Ostertage zu Mutters Verwandten den Rhein hinunter nach Arnheim gereist.

In einer Ecke lagerten – ordentlich übereinander gestapelt – die unbenutzten Strohsäcke der Knechte, deren Schnarchen man sonst bis hinunter auf die *Strata Lapidea* hören konnte.

»Junger Herr! Wacht doch endlich auf!« Lambert versuchte im matten Lichtschein den Richtigen unter den Schläfern auszumachen.

»Lambert, was gibt es denn?«, flüsterte Gero, aber der Alte schien ihn nicht zu hören.

Kurz entschlossen schwenkte Gero seine Beine unter dem warmen Laken hervor und huschte mit bloßen Füßen ein paar Schritte über die Holzdielen zu Veltens Nachtlager. Er spürte die Kälte im Raum. Obwohl die vergangenen Feiertage sonnig und frühlingswarm gewesen waren, brachten die sternenklaren Nächte doch beinahe winterliche Temperaturen zurück.

Gero wollte gerade am Ohrläppchen des Bruders zupfen, um ihn zu wecken, aber kaum, dass er Veltens Ohr berührt hatte, schnellte dessen Arm unter der Decke aus Kaninchenfell vor und packte Geros Handgelenk. Vor Schreck zuckte Gero zusammen. Beinahe hätte er laut aufgeschrien.

»Seid ihr endlich erwacht? Junger Herr? Velten?«, flüsterte Lambert. Der halb taube alte Mann hatte anscheinend nicht bemerkt, dass Gero sein Lager verlassen hatte.

»Was willst du, Lambert?«, fragte Velten und hielt dabei das Handgelenk seines sich windenden Bruders fest. »Brennt unser Haus?«

»Nein, junger Herr, nichts brennt. Euer Vetter Ortwyn ist unten und bringt eine wichtige Nachricht vom Erzbischof. Er hat es eilig.«

»Eine Botschaft? Vom Erzbischof?« Velten richtete sich überrascht auf, ohne den Griff um Geros Handgelenk zu lockern. »Sag ihm, dass ich sogleich komme. Nur einen Augenblick noch. Ich habe einen Floh im Bett, den ich erst zerquetschen muss.«

»Bist du toll geworden?«, jammerte Gero. »Lass mich sofort los, ich bin kein Floh. Ich bin … auuuuuh …«

Er versuchte mit der freien Hand die brüderlichen Finger von seinem Handgelenk zu lösen, aber Velten hielt Stand und kostete den Kräfteunterschied genussvoll aus.

Gero war fast dreizehn, aber für sein Alter klein und zart von Gestalt. Seine ständige Unrast, seine zappeligen Bewegungen, sein unruhiger Blick und sein Gang, ein einziges Auf- und Abwippen, hatten ihm den Beinamen »Floh« eingebracht.

Er war der pure Gegensatz zu seiner Zwillingsschwester Hilla, einem kräftigen Mädchen mit roten Haaren und roten Wangen.

Velten, das älteste von den insgesamt vier Kindern der Kölner Kaufmannsfamilie Fischer, neckte die Zwillinge gern mit dem Ausspruch: »Was der Herr im Himmel unserer Hilla zu viel mitgegeben hat, das hat er dem Floh abgezogen.« Das brachte ihm jedes Mal beleidigte Blicke der Schwester und wütendes Gebrüll, begleitet von Fußtritten und Faustpüffen, des Bruders ein.

Auch jetzt versuchte Gero dem Älteren mit der freien Hand einen Hieb zu verpassen, doch er schlug ins Leere. Der Bruder hielt sein Handgelenk fest umklammert und drückte gleichzeitig seinen Oberkörper zurück.

Velten, der Erstgeborene, hatte eine stattliche Größe. Er konnte eben noch aufrecht unter einem Türrahmen hergehen, und seine Muskeln standen denen der Männer, die für seinen Vater im Hafen arbeiteten, kein bisschen nach.

»Lass mich los, du Ochse!«, fauchte Gero und war überrascht, denn sein Bruder ließ tatsächlich von ihm ab und beförderte ihn mit einem Schubs rücklings auf sein Lager.

»Kriech unters Fell und wärm deine mageren Rippen!«, befahl Velten und ging, ohne weiter auf Gero zu achten, auf den alten Knecht zu.

»Wo ist Ortwyn?«

»Er wartet unten, junger Herr.« Lambert hob das Licht an, um auf die Stufen zu leuchten, doch Velten, der die Wendeltreppe in- und auswendig kannte, war schon an ihm vorbeigelaufen. Da! Gero hörte die vorletzte Stufe der Wendeltreppe unter Lamberts Füßen knarren und ächzen, er musste schon im ersten Obergeschoss angekommen sein. Von dort führte eine Holzstiege geradewegs ins Erdgeschoss hinunter.

Gero warf sich sein Hemd über den Kopf und linste zu den anderen Strohsäcken hinüber. Dort rührte sich nichts. Die Mädchen hatten anscheinend einen gesunden Schlaf.

Dann huschte er aus dem Schlafraum und wollte eben die Treppe betreten, als der alte Lambert ihn plötzlich am Arm festhielt. »Es ist besser, du weißt nichts davon, was erwachsene Männer zu bereden haben.«

Pah, erwachsene Männer, dachte Gero und ballte die Hände zu Fäusten. Um aber Lambert nicht unnötig aufzuregen, fügte er sich und trat zum Schein den Rückzug an. Er würde schon noch hören, was Vetter Ortwyn dem Bruder so Wichtiges mitzuteilen hatte.

Gero beugte sich vorsichtig über das hölzerne Geländer und sah nach unten. Lambert schlurfte mit dem Licht in der Hand die Treppe hinab. Die kreisrunde, bloße Stelle an seinem Oberkopf, umgeben von einem dünnen Kranz weißer Haare, schimmerte hervor – seine Nachthaube war in den Nacken gerutscht.

Ortwyn musste den Alten, der nachts seine müden Glieder gern auf der warmen Ofenbank in der Küche ausruhte, anstatt mühsam in den Schlafraum hinaufzusteigen, aus tiefem Schlaf gerissen haben.

»Krrräääk …«, machte die Stufe, dann verschwand der Schein des Talglichts. Lambert musste jetzt auf der Stiege zum Erdgeschoss sein.

Gero raffte sein langes Hemd und schwang sich bäuchlings auf den hölzernen Handlauf der Wendeltreppe. Völlig lautlos glitt er mit den Füßen voran hinunter und kam am Ende der Treppe zum Stehen. Er hielt die Luft an, lauschte und reckte seine Nase so weit wie möglich vor, um über die Stiege ins Erdgeschoss sehen zu können. Wie von selbst schob sich seine Zungenspitze zwischen die Lippen – wie immer, wenn er sich konzentrierte.

Was ging da unten vor sich?

Sein Bruder stand mit dem Rücken zur Treppe, nahm Lambert gerade das Licht aus der Hand und schickte den Alten mit einem kurzen Kopfnicken in die Küche.

Von Ortwyn konnte er in dem schummrigen Hausflur nicht viel sehen – nur die schneeweißen Hände, die bisweilen unter der dunklen Mönchskutte hervorkamen und eine eigene, stumme Sprache zu sprechen schienen. Ortwyns Gesicht blieb gänzlich unter dem Schatten der weiten Kapuze verborgen.

Gero hörte Ortwyn zischeln, flüstern und raunen, verstehen konnte er jedoch kein Wort. Wenn er doch nur näher heranschleichen könnte. Kurzerhand legte er sich flach auf den Boden und glitt schlangengleich und vollkommen lautlos auf den Treppenabsatz zu. Das Tuscheln und Flüstern drang jetzt lauter an sein Ohr.

»Das darf er nicht! Das wird er nicht wagen!«, empörte sich Velten plötzlich laut und hob die rechte, zur Faust geballte Hand.

Gero reckte sich so weit vor, dass sein Kinn die Holzdielen berührte.

»Er wird sich auf sein Fährrecht berufen«, hörte er jetzt Ortwyn sagen.

»Fährrecht hin oder her. Es gilt nicht für Handelsschiffe. Nicht mal, wenn der Papst persönlich käme. Das soll Anno nur versuchen. König Heinrich wird ihm mit Anlauf in den Arsch treten.«

Ortwyn schlug mit schnellen Bewegungen das Kreuz vor der Brust, dann hob er beschwörend seine Hände. »Ich wollte dich nur warnen, dir und deinem Vater unnötigen Ärger ersparen. Ich muss zurück in den Palast, bevor es zur *Matutinae* läutet. Die Mönche bemerken sogleich, wenn einer der *Novizen* fehlt«, sagte er und wandte sich zur Haustür um.

»Warte!« Velten hielt den Vetter an der Kutte fest. »Und wenn's doch nicht unser Schiff ist, das er meint, sondern eures?«

Ortwyn lachte bitter auf. »Du weißt genau, dass mit unserem Schiff seit langem kein Staat mehr zu machen ist. Seit mein Vater das Trinken angefangen hat, geht es mit ihm bergab, desgleichen mit unserem Vermögen. Du weißt auch, wie heruntergekommen alles ist. Nein, Anno kann gewisslich nicht unser Schiff wollen.«

Gero sah, wie sein Bruder sich mit den Händen durch die Haare fuhr, und hörte ihn sagen: »Vielleicht hast du Recht, Ortwyn. *Ohm* Hennes' Schiff ist fast der Mühe nicht wert. Trotzdem, für alle Fälle solltest du auch ihn warnen. Er ist immerhin dein Vater.«

»Also gut. Und denke daran, Velten: Ich war nicht hier, du hast mich weder gesehen noch gesprochen. Bete, dass mich niemand beobachtet hat.«

Veltens gemurmelte Antwort konnte Gero nicht mehr verstehen, weil der Bruder den nächtlichen Besucher zur Tür brachte und aus Geros Blickfeld verschwunden war.

Jeden Moment würde Velten die Stufen heraufkommen.

Blitzgeschwind kroch Gero rückwärts, schnellte auf die Füße und huschte, die zweite Stufe überspringend, die Wendeltreppe hinauf. Ihm war, als sei vor ihm etwas Helles in den Schlafraum gehuscht. Aber – Gero kniff die Augen zusammen – das war doch ganz und gar unmöglich. Hilla und die drei Mägde schienen sich jedenfalls nicht gerührt zu haben. Sie lagen still auf ihren Lagern.

Mit drei, vier großen Schritten hastete er zu seiner Schlafstatt und schlüpfte unter das kalt gewordene Laken. Er rollte sich auf die Seite, schloss die Augen und stellte sich schlafend. Keinen Augenblick zu früh, denn schon trat sein Bruder über die Schwelle. Veltens schwere Schritte brachten die Bohlendielen zum Vibrieren.

Geros Gedanken überschlugen sich. Er konnte sich keinen Reim auf das machen, was er eben gehört hatte. Warum wollte Anno das Schiff seines Vaters? Und warum sollte der König den Erzbischof in den … Gero schreckte zusammen, als eine große Hand sich hart auf seinen Mund presste und eine andere unter dem Laken nach seinen Beinen griff.

»Hab ich's mir doch gedacht«, flüsterte Velten dicht neben seinem Ohr. »Du hast gelauscht! Gib es zu, Floh! Deine Füße sind so kalt wie Eiszapfen.«

Widerstand zu leisten wäre nicht nur zwecklos, er würde auch nur in einer für ihn schmerzhaften Rangelei enden. Gero nickte also ergeben.

»Was hast du gehört?«

Beim besten Willen – unter der Hand des Bruders konnte Gero kein Wort sprechen. Er grunzte und brummte, bis Velten den Griff ein wenig lockerte.

»Wenn du Geschrei machst, zieh ich dir das Fell über die Ohren«, zischte der Ältere leise und blickte dabei in Richtung der schlafenden Mädchen. »Also, sprich! Was hast du gehört?«

Fast tonlos flüsterte Gero: »Anno will unser neues Schiff, und Heinrich tritt ihn dafür in den … Arsch.« Das letzte, das eigentlich verbotene Wort betonte er fast genüsslich, denn in diesem besonderen Fall war er geradezu gezwungen, es auszusprechen.

Velten ließ den Bruder los und setzte sich seufzend neben ihn.

Gero blinzelte und versuchte Veltens Gesichtszüge zu erkennen, bis sich dessen Profil fahl vom Hintergrund der Wand abhob. »Was hat Anno mit Vaters Schiff zu schaffen?«, fragte er schließlich leise.

Einen Atemzug lang war es still in der Kammer, dann flüsterte Velten: »Wie du weißt, hat unser Erzbischof Besuch von einem seiner Amtsbrüder. Friedrich von Münster hat es in *Cöllen* ausnehmend gut gefallen, und heute, am Tag des heiligen Georg, will er die Heimreise antreten. Am gestrigen Abend nun, beim Abschiedsmahl, musste Vetter Ortwyn den erzbischöflichen Dienern beim Auftragen der Speisen zur Hand gehen. Dabei konnte er mit anhören, wie Friedrich seinem Gastgeber überschwänglich dankte und unsere schöne Stadt in den höchsten Tönen lobte. Daraufhin machte Anno seinem Gast ein großzügiges Angebot. Friedrich müsse nicht auf dem beschwerlichen Landweg reisen, er könne bis zum Einfluss der Lippe bequem auf dem Rhein schippern und dabei das junge Frühlingsgrün rechts und links der Ufer genießen. Anno bot ihm dafür das schmuckste Schiff der ganzen Stadt an. Das schmuckste Schiff … verstehst du?«

Gero schüttelte den Kopf. »Nein. Unser neues Schiff ist zwar das prächtigste weit und breit, aber es ist doch noch nicht aus Arnheim zurückgekehrt.«

»Doch. Gestern haben die *Treidelpferde* es endlich in den Hafen ziehen können. Das Schiff war nur mühsam stromaufwärts vorangekommen. Es lag schwer im Wasser, denn Vater hat am Niederrhein gute Geschäfte gemacht. Er hat edle Spitzen, viele Scheffel Getreide, etliche Fässer voll gesalzener Heringe und anderes mitgeschickt. Alles wurde sogleich entladen, und unsere Knechte haben noch vor Sonnenuntergang die bestellten Cöllner Schwerter,

Harnische und Helme für das Turnier der Ritter von Geldern an Bord gebracht, und außerdem Zaumzeug und feines Tuch. Sobald es hell wird, muss es ablegen, um die verlorene Zeit wieder aufzuholen. Schwerter und Rüstzeug müssen Arnheim rechtzeitig zum Turnier erreichen. Auf der nächsten Heimfahrt bringt es dann den Rest der Ware aus dem Gelderland, unsere Eltern und Cilly mit.«

Gero begann zu begreifen. Ihn fröstelte. Er musste sich zusammennehmen, damit seine Zähne nicht aufeinander schlugen. »Du willst damit sagen, dass Vaters Schiff in diesem Augenblick voll beladen mit wertvollem Rüstzeug und bereit zum Ablegen festgetäut im Hafen liegt?«

Eine der Mägde rollte sich im Schlaf auf die andere Seite. Velten wartete mit seiner Antwort, bis sie wieder ruhig lag. Dann fuhr er flüsternd fort: »So ist es. Bewacht von unseren Knechten liegt unser Schiff unterhalb von *Sankt Mariengraden* am letzten Anleger hinter den dicken *Oberländern*.«

»Du sorgst dich, dass Anno in seiner üblichen *Hoffart* unser Schiff ohne Rücksicht darauf, dass es den Bauch voll Ware hat, mitsamt der Ladung nehmen könnte? Dass wir deshalb unsere Kunden nicht zum versprochenen Zeitpunkt beliefern können? Dass wir so nicht nur unseren guten Ruf sondern auch künftige Bestellungen verlieren werden?«

»Ja, das befürchte ich«, sagte Velten. »Und Ortwyn auch.«

»Was willst du jetzt tun?«

»Hm … einerseits besitzt Anno das Recht, zu gebieten und zu verbieten. Sich Annos Befehlen zu widersetzen wird hart bestraft – andererseits … Wir sind freie Kaufleute, und das *Fährrecht* gilt nicht für Handelsschiffe. Unser Schiff könnte ich ihm womöglich nicht abschlagen, wohl aber seine Fracht. Ich muss noch vor Sonnenaufgang am Hafen sein und unsere Knechte antreiben, damit sie die Segel setzen. Das Schiff muss mit seiner Fracht nach Arnheim, so wie Vater es bestimmt hat.«

Velten erhob sich von Geros Lager. »Ich laufe jetzt zum Rhein. Sobald der Hafenmeister, die Zöllner und die *Büttel* ihre Arbeit aufnehmen, erhalte ich von ihnen Fracht- und Zollpapiere für die Ladung, und dann darf unser Schiff seine Fahrt aufnehmen. Bischof Friedrich wird wahrscheinlich nicht schon beim ersten Sonnenstrahl abreisen wollen. Es soll uns gewiss gelingen, vorher abzulegen. Friedrich kann ein anderes unserer Schiffe haben.«

Gero stemmte sich hoch. »Ich komme mit dir!«

»Du bleibst, wo du bist. Noch ist nicht raus, ob Annos Soldaten tatsächlich unser neues Schiff auswählen. Warten wir's ab. Vielleicht hat Anno ein anderes im Sinn.« Velten nickte dem Bruder beruhigend zu und drückte ihn sanft auf die Bettstatt zurück.

Als Velten das Haus verließ, schlug die kleine Glocke von Sankt Kolumba, der nur einen Steinwurf entfernten größten und ältesten Stadtpfarrei, fünf Mal und zeigte den Beginn der Matutinae, des Morgenlobes, an.

Kapitel IX

Erzbischof Anno stand im Schlafhemd, die königliche Krone auf dem Haupt, auf dem Bug des Schiffes und rief gegen den brausenden Wind: »Ich bin der König von Cöllen! Ich bin der Herr über alle!«, während seine Diener, allen voran Vetter Ortwyn, die geladenen Frachtkisten öffneten. Gebratene *Kapaune* flatterten heraus, wurden von den lachenden Männern ergriffen und unter lautem Schmatzen verspeist. Ortwyn rülpste laut und vernehmlich, während einer der Kapaune auf Geros Schultern landete, an seinem Gewand zerrte und dabei in sein Ohr plärrte: »Herr im Himmel! Gero! Wach endlich auf!«

Gero wunderte sich sehr. Wieso sprach der Kapaun mit Veltens Stimme? Er öffnete die Augen, starrte in das Gesicht seines Bruders. Velten rüttelte seine Schulter jetzt energischer und zischte: »Gero! Steh auf! Du musst mir helfen! Anno will es haben. Er will unseres!«

Gero rieb sich über die Augen. Dann erinnerte er sich: Ortwyn. Anno. Das Schiff. Während Velten zum Hafen gelaufen war, musste er wieder eingeschlafen sein. Mit einem Ruck setzte er sich auf. »Woher weißt du es? Warst du schon am Hafen?«

»Annos Soldaten sind offenbar noch früher aufgestanden als ich. Gerade eben, auf halbem Weg, kamen mir am Bischofsgarten schon zwei von ihnen entgegen. Ich habe mich schnell in eine dunkle Nische gedrückt und konnte hören, wie sie im Vorbeigehen über unser Schiff sprachen und über unsere Knechte, die Nachtwache halten und sich geweigert haben, es herauszugeben.«

Mit einem Mal wurden Geros Augen groß. »Was nun? Anno wird toben. Er wird noch mehr Soldaten zum Hafen schicken.«

Velten nickte. »Das wird er gewiss. Und zwar bald schon. Aus diesem Grund bin ich nicht zum Schiff weitergelaufen, sondern habe sofort kehrtgemacht. Ich brauche Hilfe, denn unsere Hand voll Knechte und ich sind zu wenige gegen Annos Männer. Gero, kleide dich geschwind an und laufe los. Klopfe an die Türen aller

Nachbarn und Freunde. Du musst sie zu Hilfe rufen. Sie sollen sich mit *Prügeln*, oder was auch immer sie gerade zur Hand haben, bewaffnen und zum Hafen eilen. Ich laufe zum Schiff. Ich will noch vor Annos Soldaten dort sein.«

Velten erhob sich von Geros Lager, und sofort schwang Gero seine Beine heraus. Seine Hände zitterten vor Aufregung und Kälte zugleich, als er nach seinen Kleidern tastete. Wohin sollte er sich zuerst wenden? Wen sollte er als Ersten um Hilfe bitten? Als hätte Velten seine wirren Gedanken gehört, zischte er ihm zu: »Zuerst zum Sporenmacher Roland nach nebenan. Er selbst soll sich sofort auf den Weg zum Hafen machen. Seine Söhne sollen es dir nachtun und die anderen Nachbarn wecken. Und sage auch dem Ohm Bescheid. Hennes ist zwar ein alter Trunkenbold, aber in dieser schlimmen Lage wird er uns gewisslich helfen und dir seine beiden Knechte mitgeben. Und nun sieh zu, dass du in deine Beinkleider kommst, Floh! Ich verlasse mich auf dich.«

Dann hastete Velten schon zum zweiten Mal an diesem Morgen die Wendetreppe hinunter, und auch diesmal knarrte die vorletzte Stufe unter seinem eiligen Tritt.

Während Gero mit fahrigen Bewegungen sein Hemd in die Beinkleider stopfte und den Hosenschlitz zuschnürte, tauchten Bilder in der Erinnerung auf. Oft genug hatte er zugehört, wenn sein Vater und die anderen Handelsherren unten am großen Tisch beisammen saßen und sich über Annos Launen erregt hatten. »Wir rackern uns ab, bringen den Wohlstand in die Stadt, und er – anstatt uns dankbar zu sein, will er auch noch das Sagen haben«, hatten sie geschimpft, und: »Wir sind die *Primores Civitatis*! Wir lassen uns seine Wichtigtuerei nicht länger gefallen.«

Gero fuhr sich hastig durch das wirre Haar und stürmte, während er noch in sein Wams schlüpfte, die Stufen der Wendeltreppe hinunter.

Unten angekommen riss er, ehe Lambert protestieren konnte, im Vorbeilaufen ein Stück Brot von dem Laib, der in der Küche auf dem Tisch lag, und hastete blindlings aus dem elterlichen Haus. Er stolperte prompt über ein paar Schweine, die auf der Straße *Onder Sporenmecheren* herumlungerten und in den Abfällen stöberten, die die Küchenmägde am Abend zuvor auf die Straße geworfen hatten. Das erschrockene Quieken der Tiere vermengte sich mit Geros Schimpfen.

Nur ein paar Wimpernschläge später schlüpfte ein Schatten durch die Haustür und folgte dem Jungen.

Gero weckte den Sporenmacher Roland im Nebenhaus, der sogleich einwilligte, zum Hafen zu laufen, und seine Söhne zu den Nachbarhäusern aussandte.

Mit brennenden Lungen rannte Gero weiter die Budengasse hinunter zum Viertel der Tuchhändler und erreichte bald Ohm Hennes' Haus an der Ecke Unter Taschenmacher. Zu seiner Überraschung stand das große Tor offen. Er klopfte hart gegen die schwere Eichentür des Wohnhauses und fuhr erschrocken zurück, weil sie noch im selben Augenblick geöffnet wurde.

Der Ohm persönlich stand vor ihm. »Gero, lieber Junge. Komm rein in die gute Stube. Was gibt es denn zu so früher Stunde?«

Aus seinem Mund wehte ein Gemisch von Weindunst und Fäulnis und streifte Geros Gesicht. Angewidert kniff der Junge Augen und Lippen zusammen.

Ohm Hennes stammte aus *Wallonien*, hatte sich lange vor Geros Geburt in Köln niedergelassen und die ältere Schwester seines Vaters geehelicht. Soweit er sich zurückerinnern konnte, hatte Gero eine unbestimmte Abneigung gegen diesen Mann gehabt. Gewiss, Ohm Hennes tat stets freundlich, aber hinter seinem Lächeln glaubte Gero eine gewisse Verschlagenheit erkennen zu können. So auch jetzt.

Gero atmete tief durch und sagte: »Der Velten schickt mich.« Dabei bemühte er sich, dem großen, massigen Mann mit dem grau gewellten Haar fest in die Augen zu sehen.

Beim Lächeln entblößte der Ohm seine braunen Zähne. »Soso, der Velten. Was will er denn, dein Bruder?«

»Ich soll Hilfe holen. Anno will unser Schiff.«

Der Ohm zeigte sich überrascht und riss die Augen auf. »Unser Erzbischof? Euer Schiff? Was hat er denn vor mit eurem Schiff?«

»Anno braucht es, um seinen Gast aus Münster damit nach Hause zu bringen.«

»Nun also, dann gebt ihm doch das Schiff. Reisende soll man nicht aufhalten, oder?« Ohm Hennes lachte, und es klang wie das Knurren eines angriffslustigen Hundes.

Gero straffte sich. »Es ist bereits voll beladen mit Rüstzeug für das Turnier der Ritter in Arnheim und muss bei Sonnenaufgang die Fahrt antreten.«

»Aha! Das ist natürlich etwas anderes«, sagte der Ohm grinsend, und seine Augen wurden dabei so schmal wie Knopflöcher. »Nun«, er dehnte die drei Buchstaben, »dann wollen wir mal sehen.«

Er wandte sich um und rief über die Schulter: »*Bätes*! *Fuss*!« Noch im gleichen Augenblick, als hätten sie nur auf den Ruf ihres Herrn gewartet, traten aus dem dunklen Hintergrund des Hausflures zwei stämmige Kerle vor. Sie waren bewaffnet mit Holzknüppeln, so dick wie ihre Oberarme.

Er muss es doch schon gewusst haben, schoss es Gero durch den Kopf, und er starrte auf die hartgesottenen Männer, die so aussahen, als seien sie ohne Zögern zu Mord und Totschlag bereit. Sofort fiel ihm ein Satz ein, den sein Vater einmal gesagt hatte: »Hennes hat Augen und Ohren überall.«

»Bätes und Fuss sind sehr stark.« Der Ohm grinste und schob Gero zur Tür hinaus zurück auf die Gasse. »Sie werden gute Dienste leisten.«

Fragt sich nur wem, dachte Gero im Stillen. Laut sagte er: »Velten wird es dir danken, Ohm Hennes. Und unser Vater gewiss auch.«

Damit wandte er sich um und rannte über den vom Morgentau feuchten Lehmboden zum Hafen hinunter, hinter ihm her die Knechte, deren Schritte wie das Stampfen von Ackergäulen klangen. Allmählich setzte die Dämmerung ein.

Plötzlich sprang ein dunkler Schatten aus einem der nächsten Hauseingänge mitten auf die Gasse und baute sich vor Gero auf. Scharf sog er vor Schreck die kalte Morgenluft ein und griff sich an die Brust, weil er glaubte, sein Herz sei auf die Größe einer Erbse geschrumpft. Gleichzeitig versuchte er dem Schatten auszuweichen, glitt dabei auf dem feuchten Lehmboden aus, ruderte

Halt suchend mit den Armen und griff in etwas Weiches. Er krallte sich darin fest und stürzte schließlich mitsamt dem Schatten zu Boden.

»Du *Rappelskopp*!«, schimpfte eine Mädchenstimme. »Hast du keine Augen?«

Gero starrte auf die Flut roter Locken, die von der verrutschten Haube freigegeben worden waren, und in das rundliche Gesicht seiner Zwillingsschwester, die er halb unter sich begraben hatte. »Hilla! Was machst du denn hier?«

»Ich muss dir etwas sagen«, flüsterte sie und sah dabei bedeutungsvoll auf die beiden Kerle, die hinter ihnen stehen geblieben waren und sich über Geros Sturz belustigten.

Gero sprang auf. »Nicht jetzt. Ich habe keine Zeit. Ich muss zum Hafen. Anno will unser Schiff.« Gero wollte Hilla zur Seite drücken und an ihr vorbeihasten, doch sie stellte sich vor ihn und breitete die Arme aus.

»Das weiß ich längst. Warte! Hör mich erst an!«

Aber Gero dachte gar nicht daran zu warten, er schlüpfte flink unter ihrem Arm durch und rannte die zum Rhein hin abfallende Gasse hinunter – die Knechte ihm nach.

Hilla stopfte seufzend die wilde Lockenflut unter die Haube zurück und sah dem Bruder hinterher. »Besser, ich gehe mit!«, schnaubte sie, raffte die Röcke und holte ihn rasch ein. Sie erreichten den Hafen in dem Augenblick, als die Sonne auf der anderen Rheinseite hinter *Sankt Heribert* aufging, also keinen Wimpernschlag zu früh.

Gero deutete aufgeregt rheinabwärts. »Sieh doch! Dahinten kommen schon Annos Soldaten!«

Östlich des Bischofsdoms *Sankt Peter* und der angrenzenden, kleinen Kirche Sankt Mariengraden hatten die Stadtbüttel seit langem schon einen großen Abschnitt des Ufergeländes für die Lastkähne abgesperrt, die *Leyen* brachten. Das angrenzende neue Händlerviertel, vor dem die Handelsschiffe lagen, hatte noch keine Stadtmauer, war nicht einmal durch *Wall* und Graben zum Rhein hin geschützt.

Von dem abgesperrten Teil her näherten sich zwei Dutzend Soldaten des Erzbischofs. Die Spitzen ihrer Lanzen schienen im Morgenlicht zu glühen.

»Da ist Velten!«, keuchte Hilla im Laufen und wies auf das größte und prächtigste Schiff am Ende einer langen Reihe von dickbauchigen Oberländern, auf dem ihr Bruder stand. Sie näherten sich dem Schiffsanleger bis auf gut fünfzig Schritte, dann war es, als bremste etwas ihren Lauf, als läge eine unsichtbare Mauer um das Schiff. Sie hielten inne, starrten abwechselnd vom Schiff zu Annos sich nähernder Truppe.

Velten stand aufrecht. Der Wind fuhr ihm durch das Haar und türmte es für einen Moment wie zu einer goldenen Krone auf. Hinter ihm standen Schulter an Schulter ein Tross mit Knüppeln, Mistgabeln und Ketten Bewaffneter – allesamt angesehene Kölner Handelsherren mit ihren Söhnen und Knechten. Keiner von ihnen hatte jemals gelernt, wie ein Soldat mit einer Waffe umzugehen, und dennoch war jeder von ihnen in diesem Augenblick mit ganzem Herzen bereit, sich zur Wehr zu setzen, sollte einem von ihnen Unrecht widerfahren. Daran ließen ihre entschlossenen Mienen keinen Zweifel.

Die festen Schritte der Soldatenstiefel dröhnten jetzt nur einen Steinwurf entfernt über den Lehmboden. Gero war sicher, dass jeder das Hämmern seines Herzens hören konnte. Plötzlich nahm er ein pulsierendes Rauschen in seinen Ohren wahr, das von innen zu kommen schien. Er warf einen Blick zu Hilla, die wie erstarrt neben ihm stand und nach seiner Hand griff. Hinter sich bemerkte er Karl, einen von Rolands Söhnen, der eine Schar Nachbarn im Schlepp hatte. In aller Augen stand banges Entsetzen, gleichzeitig aber auch die unnachgiebige Bereitschaft, sich Annos Soldaten zu widersetzen. Notfalls mit Gewalt.

Da! Der Hauptmann, den Anno geschickt hatte, brüllte ein Kommando und hob die Hand. Ihre Waffen klirrten, als die Soldaten stehen blieben.

Der Hauptmann hob sein Kinn und sah Velten an. »Ist er der Eigner dieses Schiffes?«

»Der bin ich!«, schrie Velten zurück und stemmte die Hände in die Hüften. »Und der bleibe ich!«

»Erzbischof Anno braucht sein Schiff und rechnet fest mit seiner Unterstützung.«

»Das Schiff ist beladen mit Schwertern und Rüstungen für das Turnier der Ritter in Arnheim und muss sein Ziel in der Frist erreichen. Wir haben einen Vertrag zu erfüllen und keine Zeit für den Müßiggang des Bischofs. Anno kann ein anderes unserer Schiffe haben, ein kleineres, aber nicht dieses.«

»Der hohe Herr will kein anderes! Er will das prächtigste weit und breit, er will dieses! Lasse er sein Schiff auf der Stelle entladen!«

»Nein!«

Die Menschen am Ufer hielten den Atem an. Noch nie hatte einer von ihnen gewagt, dem Erzbischof zu trotzen. Keiner wollte auch nur ein Wort verpassen. Wie würde der Hauptmann auf Veltens Weigerung reagieren. Ließ er zu den Waffen greifen? Die Spannung hätte größer nicht sein können.

Der Hauptmann straffte sich und wiederholte laut und deutlich: »Der hohe Herr will dieses Schiff. Er ist *Gerichtsherr* an des Königs Stelle und kann von seinen *Hörigen* Unterstützung bei Reisen und Transporten fordern. Er beruft sich auf sein Fährrecht.« Der Hauptmann kniff die Augen ein wenig zusammen und sagte gefährlich scharf: »Er muss sein Schiff sogleich herausgeben, ob es ihm passt oder nicht! Wenn er sich weigert, wird er es büßen müssen!«

Velten schien diese Drohung nicht im Geringsten zu beeindrucken.

Tief sog er die kühle Morgenluft ein und überlegte, was sein Vater jetzt wohl sagen würde. Dann stemmte er die Fäuste in die Hüften und rief mit fester Stimme: »*Sag dingem huhe Här, hä künnt minge Pisspott hann, ävver nit mie Scheff!*«

Der andere wurde blass. Sein Kinn klappte herunter. Hinter ihm erhob sich empörtes Murmeln und Raunen der Soldaten.

Der Hauptmann fand seine Sprache wieder und rief mit eisenhartem Klang: »Ich beschlagnahme hiermit im Namen des Erzbischofs von Cöllen dieses Schiff. Die Ladung soll sofort von Bord gebracht werden.«

Er schickte mit einer energischen Handbewegung einige seiner Soldaten über den Schiffsanleger, an dessen anderem Ende die Schiffsknechte der Familie Fischer bereits ihre Waffen anhoben, um sie gebührend zu empfangen. Einer nach dem anderen liefen die Männer des Erzbischofs über die Planken, direkt in die Ruderstangen, Knüppel und Fäuste der Schiffsknechte hinein. Aber auch die Waffen der Soldaten fanden ihre Ziele und trafen dabei einen der Schiffsknechte so hart, dass er mit lautem Aufschrei rücklings ins Wasser fiel.

Annos Soldaten, denen es trotz des erbitterten Widerstandes gelang, an Bord zu kommen, begannen damit, das Schiff zu entladen, indem sie Kisten und Kasten, Ballen feinster Stoffe, volle Fässer und pralle Säcke über die Reling in den Rhein warfen.

Jetzt wurde es Velten zu bunt. Er donnerte: »Wir im hellijen Cöllen sind nicht Annos *Eigenleute* wir sind Primores Civitatis! Über unser Eigentum bestimmen wir selbst!«, und stürzte sich wutentbrannt mit wildem Aufschrei auf die Soldaten, packte den Erstbesten beim *Schlafittchen*, hob ihn hoch und hielt ihn über die Fluten.

»Merke dir eines: Dein Herr soll in der Kirche predigen, aber nicht auf meinem Schiff – hier bin ich der Herr.«

Er ließ den sich windenden Mann los, und einen Augenblick später klatschte der unten auf. Er zappelte im Wasser weiter, was ihm vermutlich das Leben rettete, denn er trieb langsam, den Kopf knapp über Wasser, auf die Sandbank vor dem rechtsrheinischen Ufer zu.

Angesichts der immer größer werdenden Menschenmenge am Ufer, hielten es Annos Soldaten für angebracht, nunmehr den Rückzug anzutreten. Sie machten sich vom Schiff und liefen dabei geradewegs dem herbeieilenden *Stadtvogt* Hermann in die Arme.

»Haltet ein!«, brüllte der aus Leibeskräften, doch seine Stimme ging im allgemeinen Geschrei fast unter. »Haltet doch ein! Ist denn der Leibhaftige in euch gefahren? In der *Sancta Colonia* herrschen Gesetz und Ordnung. Man höre augenblicklich mit der Prügelei auf!«

Doch die Kaufleute und ihre Knechte – einmal in Fahrt gekommen – waren nicht mehr aufzuhalten. Sie stürmten den fliehenden Soldaten nach, schwangen die Knüppel und die Fäuste, und nebenbei bekam auch der Stadtvogt ein blaues Auge verpasst.

»Seid ihr alle toll geworden?«, schrie er, hielt sich das Auge und packte mit der freien Hand den Ersten, den er zu fassen bekam.

Es war einer der erzbischöflichen Soldaten. Der schrie ihn an: »Hermann, auf wessen Seite stehst du?«

Vogt Hermann bemerkte seinen Irrtum und griff nunmehr nach einem der Aufrührer. Diesmal war es Velten. Und – »Peng!« – war auch das andere Auge des Vogtes blau.

Mitten in diesem Handgemenge klammerte sich Hilla an ihren Zwillingsbruder.

Sie musste alle Kraft aufbieten, um Gero zurückzuhalten, der nur zu gern seine Fäuste auf die Rücken der Soldaten hämmern lassen wollte.

Schon eilten vom Bischofsgarten her im Laufschritt an die hundert weitere erzbischöfliche Soldaten zum Rheinufer, und deren Anführer brachte eine neuerliche Botschaft von Anno: Er werde die widerspenstigen Leute bei der nächsten Gerichtssitzung mit der verdienten Strafe belegen, sie züchtigen und ihnen Gehorsam beibringen.

Ein Raunen ging durch die Menge. Einige fürchteten sich vor Annos Strafe, aber bei vielen anderen regte sich nun erst recht der Widerstand.

Velten rief ihnen zu. »Beruhigt euch, meine Freunde! Fürs Erste haben wir etwas erreicht. Wir werden unser Recht künftig nicht mehr mit Füßen treten lassen. Und wenn Anno sich nicht einsichtig zeigt, muss er sich darauf gefasst machen, dass es ihm ergeht wie dem Bischof von Worms, der aus der Stadt verjagt wurde. Lasst uns gemeinsam beraten, was wir als Nächstes tun wollen. Folgt mir zum Haus meines Vaters.«

Eine Woge der Zustimmung ließ Veltens letzte Worte fast untergehen, und so manche Faust wurde geballt, manch wütender Blick zum Bischofspalast hinaufgeschickt.

*

»Ich finde, das war ganz schön mutig von Velten«, sagt Alina, und die anderen nicken zustimmend.

Das Schiff schaukelt träge hin und her. Es ist immer noch ruhig an Bord. Sie hören nur das leise Brummen des Dieselmotors und ab und zu ein Plätschern, wenn sich eine Welle an der Schiffswand bricht.

Alina wirft einen Blick auf ihre Armbanduhr. Es ist fünf Uhr. Noch zwei Stunden bis zum Konzertbeginn.

Lukas Stimme unterbricht ihre Gedanken, als er sagt: »Hartmut, erzähl doch bitte, wie die Sache damals weiterging. Sie ging doch weiter, oder?«

Kapitel X

Gero schritt mit hocherhobenem Haupt hinter Velten die Budengasse hinauf zum Elternhaus. Mittlerweile folgten ihnen weit mehr
als zweihundert Männer, Frauen und Kinder.

Geros Brust wölbte sich vor Stolz, weil sein Bruder schlagartig,
ja, wirklich schlagartig, zu ihrem Anführer geworden war. Er fühlte sich prächtig und hätte die Blicke der Menschen am Straßenrand
noch mehr genießen können, wenn nicht Hilla immer wieder von
hinten an seinem Wams gezupft hätte.

»Lass es, Hilla!«, wehrte er sie ab.

»Aber ich muss dir etwas sagen. Es ist sehr wichtig. Es geht vielleicht um Leben und Tod.«

»Nicht jetzt, Hilla. Später.«

Hilla seufzte.

Dicht gedrängt folgten ihnen Freunde und Nachbarn in ihr
Haus. Velten führte sie die Stiege hinauf, in den großen Raum hinter dem *Kontor* seines Vaters.

Dort standen um den langen, massiven Eichentisch zweiundzwanzig schwere, gepolsterte Eichenstühle. Weitere Stühle, Bänke
und Sessel waren an den Wänden und unter den Fenstern verteilt.
Durch die mit geöltem Papier verschlossenen Fenster drang helles
Sonnenlicht in den Raum, und man hörte lautes Stimmengewirr
von draußen. Schon seit tausend Jahren, seit der Römerzeit, als die
Strata Lapidea noch *Cardo Maximus* hieß, war dies die belebteste
Straße der ganzen Stadt. Aber heute waren hier mehr Menschen
versammelt als jemals zuvor – es mussten Hunderte sein.

Velten stellte sich ans Kopfende des langen Tisches, dorthin, wo
sonst sein Vater saß, und wies die anderen Männer an, Platz zu
nehmen.

Er kannte jeden mit Namen, sah einen nach dem anderen an
und sagte dann mit fester Stimme: »Ihr alle wisst, dass ich die Geschäfte meines Vaters führe, wenn er auf seinen Handelsreisen ist.
Heute weilt er bei Mutters Verwandten in Arnheim, mit denen er

Geschäfte abgewickelt hat. Vater wird in frühestens drei Tagen zurück sein. Bis dahin trage ich die Verantwortung für das Hab und Gut unserer Familie, und ich erlaube nicht, dass Anno unsere Handelsware über Bord werfen lässt, um das Schiff für eine Spazierfahrt benutzen zu können. Das Maß ist voll!«

Die Anwesenden nickten und murmelten zustimmend.

»Ihr alle hier seid fleißige Handelsherren, dient Gott und dem König, bezahlt regelmäßig und ehrlich eure Abgaben. Zeigt mir einen unter euch, der nicht schon von Anno mit scharfen Worten in seine Schranken verwiesen worden ist, wenn es um Mitsprache und Selbstverwaltung ging. Er will nicht anerkennen, dass wir freie Menschen sind.«

Vereinzelt hörte man Männer zustimmend sagen. »So ist es!« – »Richtig!« – »Wohl wahr!«

»Anno droht, dass er uns bestrafen und züchtigen wird. Wofür züchtigen? Dafür, dass wir unser Recht und unser Eigentum verteidigt haben?«, rief Velten.

In diesem Moment betrat Ohm Hennes den Saal.

»Du hast vollkommen Recht, lieber Neffe!«, dröhnte seine tiefe Stimme durch den Raum. Er ging zu Velten und umarmte ihn mit großer Geste, sein Atem roch nach Wein. »Ich bin ganz deiner Ansicht. Wir alle hier sind deiner Ansicht. Es ist an der Zeit, dass wir unsere Geschicke selbst bestimmen. Du bist zwar noch recht jung, aber dennoch hast du heute bewiesen, dass du uns anführen kannst.« Er griff nach einem Stuhl, zog ihn neben Velten ans Kopfende und nahm darauf unaufgefordert Platz.

Velten starrte den Ohm überrascht an. Noch nie hatte der sich in Vaters Geschäfte eingemischt. Er beschloss, die Worte des Ohms zu ignorieren, und wollte in seiner Ansprache fortfahren. Aber Hennes war noch nicht fertig. Seine tiefe Stimme bekam einen schmeichelnden Klang, als er weitersprach.

»Mut hast du, das Herz am rechten Fleck, einen scharfen Verstand dazu, und du findest allzeit die rechten Worte, um in unser aller Namen beim Erzbischof angemessen einzufordern, was uns zusteht.«

»Jetzt reicht es!«, zischte Hilla dicht an Geros Ohr. »Der Ohm schafft es doch immer wieder, sich wichtig zu machen. Gero, du kommst auf der Stelle mit und hörst dir an, was ich dir zu sagen habe.«

Energisch bugsierte sie ihren Bruder auf den Gang hinaus, weiter über die Wendeltreppe hinauf bis in den Schlafraum. Sie zog Gero am Hemdsärmel in den Raum und schloss die Tür hinter sich. Dann richtete sie sich zu voller Größe auf, atmete tief ein und machte mit den Armen weit ausholende Gesten.

»Lieber Junge! Lieber Neffe!«, ahmte sie mit verstellter Stimme Ohm Hennes nach. »Lieber *Kappeskopp*!«

Gero sah seine Schwester verständnislos an. »Hilla, was soll das? Auch wenn wir ihn nicht sonderlich mögen, aber er war doch immerhin der Mann von Vaters Schwester. Wenn auch die Tante nicht mehr lebt, so gehört er doch zur Familie. Und er will sicher nur das Beste.«

Hillas Wangen glühten vor Empörung und Eifer. »Wohl wahr! Er will das Beste. Nämlich alles, was uns gehört! Ohm Hennes hat es sich immer schon mit dem Vermögen anderer gut gehen lassen«, sagte sie laut und schlug sich sogleich die Hand vor den Mund. Sie öffnete die Tür einen Spalt breit und vergewisserte sich, dass niemand davor stand.

»Hilla! Was redest du da!« Gero machte große Augen, doch dann stutzte er. »Oder weißt du am Ende mehr als ich?«

»Ich wollte es dir schon die ganze Zeit sagen, aber du lässt mich ja nicht.« Hilla trat einen Schritt näher an ihren Bruder heran und sprach leise weiter. »Gero, ich habe gehört, was Velten dir heute in der Frühe zugeflüstert hat. Die Angelegenheit mit unserem Schiff … und während du zum Sporenmacher Roland ranntest, lief ich geradewegs zu Ohm Hennes.«

Gero war überrascht. »Du? Zu Ohm Hennes?«

Hilla nickte. »Ich wollte mich nützlich machen und den Ohm so schnell wie möglich um Hilfe bitten. Aber als ich sein Haus erreichte, hörte ich ihn bis auf die Straße hinaus schimpfen. Ich drückte mich in eine Mauernische und wagte nicht, bei ihm anzuklopfen.«

»Er hat geschimpft? Mit wem?«

»Mit Vetter Ortwyn.«

»Aber wieso denn?«

»Weil er uns gewarnt hat.«

»Das kann nicht sein, Hilla. Du musst dich verhört haben.«

»Ohm Hennes hat dem Ortwyn sogar eine schallende Ohrfeige gegeben. ›Warum rennst du Narr zu den Angebern und warnst sie? Soll Anno ihr Schiff doch nehmen. Besser ihres als meins‹, hat er laut gerufen.«

»Welche Angeber?«

Hilla verdrehte die Augen. »Na, wir sind damit gemeint.«

»Wir? Wir sind doch keine Angeber.«

»Das hat Ortwyn auch gesagt, und dass wir vom selben Blut sind und dass Blut dicker sei als Wasser. Aber da hat der Ohm ›Blut mag dicker sein als Wasser, aber Gold ist dicker als Blut‹ gebrüllt.

»Ich verstehe nicht, was …«, begann Gero, aber Hilla sprach bereits weiter.

»Und dann hat der Ohm nach Bätes und Fuss gerufen und gebrüllt: ›Packt ihn! Sperrt ihn ein! Damit er nicht wieder auf dumme Gedanken kommt!‹ Kurz darauf habe ich es drinnen mächtig poltern gehört.«

»Hat Ortwyn sich denn nicht gewehrt?«

»Doch, hat er. Auch hörte ich ihn rufen, er habe Ohm Hennes durchschaut und er wolle nicht länger sein Sohn sein. Aber Bätes und Fuss müssen ihn wohl feste gedroschen haben, denn es hat fürchterlich gekracht. Danach war es still im Haus. Ich habe vor Angst geschlottert. Als dann auch noch jemand die Straße heruntergelaufen kam, wagte ich nicht, aus der Mauernische herauszutreten. Erst als der Ohm so plötzlich die Tür aufriss, habe ich erkannt, dass du es warst.«

Gero kratzte sich an der Schläfe und überlegte. »Dann wusste der Ohm also schon Bescheid, als ich an seine Tür klopfte. Ortwyn hatte er bereits niederschlagen, fesseln und einsperren lassen. Und doch tat er ahnungslos. Aber warum nur? Ich verstehe das alles nicht. Hm …«, Gero begann sich mit beiden Händen die Haare zu raufen, als würde es ihm helfen, seine Gedanken zu ordnen.

»Ich verstehe das alles genauso wenig wie du«, seufzte Hilla. »Ich weiß nur eines: Etwas ist faul an der Sache.«

Gero kaute auf seiner Unterlippe. »Du hast Recht. Irgendetwas stinkt da gewaltig zum Himmel. Wir sollten Ortwyn suchen und befragen. Vielleicht kann er uns die Sache erklären.«

Von unten drangen laute Stimmen zu ihnen herauf. Lachen, Raunen, Schimpfen, und immer wieder hörte man die dröhnende Stimme des Ohms heraus. »*Dä Föösch muss fott*!«, rief er mehrere Male, und die anderen Männer krakeelten ihm nach: »Dä Föösch muss fott!«

Als sie von der Wendeltreppe herabsahen, waren sie überrascht, dass sich so viele Menschen in ihrem Elternhaus eingefunden hatten. Unten herrschte ein Gedränge wie vormittags an den *Gademen* auf dem *Forum Feni*.

Ohm Hennes forderte Velten gerade laut auf: »Lieber Neffe, lass doch den alten Lambert ein paar Krüge Wein aus dem Keller holen«, und kurz darauf tauchte zwischen den versammelten Menschen Lamberts weißer Haarkranz auf. Der alte Knecht bahnte sich einen Weg zur Treppe.

»Das kann ja heiter werden«, prophezeite Gero. »Wenn sie erst mal mit dem *Jepötts* anfangen, kann nichts Gutes herauskommen.«

»Aber wenn sie dabei Pläne schmieden, sind sie fürs Erste beschäftigt«, warf Hilla ein. »An Velten kommen wir jetzt nicht heran, ohne dass Ohm Hennes es bemerkt. Wir müssen ihm die Sache mit Ortwyn später berichten. Aber wir sollten Lambert bitten, den Wein mit reichlich Wasser zu verlängern.«

»Also, los denn! Suchen wir Vetter Ortwyn!«

Schon schwang sich Gero rittlings auf das Geländer und rutschte ein Stockwerk tiefer.

Als sie sich durch die Menschenmenge weiter zur Stiege drängen wollten, begegnete Geros Blick durch die weit offen stehende Tür dem des Ohms. Gero tat, als hätte er es nicht bemerkt, und rief dem alten Hausknecht hinterher: »So warte doch, Lambert! Wir helfen dir!«

Augenblicklich verlor Ohm Hennes das Interesse an ihm und wandte seine Augen ab.

Die Zwillinge atmeten erleichtert auf und verließen ungehindert das Haus.

Kapitel XI

Gero und Hilla liefen die Budengasse hinunter. Schnell erreichten sie Ohm Hennes' Haus, das einst ihre Urgroßeltern gebaut hatten, als hier noch die Stadtgrenze durch die plätschernden Fluten des Rheinarms bestimmt wurde. Schon längst hatte man den Rheinarm zugeschüttet, um Land zu gewinnen für ein neues Stadtviertel, das *Vicus Mercatorum* – das Viertel der Kaufleute.

Gero blickte an der Fassade des ehemals prunkvollen Hauses hoch. Nach dem Tod seiner Frau hatte der Ohm es herunterkommen lassen. Hinter welchem der Fenster mochte Ortwyn wohl gefangen gehalten werden? Oder hatten die Knechte ihn womöglich woandershin gebracht? Vielleicht in das angrenzende Warenlager hinter dem Hauptgebäude?

Das große Tor, durch das sonst die Pferde ihre Lastkarren am Wohnhaus vorbei nach hinten zum Lagerhaus zogen, stand weit offen. Männerstimmen drangen bis zu ihnen hinaus – Lachen, Fluchen und ab und an ein Scheppern, gefolgt von hartem Knallen.

Gero linste vorsichtig um die Mauerecke und prallte sogleich zurück. Bätes und Fuss, die Knechte des Ohms, hockten unter dem Vordach des Lagerhauses, keine zwanzig Schritte entfernt, und knobelten mit einem Lederbecher auf dem Baumstumpf, auf dem sonst das Brennholz in handliche Scheite geschlagen wurde. Die Axt hatten sie an die Fachwerkwand des Lagerhauses gelehnt. Ein Krug und zwei *irdene* Becher standen daneben – offensichtlich hatten sie ihren Durst mit Bier gelöscht.

Jeder, der sich dem Lagerhaus oder dem Hauseingang genähert hätte, wäre sofort von ihnen bemerkt worden.

»Hier können wir nicht rein«, raunte Gero seiner Schwester zu. »Keine Maus kommt hier ungesehen durch. Wenn sie uns schnappen, werden sie uns bei den Ohren packen und tüchtig durchklopfen.«

Dann sah er wieder an der Fassade hoch und wartete auf eine Eingebung des Himmels.

Hinter ihm bog – vom Forum Feni her kommend – mit quietschender Deichsel ein leerer Lastkarren um die Ecke, rumpelte lärmend die Straße bergauf, bis das Zugpferd vom Fuhrmann vor einem Haus an der Ecke der Judengasse mit lautem »Brrr...« zum Stehen gebracht wurde.

Über die Mühlengasse schritten schwatzend und laut lachend zwei Frauen in dunkelroten Samtroben heran. Auf ihren Köpfen wippten reich bestickte Seidenhauben, und an ihren Gürteln baumelten lederne Geldbeutel, jeder wohl eine *Mark* schwer, da mit *Pilgrim* gut gefüllt. Offensichtlich waren sie die Gemahlinnen wohlhabender Handelsherren. Um sie herum hüpften drei kreischende, lachende Knaben, die mit einer Weidengerte nach dem Schwanz eines Hundes zielten, der sich schleunigst aus dem Staub machte. Dahinter stapfte mit klappernden Holzpantinen eine Magd über das Pflaster. Sie musste vom Fischmarkt kommen, denn in dem Korb, den sie in der Armbeuge hielt, lagen auf Zwiebeln und frischem Lauch einige Salzheringe.

Plötzlich schoss ein Ferkel schrill quiekend zwischen Gero und seiner Schwester hindurch, verfing sich fast in Hillas Röcken und wurde von den drei Knaben unter Lachen und Johlen mit der Weidengerte in Empfang genommen.

Menschen aller Stände waren unterwegs, dazwischen immer wieder Fuhrwerke, deren eisenbeschlagene Räder über das Pflaster ratterten, Kindergeschrei, Hundegebell, das Rufen der Gemüsebauern auf dem Marktplatz – kurz: Es war laut.

Sehr laut.

Laut genug.

Gero stutzte. Er hatte seine Eingebung und dankte schmunzelnd dem heiligen *Judas Thaddäus.*

»Vielleicht gibt es doch einen Weg, unbemerkt ins Haus zu gelangen. Komm mit!«, sagte er und zog seine Schwester um die Hausecke und weiter, unter dem Torbogen des angrenzenden Hauses hindurch, bis in den fremden Garten hinein.

Dicht an der Mauer, die die beiden Grundstücke voneinander trennte, stand eine prächtige, uralte Kastanie voller weißer Blütenkerzen. Einige Äste ragten weit über das Nebengrundstück, streckten sich bis über das Dach des Lagerhauses von Ohm Hennes. Gero blickte sich um, ob aus den Fenstern des Nachbarhauses jemand ihr verbotenes Tun beobachtete.

»Wir müssen es vorsichtig anstellen, Hilla. Bleib du fürs Erste hier und versteck dich hinter dem Stamm. Warte, bis ich dir von oben ein Zeichen gebe, und dann komm nach«, flüsterte Gero.

Für ihn war der Baum keine Herausforderung. Er schnellte aus dem Stand hoch, reckte sich, und schon umfassten seine Hände den untersten Ast. Gero schwang die Beine hinauf, hangelte sich hoch und kletterte eichhörnchenflink weiter hinauf, bis er einen der überhängenden Äste erreichte, auf dem er rittlings voranrutschte, über die Mauer hinweg und weiter bis über das Dach des Lagerhauses.

Immer wieder hielt er dabei inne, um den Stimmen der Männer zu lauschen. Endlich ließ er sich beinahe lautlos auf das Dach hinuntergleiten. Er hatte Sorge, dass ihn die Schindeln aus Leyen womöglich nicht tragen würden, denn sie knackten leise unter seinem Gewicht. Er erschrak fast zu Tode, als er auf dem moosigen Belag einen Fußbreit abrutschte. Gero schickte dem heiligen Judas Thaddäus ein kurzes Dankgebet und versprach ihm eine dicke Kerze, nicht etwa nur ein einfaches Talglicht, nein, eine echte Bienenwachskerze für das weitere Gelingen. Er schmiegte sich eng an die Dachschräge und horchte, ob die beiden Knechte sich rührten. Gero konnte sie nicht sehen, er wusste aber, dass sie nur einen Steinwurf von ihm entfernt hockten. Er hörte ihre Stimmen und das Aufstampfen des Knobelbechers.

Bis jetzt hatten sie nichts bemerkt. Als er sich aufrichtete, um nach seiner Schwester im Hof des Nachbarhauses zu sehen, bekam er einen gewaltigen Schreck: Hilla saß bereits über ihm auf dem Ast. Noch bevor er sie aufhalten konnte, rutschte sie vor, schwang die Beine, sprang und landete mit einem lauten Plumps neben Gero. Die Dachschindeln knackten heftig. Er packte Hilla, hielt sie fest und lauschte nach unten.

Zu ihrem großen Glück war just in diesem Moment geräuschvoll ein Fuhrwerk über die Straße geholpert. Vom Dach aus konnten Gero und Hilla durch den Torbogen des Haupthauses nur die stampfenden Beine zweier Kaltblüter sehen. Sie hörten die Stimme des Fuhrmannes auf dem Kutschbock, der mit lautem »He! Ho!« die massigen Tiere bergauf in die Budengasse trieb. Dann hörten sie wieder das Lachen der Knechte unter ihnen.

»Dort steigen wir ein«, flüsterte Gero nahe an Hillas Ohr und wies auf die Dachluke im vorderen Teil des Lagerhauses. »Aber Vorsicht! Ein Blick nach oben, und die Kerle haben uns entdeckt.«

Die Zwillinge tasteten sich mit ihren Füßen seitlich weiter, ihre Hände strichen flach über die Schieferplatten, mit denen das Dach gedeckt war. Ihre Augen hefteten sich an die näher kommende Dachluke, und ihre Ohren lauschten wachsam den Stimmen der Knechte.

Dann endlich bekam Gero den Holzladen zu fassen, der die Dachluke verschloss. Der Haken war innen nicht eingehängt. Von den Scharnieren bröckelte etwas Rost, als Gero den Laden so leise wie möglich zur Seite schwang.

Er beugte sich in die Luke hinein und versuchte in dem dunklen Raum etwas zu erkennen. Unter der Schräge der gegenüberliegenden Seite entdeckte er eine Kiste, und direkt unter ihm stand eine große Schiffstruhe mit gewölbtem Deckel.

Er nickte seiner Schwester kurz zu, wand sich kopfüber durch die Dachluke und stützte sich mit beiden Händen auf dem Truhendeckel ab.

Dann kam Hilla an die Reihe. Sie zwängte und ruckelte sich mühsam durch die enge Luke und blieb zu allem Überfluss auch noch mit ihren Röcken an dem vorstehenden Splitter einer Fensterleiste hängen. Das Ratschen des Stoffes erschien ihnen so laut, als sei der Himmel über ihnen aufgerissen worden.

Aber sie hatten einmal mehr Glück – unten rührte sich nichts.

»Wo sind denn die vielen schönen Stoffe geblieben?«, flüsterte Hilla und blickte sich erstaunt in dem Raum um.

Sie war erst vor einem Jahr mit ihrer Mutter hier oben gewesen und hatte sich aus den vielen dicken Ballen Tuch einen wunderschönen rehbraunen Samt auswählen dürfen, um sich daraus ein Winterkleid nähen zu lassen. »Nicht einmal mehr die Regale stehen hier. Wie eigenartig. Ob Ohm Hennes nicht mehr mit Tuch handelt?«, wunderte sie sich und machte einen Schritt in die Mitte des schummrigen Raumes, um von dort aus besser in alle Winkel sehen zu können.

Geros Blick fiel erst auf die morsche Stelle im Fußboden, als es bereits unter Hillas Füßen knackte. Er kam nicht mehr dazu, seine Schwester zu warnen, denn der Boden unter ihren Füßen hatte bereits nachgegeben.

Hilla riss die Arme hoch, schrie entsetzt auf. Gero hechtete nach vorn, packte ihre Röcke, aber der bereits lädierte Stoff zerriss unter seinen Händen. Er griff verzweifelt noch einmal nach Hilla, fasste aber ins Leere.

Und dann verlor er das Gleichgewicht und fiel ebenfalls nach unten. Es gab einen gewaltigen Schlag, und dann war es still um Gero.

Still und dunkel.

Kapitel XII

Etwas Nasses, Kühles klatschte in Geros Gesicht, verteilte sich über Haare, Ohren und Hals, rann über seine Lippen. Seine Zungenspitze kroch zwischen den Lippen hervor, berührte die Flüssigkeit und schmeckte … etwas Bittersüßes.

Das war eindeutig Bier. Er verzog den Mund und blinzelte unter den nass gewordenen Wimpern. Wo war er, und – »Heilige Jungfrau, steh mir bei!« – wer waren die beiden teuflischen Dämonen, die sich über ihn beugten und bis an die Ohren grinsten?

»Na, was haben wir denn da? Was ist denn das für faules Obst, das uns da von oben vor die Füße gefallen ist?«, sagte der eine.

Der andere griente: »Der Himmel wollte dich wohl nicht haben und hat dich gleich wieder ausgespuckt, was?«

Das brüllende Gelächter der beiden dröhnte wie Glockengeläut in Geros Kopf, und er war nahe daran, wieder in eine gnädige Ohnmacht zu versinken.

Da nahm er das leise Weinen unter sich wahr.

Hilla!

Plötzlich war die Erinnerung da: seine Schwester, das Dach, der Boden, der Sturz, die beiden Knechte … die beiden Knechte … Fuss und Bätes!

Erwischt!

Über ihm klaffte das Loch, durch das sie herabgestürzt waren, unter ihm lag Hilla, und unter ihr stapelten sich dicke Ballen – das mussten die schweren, stoffumwickelten Tuchballen sein, die bislang im oberen Stockwerk gelagert worden waren.

Anscheinend hatte der Boden oben ihr Gewicht auf Dauer nicht tragen können, und deshalb hatte man die Ballen nach unten gebracht. Gero seufzte und versuchte sich aufzurichten.

»Was meinst du, Bätes, sollen wir das Fallobst zu Mus verarbeiten oder aufhängen und trocknen lassen?«, scherzte der, den sie wegen seiner karottenroten Haare »Fuss« nannten.

Er packte Gero am Kragen seines Wamses und stellte ihn unsanft auf die Füße. Gero schwankte, und seine Beine wollten einknicken.

Bätes' grobe Pranken fassten Hilla an den Schultern, und er versuchte sie aufzurichten. Das hätte er besser nicht getan, denn die eben noch hilflos weinende Hilla riss ganz plötzlich ein Knie hoch und rammte es dem verdutzten Bätes mit Wucht zwischen die Beine.

Er konnte nicht mal mehr schreien. Er schnappte nach Luft, klappte vornüber, ließ das Mädchen los und hielt sich mit schmerzverzerrtem Gesicht die getroffene Stelle.

Mitfühlend sog Fuss die Luft scharf ein, doch dann beugte sich Bätes auch schon wieder vor und packte Hilla fest an den Armen, hielt sich diesmal dabei vorsorglich weit genug von ihren Knien entfernt.

»Das ist aber mal ein gefährliches Früchtchen«, zischte Fuss. »Eines, das man stramm einwickeln muss.«

Alles Zappeln nützte nichts. Gero und Hilla wurden geknebelt und dann mit *Hanf*seilen fest verschnürt, gerade so, als sollten sie als Frachtgut an Bord eines Schiffes verladen werden. Dann trugen Hennes' Knechte sie aus dem Lagerhaus hinaus und zur Rückseite des Wohnhauses, die Außentreppe hinunter und in den Keller, in dem schwere Holzfässer neben- und übereinander verkeilt waren.

In dem Raum war es kühl und dunkel. Nur durch ein handtellergroßes Mauerloch fiel ein wenig Tageslicht in ihr Verließ.

Die Knechte schubsten sie hart auf den blanken Boden.

Hilla zitterte vor Angst, und auch Gero schlotterten die Beine.

»Da! Macht es euch richtig gemütlich!«, höhnte Bätes und warf ihnen ein paar zerschlissene Kornsäcke zu. »Wird nicht allzu lange dauern, bis euer Ohm nach Hause kommt. Bis dahin …« Er tippte kurz mit dem Zeigefinger gegen seine Stirn, knallte die schwere Holztür zu und legte von außen den Riegel vor.

Die Tritte schwerer Stiefel stampften über die Treppe und entfernten sich.

Stille.

Grabesstille.

Gero hörte das Blut in seinen Ohren rauschen und dazwischen stoßweise seinen eigenen Atem.

Er lauschte. Hilla wimmerte leise neben ihm. Es klang allerdings mehr nach Wut denn nach Angst. Wie gern hätte er wenigstens den widerlichen Knebel aus seinem Mund entfernt. Er musste würgen.

Halt. Da war noch ein anderes Geräusch. Ein Scharren, mehr ein Schlurfen. Etwas schien über den Boden zu rutschen, sich ihm zu nähern.

Ein Tier? Vielleicht Ratten? Oder ein Hund?

Gero riss die Augen auf, versuchte im Dunklen eine Bewegung auszumachen. Er bemerkte, dass auch Hilla etwas gehört haben musste, denn sie starrte mit angehaltenem Atem in die Richtung, aus der das Schlurfen kam.

Gero glaubte, dass sein Blut in den Adern gefriert.

Plötzlich fühlte er etwas Weiches, Warmes an seinen auf dem Rücken gebundenen Händen.

Finger!

Jemand nestelte an seiner Handfessel.

Und mit einem Mal kam Gero die Erkenntnis. Dieser Jemand konnte nur einer sein: Ortwyn!

Gero hob seine Hände über dem Rücken so gut es ging an, damit Ortwyn an das Seilende herankam. Nur ein paar Atemzüge lang, dann lockerte sich das Seil, und Gero wand seine schlanken Hände aus der Fessel. Er fasste an seinen Hinterkopf und löste mit wenigen Griffen die verknoteten Zipfel des Knebels. Tief sog er die Luft in seine Lungen und stöhnte: »Dem Herrn im Himmel sei Dank!«

Sogleich tastete er nach den Händen, die ihn befreit hatten. Er spürte den rauen Stoff der Mönchskutte. Auch um Ortwyns Handgelenke war ein Hanfseil gezurrt, hatte sich tief in seine Haut gegraben. Liegend, die Hände auf dem Rücken gebunden, hatte sich der Vetter mühsam über den rauen Boden geschoben. Er keuchte noch vor Anstrengung.

»Warte, Ortwyn! Nur einen kleinen Moment noch …«, versuchte Gero seinen Vetter zu beruhigen, dann bekam er das Seilende zu fassen, schob es in den Knoten zurück und lockerte ihn.

Ortwyns Hände waren frei. Er riss sich den Knebel aus dem Mund und schnappte gierig nach Luft, während Gero begann Hilla von ihrer Verschnürung zu befreien.

Es dauerte nicht lange, und sie hatten alle Stricke von Hand- und Fußgelenken gewickelt, lagen sich in den Armen, lachten und weinten zugleich.

Inzwischen hatten sich ihre Augen ein wenig an die Dunkelheit gewöhnt, sodass sie einander anschauen konnten. Zwar waren sie immer noch im Keller eingesperrt, doch schöpften die Zwillinge jetzt ein bisschen Hoffnung. Zusammen mit dem um etliche Jahre älteren Vetter fühlten sie sich ein wenig stärker.

»Du musst uns eine Menge erklären«, bat Hilla. »Weshalb hat dein Vater dich von seinen Knechten verprügeln und hier einsperren lassen?«

»Du weißt davon?«

»Ich stand vor eurem Haus und habe alles gehört. Warum nur hat er das getan?«

»Weil ich ihm in die Quere gekommen bin.«

Gero hob die Schultern. »In die Quere? Wobei? Das verstehe ich nicht.«

»Das ist in der Tat schwer zu verstehen. Nachdem ich heute Nacht euer Haus verlassen hatte, lief ich hierher, um auch meinen Vater zu warnen. Auch wenn ich ihn für einen schlechten Menschen halte, so bin ich doch sein Sohn und muss das vierte Gebot Gottes befolgen, ihn achten und ehren.

Ich klopfte also an die Tür, aber niemand öffnete. Ich wollte schon gehen, da packte mich einer von hinten und hielt mir den Mund zu. Es war Bätes. Oder sollte ich besser sagen, einer von Vaters Halunken? Schnell kam Fuss dazu, und sie schleppten mich in das Kontor.

Dann erschien mein Vater. Er war wütend und fragte mich, was ich gesehen hätte. Ich hatte keine Ahnung, wovon er sprach. Da wurde er deutlicher. Ob ich vom Erzbischof geschickt worden sei … ob ich die Steine gesehen hätte … ob ich wüsste, wo er sie versteckt hätte. Und da dämmerte mir langsam, von welcher Sorte mein Vater ist.«

»Ich verstehe immer noch kein Wort«, warf Gero ein. »Welche Steine? Welche Sorte?«

»Mein Vater ist ein Schmuggler. Ich verstand plötzlich, wieso er immer genügend Geld hatte, obwohl er vorgab, seine Geschäfte liefen schlecht. Er fährt mit dem Schiff den Rhein hinunter bis zur Küste und kauft dort Waren aus fernen Ländern ein. Dann schippert er zurück nach Cöllen, wo seine beiden Spießgesellen das Schiff entladen und die Fracht ...«

»Oh! Ich weiß! Ich weiß es!« In Hillas Augen blitzte es. »Er bringt Ware in die Stadt, die er nicht beim Zoll anmeldet. Die Abgaben dafür gehen Anno an der Nase vorbei. So ist es, ja?«

»So ist es«, bestätigte Ortwyn. »Vater hat es mir selbst gesagt. Er prahlte sogar damit, schon oft Edelsteine, Gold und seltene Gewürze, die noch kostbarer sind als reines Gold, am Zoll vorbei in die Stadt gebracht zu haben. So auch letzte Nacht.«

»Aber wie macht er das?«, wollte Gero wissen. »Jedes Teil muss, bevor es in die Stadt gebracht werden darf, zusammen mit den Frachtpapieren dem Hafenmeister vorgezeigt werden. Er würde es gewiss bemerken, wenn einer etwas heimlich in die Stadt bringen will. Und wenn etwas Unrechtmäßiges auffällt, ruft man sofort nach den Bütteln. Die Einnahmen aus dem Zoll-, Markt- und Münz*regal* stehen allein dem Erzbischof zu. Wenn Anno erfährt, dass ihn einer betrügt, wird er ihn vor Gericht stellen. Und das hat schon so manchen Schmuggler *zur Sau gemacht.*«

»Er hat die Sachen in Stoffballen eingewickelt«, verriet Ortwyn.

»Wirklich?« Gero staunte über so viel Dreistigkeit.

»Ist er denn nie ertappt worden?«, fragte Hilla.

Ortwyn machte eine vage Handbewegung. »Ich kann mich erinnern, dass Vater vor langer Zeit einmal von einem Zöllner in seinem Kontor aufgesucht worden ist. Ein verschlagen aussehender Bursche war das. Er hat Vater tatsächlich etwas *abgeknöpft*, aber am nächsten Morgen fand man den Zöllner in der Gosse vor seinem Haus. Später sah ich an den Hemden von Bätes und Fuss Blutflecken. Sie behaupteten zwar, sie hätten sich in einer Schänke geprügelt, aber ich ahnte schon damals, dass es anders gewesen sein musste, denn die Knöpfe meines Vaters waren wieder an sein Wams genäht.«

»Diese miesen Kerle!« Gero spuckte angewidert auf den Boden.

»Glaubst du, dein Vater hat sie dazu angestiftet?«, fragte Hilla.

»Er hat niemals mit mir darüber gesprochen, aber ich halte es für möglich.«

»So ein gemeiner Kerl!«, rief Hilla angewidert. »Unser Vater hat ja schon vermutet, dass Ohm Hennes krumme Geschäfte macht, er konnte ihm aber nie etwas beweisen.«

»Das ist leider noch nicht alles«, seufzte Ortwyn.

»Noch mehr?«, fragte Hilla entsetzt.

»Ich fürchte, er will eurem Bruder Schlimmes antun.«

»Velten?« Gero starrte den Vetter ungläubig an und versuchte in der Dunkelheit sein Gesicht zu erkennen. Ortwyn hatte die Augen geschlossen.

»Mein Vater hat sein Lebtag nichts anderes getan, als anderen Menschen durch Hinterhältigkeiten Schaden zuzufügen. Zu seinem eigenen Vorteil, versteht sich. Das gelang ihm recht gut, und mit der Zeit fühlte er sich so unverwundbar wie … der Herr persönlich.«

Ortwyn schlug hastig ein Kreuz und bat um Vergebung für den Vergleich. »Es tat weh, aber ich musste einsehen, dass mein Vater böse und durchtrieben ist.« Ortwyn atmete schwer. »Ganz besonders eurer Familie will er schaden, denn er neidet euch euer Glück und euren Erfolg. Jetzt, da euer Vater auf Reisen ist und Velten ihn vertritt, hält mein Vater die Gelegenheit wohl für günstig, euch eins auszuwischen.«

»Pfui! So ein Lumpenhund!« Hilla stemmte entrüstet die Fäuste in die Hüften.

»Euer Bruder ist ein guter Mensch, er ist gerecht und gottesfürchtig, aber er ist ein Heißsporn. Sein hitziges Gemüt kocht schnell über, und genau das, fürchte ich, wird mein Vater geschickt ausnutzen. Er könnte ihn verleiten, etwas zu tun, das die Ehre eurer Familie besudelt.«

Hilla hatte eine furchtbare Ahnung. »Als wir das Haus verließen, um dich zu suchen, schickte dein Vater unseren Knecht Lambert aus, der Versammlung Wein zu bringen.«

»Um Himmels willen! Du hast Recht!«, rief Gero. »Wein ist

Velten nicht gewohnt. Der Wein wird ihm den klaren Verstand vernebeln. Wir konnten schon mit anhören, wie Ohm Hennes begann die Versammlung gegen Anno aufzuhetzen. Wer weiß, wohin das führen wird.«

Ortwyn wiegte sorgenvoll seinen Kopf. »Das hört sich wahrhaftig nicht gut an. Wir sollten sehen, dass wir aus diesem Keller herauskommen, und dann zu eurem Haus eilen, um Velten zu warnen. Vielleicht können wir das Schlimmste noch verhindern.«

Gero sprang auf und eilte zur Tür. Aus Leibeskräften hämmerte er dabei gegen das Holz, aber es gab keinen Fingerbreit nach. Selbst dann nicht, als er sich verzweifelt mit der Schulter dagegenwarf. Der schwere Riegel rührte sich in seiner Halterung aus Eisen nicht ein bisschen.

Sein Blick streifte hinauf zu dem Belüftungsloch in der Mauer. Die hier einströmende frische Luft sollte das Schimmeln der eingelagerten Ware verhindern. Im Winter legte man bei Frost einfach ein Holzscheit davor. Für die zum Haus gehörenden Katzen war dieser Ort der ideale Ratten- und Mäusefangplatz, denn der ein oder andere Nager, der hier hindurchschlüpfte, wurde am anderen Ende von scharfen Krallen und spitzen Zähnen empfangen.

Gero schüttelte den Kopf. Nein, durch dieses winzige Loch hätte sich vielleicht eine schlanke Katze zwängen können, aber für einen Menschen war beim besten Willen keine Flucht möglich. Der Keller war als Gefängnis gut gewählt.

Er glaubte, in der Ferne Glockengeläut zu hören, und versuchte angestrengt lauschend die Schläge mitzuzählen … zehn – elf – zwölf. Waren es wirklich zwölf Schläge gewesen? War tatsächlich schon Mittag?

Gero drückte die Hände gegen die Stirn, aber die Gedanken kreisten weiterhin wirr in seinem Kopf. Wenn mir doch nur etwas einfiele, dachte er. Eine Möglichkeit, diesem Gefängnis zu entfliehen.

Er ließ die Schultern hängen. Plötzlich stellte er überrascht fest, dass Ortwyn und Hilla nicht mehr bei ihm waren.

»Hilla?«, rief er voll banger Sorge. »Ortwyn?«

»Hier sind wir!«, antwortete die Stimme seines Vetters dumpf. »Hier hinten!«

»Wo? Wo ist hier hinten?« Gero sah sich nach allen Seiten suchend um.

»Na, hier! Hinter den Fässern!«, rief Hilla, und dann entdeckte Gero das Aufzucken eines Lichtes. Ortwyn hatte, während Gero die Tür malträtierte, ein paar lose eingelegte Bretter aus einem Verschlag hinter den Weinfässern herausgenommen und war hindurchgestiegen.

»Was macht ihr hier?«, wunderte sich Gero, als er seinen Kopf durch die Bretterlücke steckte.

Ortwyn hielt ihm ein Öllämpchen entgegen, dessen Docht er mit Hilfe eines Feuersteins entzündet hatte. Im schwachen Lichtschein erkannte Gero ein gemauertes Gewölbe.

»Mir ist nie aufgefallen, dass hinter diesem Verschlag ein Gang liegt. Wohin führt er?«

»Es ist der Zugang zum alten Römerkanal«, antwortete Ortwyn. »Dieser Gang ist in unserer Familie fast in Vergessenheit geraten, weil es dank Gottes gütiger Fügung in diesem Haus noch nie gebrannt hat. Mein Vater hat vor langer Zeit schon diese Brettertür davor setzen lassen. Als Bätes und Fuss mich hier einsperrten, haben sie gewiss nicht daran gedacht, dass es diesen Ausgang gibt.«

Nach wenigen Schritten blieb Ortwyn vor einer engen, dunklen Treppe stehen, die scheinbar endlos nach unten führte. Bei ihrem Anblick schüttelte sich Hilla und rief: »Niemals! Niemals werde ich in dieses finstere Loch hinabsteigen. Ich habe Angst.«

Ortwyn versuchte sie zu beruhigen. »Ich bin ja bei euch! Wir steigen zu dem alten Kanal hinunter und gehen tief unter der Straße her bis zu eurem Haus. Es wird uns nichts Böses geschehen, denn außer ein paar Ratten gibt es da unten nichts, wovor du dich fürchten müsstest.«

»So ganz wohl ist mir bei dem Gedanken an den unterirdischen Weg auch nicht«, warf Gero ein, aber Ortwyn winkte ab: »Fürchtet euch nicht. Der alte Kanal hat schon so manchem Nachbarn das Leben gerettet. Denn wenn ein Herdfeuer erst den Kamin und dann das ganze Haus in Flammen setzt, gibt es kaum ein Entkommen, es sei denn nach unten. Aber nun schnell! Folgt mir!«, drängte Ortwyn. »Wir sollten uns *sputen*.«

Hilla fasste Gero am Ärmel, und sie setzten sich, mit den Händen die rauen Steine abtastend, in Bewegung. »Hast du gewusst, dass auch unser Keller einen Zugang zum alten Kanal hat?«, flüsterte Hilla ihrem Bruder zu.

»Vater hat es vor langer Zeit einmal erwähnt, aber ich hatte es ganz vergessen.«

»Und von wem weißt du, dass es den Kanal gibt? Auch von deinem Vater?«, fragte Hilla ihren Vetter.

»Ja und nein«, sagte Ortwyn. »Als ich noch ein Kind war, habe ich ihn manchmal heimlich beobachtet, wie er von einem Ballen Tuch *Elle* für Elle abwickelte und kleine bunte Steine herausnahm. Er schlich damit zum Kanal hinunter und versteckte sie in einer Mauerlücke. Ich habe nie gewagt, ihn darauf anzusprechen, denn ich fürchtete, er würde mich bestrafen. Aber das Gesehene ließ mir keine Ruhe mehr, und eines Tages wagte ich mich allein zum Kanal. Ich fand das Versteck. Meine Neugier trieb mich weiter voran, und dabei entdeckte ich, dass es auch zu anderen Kellern Zugänge vom Kanal aus gibt.«

»Warum hast du uns das nie erzählt?«, wollte Gero wissen, aber Ortwyn biss sich auf die Lippen und sah schweigend zu Boden.

»Oh, ich verstehe«, sagte Gero. »Du wolltest deinen Vater nicht verraten.«

Ortwyn nickte. »So ist es. Der Herr will, dass wir Vater und Mutter ehren. Aber damals dämmerte mir, von welcher Art die Geschäfte meines Vaters sind. Damit wollte ich nichts zu schaffen haben, und ich beschloss, mein Leben Gott zu widmen. Fortan ersehnte ich nichts anderes, als Mönch zu werden und dem himmlischen Vater zu dienen.«

Sie hatten das Ende der langen Treppe tief unter der Straße erreicht. Ortwyn hielt das Öllicht höher, und sie erkannten in seinem zuckenden Schein die groben Steine einer alten Mauer vor sich. Mit beiden Händen packte Ortwyn einige dieser Brocken, zog sie heraus und öffnete so den Zugang zum Kanal. Er zeigte ihnen auch die Lücke, in der sein Vater geschmuggelte Edelsteine zu verstecken pflegte.

»Ich kann es immer noch nicht fassen, dass Ohm Hennes das alles getan haben soll«, sagte Hilla.

»Ja. Das und noch viel mehr. Ich habe es lange nicht wahrhaben wollen, dass mein eigener Vater ein so schlechter Mensch ist. Mit niemandem konnte ich darüber reden.«

Plötzlich straffte sich Ortwyn und sagte mit fester Stimme: »Aber auch das vierte Gebot hat seine Grenzen. Achten und ehren kann man Vater und Mutter nur, wenn sie achtbar und ehrbar sind.«

Hilla bemerkte, dass Ortwyn sich über die Augen wischte, bevor er die Kutte raffte, um in den Kanal zu steigen.

»Folgt mir!«, rief er, und seine Stimme klang dumpf aus dem alten Gemäuer heraus. »Wir müssen Velten warnen und ihn davon abhalten, Dummheiten zu begehen, die nicht wieder gutzumachen sind.«

*

Lukas hält es auf dem Bett nicht mehr aus. Er ruckelt aufgeregt nach vorn zur Kante und springt auf die Füße. »Das ist doch unser Kanal! Äh … ich meine, der Kanal, der wo wir als ich vor den Ferien mit … Äh …«

»Wie bist du denn drauf? Kannst du kein Deutsch mehr?«, sagt Bille und hält sich den Bauch vor Lachen.

Alina bewegt ihre Hand scheibenwischerartig vor ihrem Gesicht, und Ben grummelt: »Totaler Systemabsturz.«

Auch Hartmut kann sich ein Lächeln nicht verkneifen.

»Ist es wirklich schon sechs?« Ungläubig sieht Alina auf ihre Armbanduhr.

»Was?«, rufen Lukas und Ben im Chor.

»Schon so spät?«, wundert sich Bille.

Hartmut steht auf, um aus dem Bullauge einen Blick nach links auf das Gelände um den Tanzbrunnen zu werfen. Auf der Wiese drüben stehen, sitzen, liegen schon jetzt eine Menge Menschen. Alina betrachtet Hartmut genau. Äußerlich wirkt er zwar ruhig, aber sie fühlt trotzdem, dass er ziemlich besorgt ist.

»Hoffentlich schaffen wir es, hier rechtzeitig rauszukommen«, sagt sie.

»Werden wir schon. Irgendeine Möglichkeit gibt es immer«, sagt Hartmut zuversichtlich.

»Also, ich an deiner Stelle, ich würde platzen. Regt dich das alles hier nicht tierisch auf?« Ben sieht Hartmut neugierig an.

»Es regt mich zwar auf, aber unsere Lage ändert sich nicht dadurch, dass ich mich aufrege. Manchmal ist es dann einfach besser, etwas anderes zu tun als das, was man eigentlich vorhatte.«

»Also, ich hatte eigentlich vor zu erfahren, wie es damals weitergegangen ist«, mault Lukas, dem die Unterbrechung zu lange dauert.

»Jaaa! Ich auch!«, schreit Ben plötzlich und wirft sich mit solchem Schwung auf das obere Bett, dass das ganze Gestell bedenklich wackelt.

»Ben! Hast du sie noch alle?«, schimpft Bille.

Alina kann sich nicht verkneifen anzumerken: »Totale Systemabstürze sind anscheinend ansteckend. Muss ein Virus sein.«

»Mensch, Alli! Sei doch jetzt endlich mal leise!« Lukas stampft mit dem Fuß auf. »Ich will hören, wie es weiterging. Es geht doch weiter, Hartmut, oder?«

Hartmut setzt sich wieder auf den Stuhl und lehnt sich mit dem Rücken an. Er schließt für einen Moment die Augen und nickt dann bedächtig. »Ja, es geht weiter. Oder, besser gesagt, sie gingen weiter, nämlich durch den Kanal …«

Kapitel XIII

Gero hatte die Schritte gezählt. Es waren ungefähr zweihundert, und dann blieb Ortwyn stehen. Sie hatten den Zugang zum Keller ihres Hauses an der Ecke der Strata Lapidea erreicht.

Ihnen fiel auf, wie still es war. Kein Geräusch im ganzen Haus. Weder Lambert noch eine der Mägde hielten sich im Weinkeller auf. Nur einige leere Krüge zeugten davon, dass in den vergangenen Stunden viel von dem guten Elsässer Wein aus den Fässern abgefüllt worden sein musste. Selbst das Fass mit dem *Suure Hungk*, dem Wein aus eigenem Garten, war geleert worden.

Sie stiegen die Treppen hinauf, gingen in jeden Raum bis unter das Dach, trafen jedoch nirgends eine Menschenseele an.

Hatte noch vor wenigen Stunden das ganze Haus wie ein Bienenstock gesummt, so herrschte jetzt vollkommene Ruhe. Beängstigende Ruhe.

Das Haus musste in aller Eile verlassen worden sein, denn auf dem großen Tisch waren Becher und Pokale, zum Teil sogar noch gut gefüllt, zurückgelassen worden. Einige Becher lagen umgestürzt, und der ausgelaufene Wein stand in Pfützen auf dem blanken Holz.

»Velten!«, rief Gero. Und noch einmal, lauter: »Velten! Lambert!« Niemand rührte sich.

Gero wurde es angst und bange.

Was mochte Velten und die anderen bewogen haben, das Haus so überstürzt zu verlassen?

Von der Straße drang ein Geräusch zu ihnen herauf. Gero warf einen Blick aus dem Fenster. Die Straße war menschenleer, nur zwei Hunde balgten sich knurrend um einen Knochen.

»Wo können sie nur sein?«, wunderte sich Gero und sah Ortwyn fragend an.

»Das wird sich doch wohl feststellen lassen«, sagte Hilla entschlossen, raffte ihre Röcke und stapfte die Stiege ins Erdgeschoss hinab. Gero und Ortwyn folgten ihr.

Sie verließen das Haus, und Hilla steuerte schnurstracks auf das Nachbarhaus zu. Aber sie trafen weder den Sporenmacher Roland noch seine Familie an. Auch dieses Haus war menschenleer. Hilla, Gero und Ortwyn wunderten sich sehr und sahen sich ratlos auf der leeren Strata Lapidea um.

In diesem Moment kamen zwei mit Knüppeln bewaffnete Burschen von Westen heran und bogen mit schweren Schritten in die Straße An der gulder Wagen ein.

»Heda, ihr beiden!«, rief Hilla ihnen nach, und sie drehten sich um.

»Was willst du, Mädchen?«

Hilla hob fragend die Hände und rief: »Wo sind denn nur alle hin?«

Die Burschen begannen zu lachen. Der eine rief: »Na, wohin wohl? Zu Annos Palast. Und dahin wollen wir auch. Wir haben gehört, dass Anno von einem, dem er heute sein Schiff wegnehmen wollte, aus der Stadt gejagt werden wird.«

Und der andere fügte knüppelschwingend hinzu: »Und wenn Anno nicht gehen will, dann werden wir ihm helfen.«

Immer noch schallend lachend und grölend setzten die beiden ihren Weg fort.

»Sie wollen Anno töten …« Ortwyn konnte vor Entsetzen kaum sprechen.

Während Hilla den Burschen wie erstarrt nachsah, sagte Gero bitter: »Anscheinend hat der Ohm sein Ziel erreicht.«

»Der Himmel stehe uns bei«, stammelte Ortwyn. »Wir müssen Velten aufhalten. Wenn er sich von meinem Vater hat aufhetzen lassen und sich womöglich an unserem Erzbischof vergreift, werden wir alle furchtbar büßen müssen. Wir sollten auf dem schnellsten Weg zum Bischofspalast laufen, auch wenn Velten selbst Anno kein Leid antun würde, so ist doch nicht auszuschließen, dass solche Kerle wie die beiden eben genau das tun.«

Sie schlugen den zum Rhein hin abfallenden Weg über die Budengasse ein, bogen an der nächsten Ecke links nach Unter Goldschmied ab, ließen den *Pranger* rechts liegen und rannten quer über den großen, unbebauten Domhof. Dabei näherten sie sich einer Gruppe Bauern. Einer von ihnen schwang drohend eine Mistgabel. Gero kannte ihn. Er belieferte seinen Vater mit Speck.

Es wurde immer voller auf dem Domhof, und für Gero, Hilla und Ortwyn gab es kaum noch ein Durchkommen.

Ortwyn versuchte sich nach vorn zu drängeln. Gero und Hilla klammerten sich an seiner Kutte fest, bemüht, nicht loszulassen und dann im Gedränge verloren zu gehen.

Vor dem großen Portal des Palastes hatte sich bereits eine riesige Menschenmenge versammelt, und noch immer strömten Menschen von allen Seiten herbei. Zum größten Teil waren es ehrbare Handelsleute und Handwerker mit ihren Familien, Mägden und Knechten, die hergekommen waren, um von Anno Rechte einzufordern. Zum anderen aber waren es bewaffnete Schurken, Bettler, Diebe und Lumpengesindel – Leute, die sich gewiss nicht mit den besten Absichten unter die Menge gemischt hatten.

Von Norden her näherte sich eine Gruppe besonders laut grölender *Schauermänner* und bog um die halbrunde Mauer am östlichen Teil des Bischofspalastes. Sie mussten direkt vom Hafen her über die Freitreppe an der Großen Sporergasse zum Domhügel heraufgekommen sein. Gero erkannte einige der muskelstrotzenden Männer, die auch schon auf die Schiffe seines Vaters Handelsgüter geschleppt hatten. Obwohl es noch taghell war, trugen ein paar von ihnen schon brennende Fackeln in den Händen, und Gero hatte die bange Ahnung, dass sie vielleicht einem anderen Zweck dienen sollten, als nur dem, am Abend die Straße zu erhellen.

Gero, Hilla und Ortwyn hielten sich an den Händen gefasst, und es gelang ihnen, sich mehr und mehr nach vorn durchzuschlängeln, wo sie Velten zu finden hofften.

Nach allen Seiten blickte sich Gero suchend um, aber nirgends war Velten zu entdecken.

»Dort ist er!«, schrie Ortwyn plötzlich auf.

Gero reckte sich, um seinen Bruder sehen zu können, aber er war zu klein. Außerdem schubsten und schoben ihn die Menschen, und während die stämmige Hilla fest auf den Beinen blieb, geriet er ins Schwanken und hatte Angst, erdrückt zu werden.

Ortwyn ging in die Knie und deutete auf seine Schulter. Gero verstand sofort. Er tat einen Satz und saß im nächsten Moment huckepack auf dem Rücken des Vetters.

»Ja! Jetzt sehe ich Velten auch!«, rief er aufgeregt und deutete mit dem Zeigefinger zum großen Tor. »Dort steht er! Ganz vorne!«

Tatsächlich überragte der sehr groß gewachsene Velten die meisten anderen Männer um ihn herum und war schon allein deshalb auch von weitem noch gut auszumachen. Sein glattes, wie zu einer Kappe geschnittenes goldblondes Haar wirbelte um seinen Oberkopf, wenn er sich bewegte. Aufgebracht redete er mit hochrotem Kopf auf einen der erzbischöflichen Wachsoldaten ein, der eine *Hellebarde* vor Veltens Nase hielt und immer wieder den Kopf schüttelte. Offenbar verwehrte er Velten den Einlass.

Dann entdeckte Gero Ohm Hennes und die anderen Männer, die sich am Morgen im Elternhaus versammelt hatten. Sie standen mit grimmigen Mienen hinter Velten, entschlossen, sich nicht wegschicken zu lassen.

»Velten!«, schrie Gero aus Leibeskräften, aber seine Stimme erreichte den Bruder nicht.

Plötzlich hörte er jemanden seinen Namen rufen. Gero sah sich suchend um und entdeckte den Nachbarn Roland und seinen jüngsten Sohn Karl. Beide winkten ihm aufgeregt zu. Gero zupfte an Ortwyns Kutte, um den Vetter auf die beiden aufmerksam zu machen. Doch noch bevor Ortwyn sie entdeckte, hatten sich die beiden bereits bis zu ihnen durchgedrängt.

Roland wirkte erleichtert, als er den Kindern die Hände entgegenstreckte und rief: »Dem Herrn sei Dank, ihr seid unversehrt. Euer Bruder hatte große Sorge um euch, als ihr wie vom Erdboden verschluckt wart.«

»Roland!« Hilla musste ihre Stimme erheben, um gegen das Lärmen anzukommen. »Roland, ist es wahr, was man sagt? Velten will Anno aus der Stadt jagen?«

Der Sporenmacher Roland sah von einem zum anderen, als er sagte: »Das hängt nur von Anno selbst ab. Velten will für uns alle vor ihn treten und unser Recht einfordern. Bis jetzt aber lässt Anno ihn gar nicht erst in den Palast. Wenn er sich auch jetzt wieder wie schon heute Morgen in Sankt Georg aufführt … nun ja … ihr seht ja selbst, wie aufgebracht die Menschen hier sind.«

»In Sankt Georg? Was ist da geschehen?«, fragte Gero.

»Anno hat, während wir in eurem Haus zusammensaßen, die Messe in Sankt Georg gehalten – weil doch heute der Tag des heiligen Georg ist. Er muss von der Kanzel übel geschimpft haben. Wegen unserer angeblich unmoralischen Lebensweise hat er gedroht, ganz Cöllen werde demnächst der Gewalt des Teufels verfallen und völlig zugrunde gehen. Sein Gesicht muss abwechselnd blass wie Ziegenkäse und dann wieder rot wie ein geschwollener Hahnenkamm gewesen sein. Er war wie immer von seiner eigenen Wichtigkeit bis zum Platzen angefüllt und hat durch die Kirche gebrüllt, die Personen, die sich heute früh gegen seine Befehle gestellt haben, werde er beim nächsten Gerichtstag mit harten Strafen belegen, um sie in ihre Schranken zu weisen.«

Als Ortwyn sich hastig bekreuzigte, geriet Gero ins Wanken. Er klammerte sich an Ortwyns Ohren fest und rief entsetzt: »Womöglich wird Anno ihn *stäupen* lassen. Dabei hat Velten doch nichts anderes getan, als sein Eigentum zu verteidigen.«

Roland nickte. »Und das war sein gutes Recht, wir sind freie Handelsmänner und Handwerker, keine Eigenleute. Anno darf über uns nicht bestimmen, wie es ihm beliebt. Ihr könnt euch vorstellen, was geschah, als die Nachricht vom Inhalt seiner Predigt unsere Versammlung erreichte«, fuhr Roland fort.

Ortwyn war bleich geworden. »Gewiss hatte mein Vater leichtes Spiel, als er eure Wut schürte und euch aufwiegelte, den Palast zu stürmen und Anno zu vertreiben.«

Der Blick, mit dem Roland ihn bedachte, schien ehrlich verwundert. »Hennes?« Er machte eine abfällige Handbewegung. »Velten lässt sich von seinem Ohm nicht reinreden. Nein« – er schüttelte den Kopf – »es waren einmal mehr Annos Selbstherrlichkeit, seine Ungerechtigkeit und Strenge, die uns empörten. Nach einigem Für und Wider beschlossen wir, einen letzten Versuch zu machen und in aller Vernunft mit ihm zu sprechen. Wenn Anno sich aber nicht einsichtig zeigt, dann bleibt uns nur, es den

Wormsern gleichzutun und den Erzbischof aus der Stadt zu jagen. Das Maß ist voll.«

Ein kalter Schauer lief über Geros Rücken. Er hatte Angst. Gewiss, sein Bruder hatte sich heute früh mutig gegen Annos Befehl gestellt, das war das eine, aber seinen Palast zu stürmen, ihn aus der Stadt zu jagen ... das war etwas anderes. Es wäre ein Verbrechen, eine Sünde. Angesichts der Menschenmenge, die immer energischer zum Dom hin drängte und immer wütendere Rufe ausstieß, stieg seine Besorgnis. Würde er den Lauf der Dinge noch bremsen können?

»Na, los doch!«, brüllte eine tiefe Männerstimme weiter vorn. »Worauf wartet ihr noch? Stürmt endlich das Tor und holt ihn raus!«

Gero zuckte zusammen, er hatte die Stimme des Ohms erkannt. »Neeeiiin!!!«, schrie er, so laut er konnte, und riss wie beschwörend beide Arme hoch. »Nicht, Velten! Warte!«

Für einen Atemzug lang richteten die Menschen um ihn herum ihre Aufmerksamkeit ganz auf ihn, in diesem Moment traf sein Blick den seines Bruders. Velten schien überrascht zu sein, seine Lippen formten »Floh?«

Aber auch Ohm Hennes hatte Gero bemerkt. Gero und Ortwyn, der ihn trug. Ohm Hennes lief purpurrot an, er schnappte nach Luft, wandte sich ab, riss die rechte Faust hoch und brüllte: »Hinein! Holt Anno!«

Sofort zeigte Veltens Gesicht wieder wilde Entschlossenheit. Er riss dem Wachsoldaten mit einem Ruck die Hellebarde aus der Hand und drängte den derart überrumpelten Mann grob zur Seite.

»Velten! Nein!«, schrie Gero ein zweites Mal, aber sein Ruf ging im wütenden Aufbrausen der Menschenmenge unter.

Flugs rutschte Gero vom Rücken des Vetters und begann sich zwischen den Leibern hindurchzudrängen. Er war wie besessen von dem Gedanken, Velten doch noch zurückhalten zu können.

Etwas Hartes wurde mit Wucht in Geros Bauch gerammt, sein Magen krampfte sich schmerzhaft zusammen, und ehe er sich besann, bekam Gero den Ellbogen des stämmigen Marktweibes auch noch gegen die Stirn.

»Mach dich fott, do Jekläbbels!«, schnauzte sie ihn an und schubste ihn derb beiseite.

Gero strauchelte und stürzte zu Boden. Holzpantinen, Lederstiefel und nackte Füße polterten über ihn hinweg, während er versuchte mit den Händen seinen Kopf zu schützen. Plötzlich wurde er unsanft hochgerissen. Er griff, um sich festzuhalten, nach vorn, und seine Finger krallten sich in groben Stoff. Es war Ortwyns Kutte.

Hillas Gesicht, blass vor Angst und Entsetzen, war dem seinen ganz nah, als sie ihm aufhalf. Hätten Ortwyns Hände sich nicht mit festem Griff um seine Oberarme geschlossen, wäre er, als sie von der aufgebrachten Menschenmenge zum Palasttor hin geschoben wurden, erneut zu Boden gestoßen worden.

Um sie herum erschallte wütendes Rufen.

»Anno, kumm erus!« – »Mach dich fott!« – »Schmießt en in de Rhing!« – »Schloht en kapott!«

Ein paar Steine flogen über ihre Köpfe hinweg und schlugen krachend gegen die Mauern und gegen das Tor.

Hillas Schulter wurde getroffen. Sie schrie vor Schmerz auf.

Die Menschen hinter ihnen schoben und drückten, aber vorn am Tor ging es nicht mehr weiter. Das dicke Eichenholz hielt dem Ansturm Stand. Gero glaubte schon, jeden Moment ersticken zu müssen, als jemand in seiner Nähe schrie: »Macht Platz! Zur Seite!«

Die Menge teilte sich, bildete eine Gasse, in der wie aus dem Nichts ein paar stämmige Kerle mit einem Rammbock auftauchten.

Schon beim zweiten Anlauf gab das Holz krachend nach. Es splitterte, und der dritte Anlauf brachte den Durchbruch.

Der Jubel war ohrenbetäubend, und augenblicklich begannen die Hinteren, die Vorderen in den Palast zu schieben.

Längst hatte Gero Velten aus den Augen verloren. Aber als er zusammen mit Ortwyn und Hilla durch das zerborstene Tor in den Palast hineingedrückt wurde, fiel sein Blick auf die breite Treppe zur Rechten. Dort entdeckte er ihn, wie er mit großen Sätzen die Stufen hinaufeilte.

»Velten!«, schrie Gero aus vollem Hals, aber sein Bruder konnte ihn nicht hören. Ohne ein Wort zog Ortwyn Gero und Hilla aus dem Menschenstrom heraus und schob sie in die Nische unter der steinernen Treppe. Sie kauerten sich unter die Stufen, über die Velten eben noch hinaufgelaufen war. Ortwyn legte schützend beide Arme um sie, und sie drängten sich voller Entsetzen aneinander.

»Ich fürchte, das wird kein gutes Ende nehmen. Velten wird gar nicht erst dazu kommen, mit Anno in aller Vernunft zu reden. Noch bevor er »Gott zum Gruße« sagen kann, haben andere dem Erzbischof den Schädel eingeschlagen. Ihr müsst raus hier«, sagte Ortwyn dicht an Geros Ohr. »Dies ist heute kein sicherer Ort für Kinder. Wenn der erste Ansturm vorüber ist, werden wir durch die Küche in den Innenhof fliehen. Ich kenne den Weg. Lauft mir nach, wenn ich es sage.«

Einige Augenblicke später gab er ihnen das Zeichen.

Sie hasteten geduckt quer durch die Halle und schlüpften durch eine der Türen in den dahinter liegenden Raum.

Gero und Hilla blickten sich um – und erschraken. Eine lange Tafel, gepolsterte Stühle, einige davon umgestürzt, auf dem Boden Scherben eines edlen Geschirrs, eine zerbrochene Weinkaraffe, glänzende silberne Löffel und Messer. Dazwischen lagen feines Gebäck, Früchte und andere Köstlichkeiten.

Dies musste der Speisesaal sein.

Am gegenüberliegenden Ende der Tafel standen, wie erstarrt und mit angehaltenem Atem, einige Bedienstete des Erzbischofs. In ihrer Mitte hielten sie einen von einem schneeweißen Tuch bedeckten Geist.

Plötzlich fasste der Geist mit einer Hand ungeduldig nach dem Tuch und zog es enger um sich. Diese Hand trug einen breiten goldenen Ring, den ein taubeneigroßer Rubin zierte. Unten, unter den Zipfeln des weißen Tuches, sahen feinste lederne Schuhe mit goldenen Schnallen und ein violettes Gewand hervor.

Ortwyn, Gero und Hilla schnappten hörbar nach Luft. Der Geist war kein Geist, sondern der Erzbischof.

Offenbar hatte man Anno, um ihn darunter zu verbergen und

unerkannt durch die angrenzende Küche hinausführen zu können, in aller Eile das weiße Tafeltuch über den Kopf geworfen.

Als Annos Diener erkannten, dass von Ortwyn, Gero und Hilla keine Bedrohung ausging, setzten sie sich wieder in Bewegung und führten Anno zur Tür.

Nicht einen Augenblick zu früh, denn hinter ihnen wurde mit Wucht die Tür des Speisesaals von ein paar roh aussehenden Kerlen aufgestoßen.

Auch die drei rannten los, durchquerten die Küche, traten durch die Seitenpforte ins Freie und schlugen den Weg zu Sankt Mariengraden ein, um dort über die Treppe an der Großen Sporergasse am bischöflichen Garten vorbei entkommen zu können. Im Laufen wandte Gero den Kopf nach links und sah Anno, der von seinen Dienern in aller Eile durch den überdachten Gang, der den Palast mit Sankt Peter verband, geführt wurde.

»Gut so«, murmelte Gero. »Im Dom ist er in Sicherheit.«

*

Alina hat sich die Hand vor den Mund geschlagen, weil sie beinahe mitten in Hartmuts Erzählung damit herausgeplatzt wäre. Jetzt kann sie nicht mehr an sich halten. »Der Ring! Das war doch unser Ring!«

»Sei doch leise, Alli«, blafft Lukas seine Schwester an.

»Schschsch…«, zischt Bille und legt den Zeigefinger auf ihren Mund. »Ich hab was gehört. Ich glaube, es kam von draußen.«

Die anderen halten gespannt den Atem an und lauschen.

»Chrrr … rrr …«, schnarcht Caruso im Tiefschlaf, und alle brechen in Lachen aus. Bille kreuzt die Arme über der Brust und sieht für einen Moment lang beleidigt aus dem Bullauge – aber dann kann auch sie sich nicht mehr halten und prustet los.

Und dann bemerkt Alina, dass Hartmut wieder einmal unauffällig auf seine Armbanduhr sieht. Sie linst auf das Zifferblatt ihrer eigenen Uhr. Zwanzig nach sechs. Schon über zwei Stunden, denkt sie. Hartmut erzählt so spannend, dass es fast nichts mehr ausmacht, hier festzusitzen. Sie beobachtet ihn genauer. Seine Ruhe kann nur gespielt sein, denkt sie, schließlich wartet ein Riesenpublikum auf ihn ...

»Gruarrr ...« Diesmal kommt das Geräusch von dem oberen Bett.

»Mann, Ben! Du bist so was von peinlich!«, ruft Bille.

»Ich kann nichts dafür. Das war mein Magen.«

»Dann sag ihm, er soll damit aufhören, denn wenn du so weiterfutterst wie bisher, lassen wir auf deine T-Shirts ›Rettet die Wale‹ drucken«, sagt Bille und piekst mit dem Zeigefinger von unten gegen die Matratze.

Jetzt wird es Lukas zu bunt. »Hört doch auf mit dem Quatsch«, schimpft er. »Ich will hören, was mit Anno passiert ist. Hartmut, haben die Kölner den Erzbischof etwa abgemurkst?«

Hartmut schüttelt den Kopf. »Nein, das haben sie nicht. Es wäre allerdings mit Bestimmtheit so weit gekommen, wenn sie ihn zu fassen bekommen hätten.«

»Echt? Hat er sich vom Acker gemacht?«, fragt Bille.

»So könnte man es tatsächlich sagen. Aber erst mal der Reihe nach ...«

Kapitel XIV

Langsam zog die Dämmerung über die Stadt herein und senkte sich wie ein dunkles Tuch über Häuser, Kirchen und Straßen.

An jedem anderen Tag war dies die Stunde, in der man allmählich seine Arbeit niederlegte und sich mit Muße dem Abend zuwandte. Heute wollte das Toben und Schreien in den Straßen kein Ende nehmen.

Die Stadt war aus den Fugen geraten.

Auf allen Straßen loderten Fackeln, und wenn der Feuerschein auf die Gesichter ihrer Träger fiel, konnte man zu Tode erschrecken, so Furcht erregend sahen sie aus.

Friedrich von Münster war eine überstürzte Flucht aus dem Palast gelungen. Er hatte sogar unbehelligt aus der Stadt entkommen können. Niemand hatte ihn aufgehalten, denn an ihm war man nicht interessiert. Man wollte Anno.

Die entfesselte Menge suchte den Erzbischof im ganzen Palast. Ein Hagel von Steinen und sonstigen Wurfgeschossen ging auf die Bediensteten nieder.

Über Stunden tobten die Eindringlinge in rasender Wut, zerstörten Möbel und Gemälde, zerrissen die bischöflichen Gewänder und entweihten die heiligen Gefäße. Keine Fensterscheibe des Palastes blieb ganz. Es gab eine große Anzahl Verwundeter.

Im Dom stand Anno mit schlotternden Knien hinter dem Altar, umringt von den Dienern, die ihn aus Sorge um sein Leben hierher geführt hatten. Er war schreckensbleich und suchte nach den richtigen Worten für ein Gebet. Seine Gedanken tobten aufgewühlt, und seine Hände zitterten vor Empörung über das schändliche Verhalten der Kölner. Er war sicher, sein Bestes gegeben zu haben, schließlich hatte er es mit den Menschen in Köln doch immer nur gut gemeint. Und jetzt musste er erleben, wie sie in seinem Palast wüteten.

Die Domtüren hatten seine Diener von innen verriegelt und mit zusätzlichen Balken gesichert. Hier in Sankt Peter – so glaubten sie – war er sicher.

Unterdessen hatten sich Gero, Hilla und Ortwyn in den bischöflichen Baumgarten geflüchtet. Sie hatten zunächst nicht gewusst, wohin, denn sowohl Ortwyns als auch ihr eigenes Elternhaus erschienen ihnen nicht sicher. Als sie dann die Pforte in der Mauer, die Annos Baum- und Tiergarten umgab, unverschlossen fanden, waren sie ohne lange zu überlegen hindurchgeschlüpft. Zwischen dem Stamm eines Apfelbaumes und der Mauer hockten sie nun und beteten.

Der Garten war menschenleer. Aber das Schreien und Toben auf der anderen Seite der Mauer schien nicht aufhören zu wollen. Erst nach einer ihnen endlos erscheinenden Zeit nahm der Lärm nach und nach ab.

Mittlerweile war finstere Nacht über Köln hereingebrochen.

Als Ortwyn und die Zwillinge glaubten, das Schlimmste sei nun vorüber, wagten sie es, ihr Versteck zu verlassen. Sie schlichen vorsichtig zurück auf die Bischofsgartenstraße, gingen den Domhügel hinauf und bogen an Sankt Mariengraden nach links in die Große Sporergasse ein. Der Bischofpalast zu ihrer Rechten lag jetzt still und ruhig, das Portal stand sperrangelweit offen, es schien sich keine Menschenseele mehr darin aufzuhalten.

Doch mit jedem Schritt schnürte sich Geros Brust in furchtbarer Ahnung zusammen. Und dann, hinter der Ecke des Palastes, bot sich ihnen am Bischofsdom ein gespenstisches Bild.

Eine derart große Menschenansammlung hatten Ortwyn, Gero und Hilla noch nie gesehen. Gero hätte sie nicht zählen können, so viele waren es. Überall standen die Menschen dicht an dicht am Fuß des Doms. Beinahe jeder trug eine Fackel, und es sah so aus, als hätte der Dom einen Saum aus Feuer. So sehr die Kölner im Palast des Erzbischofs gewütet hatten, hier, vor dem Haus Gottes, hatten sie Halt gemacht. Die Menschen standen schweigend und starrten mit grimmigen Mienen zum Portal.

Gero griff nach Hillas Hand, denn er spürte, wie Gänsehaut

über seine Arme kroch. Ein Blick auf Hilla zeigte ihm, dass auch sie Angst hatte. Ortwyn drängte sie weiter, denn er wollte die beiden auf schnellstem Wege in Sicherheit bringen, doch am Vorgarten eines Hauses hielt er plötzlich inne und lauschte.

Von der Westseite des Doms schallte eine Stimme zu ihnen herüber, die sich klar und deutlich über den Platz erhob. »Wir sind Primores Civitatis, und wir verlangen, den Erzbischof zu sprechen. Wenn Anno nicht augenblicklich herauskommt, werden wir den Dom in Brand stecken und ihn ausräuchern!«

»Das … das ist Velten!«, stammelte Gero und sprang mit einem Satz auf die kniehohe Mauer, die den Vorgarten umgab. Von dort aus konnte er den blonden Haarschopf seines Bruders sehen. Velten stand mit hocherhobener Fackel vor dem Hauptportal des Doms, um ihn herum einige hundert Menschen, die bereit waren an seiner Seite um ihr Recht zu kämpfen.

Ganz plötzlich und so heftig, als sei ihm der Himmel auf den Kopf gefallen, traf ihn die Erkenntnis, dass es hier um mehr ging. Wie hatte er nur einen Herzschlag lang annehmen können, Velten würde sich von Ohm Hennes aufhetzen lassen. Nein, dachte Gero, Velten weiß genau, was er tut, und unser Vater wusste es auch, als er seinem Ältesten die Verantwortung für Geschwister, Haus und Schiffe übergab, während er selbst auf Reisen ging. Er vertraut ihm. Velten ist ganz anders als Ohm Hennes, der immer nur seinen eigenen Vorteil im Sinn hat. Velten ist mutig, er setzt sich für uns alle ein. Er kämpft für unsere Rechte. Jetzt geht es darum zusammenzustehen, damit wir diesen Kampf gewinnen können. Nur gemeinsam sind wir stark.

Gero ballte die Hände zu Fäusten. Er musste zu seinem Bruder. Und das schnell.

»Velten! Ich komme!«, schrie er, sprang mit einem großen Satz von dem Mäuerchen und stürmte los. »Veeel…«

Gero spürte noch den dumpfen Schlag gegen seinen Kopf, dann wurde es auch schon dunkel um ihn herum.

Seine nächste Wahrnehmung war ein wieherndes Gelächter.

»Der nimmt's mit'm Rammbock auf!« – »'n Schädel aus Eichenholz!« – »Fällt um wie 'n Sack Hafer.«

Gero blinzelte und nahm nahe vor sich ein paar bartstoppelige Gesichter wahr.

»Na, Jung? *Hät et wih jedonn*?«, grinste ihn eines davon an und zeigte dabei eine bemerkenswert große Zahnlücke. Der Geruch, der diesem Mund entströmte, brachte Gero endgültig wieder zu sich.

Er schüttelte sich – mehr vor Ekel, als um seine Benommenheit zu vertreiben. Das muss ein Schnapsfass auf Beinen sein, dachte Gero, und dann dämmerte ihm, was passiert war.

Er hatte nur Augen für Velten gehabt und nicht bemerkt, dass neben ihm zwölf stämmige Kerle den größten Rammbock heranschleppten, den Köln je gesehen hatte.

»Wenn ein Kopf und ein Rammbock zusammenprallen und dabei ein dumpfes Geräusch entsteht, muss das nicht am Rammbock liegen«, sagte einer der Umstehenden, ein *Rauchwarenhändler* aus der Nachbarschaft, grinsend und half ihm, sich aufzurappeln. Geros Schädel brummte, und er taumelte, sodass Ortwyn und Hilla ihn stützen mussten.

»Ho-Ho-Ho-Ho-Ho-Ho-Ho!«, schallte es bei den Anlaufschritten wie im Chor aus zwölf rauen Männerkehlen, und dann hörten sie den Rammbock gegen das Domportal knallen, vor dem inzwischen die Menschenmenge eine Gasse freigemacht hatte.

»Sie rammen das Tor ein!« Voller Entsetzen starrten Gero, Hilla und Ortwyn hinüber. »Da! Sie nehmen schon wieder Anlauf!«

Und wirklich. Die Männer gingen rückwärts, hielten kurz ein, hoben den schweren Rammbock an und nahmen erneut Schwung. »Ho-Ho-Ho-Ho-Ho-Ho-Ho!«

Gero hielt sich vorsorglich die Ohren zu und kniff die Augen zusammen. Jedoch – kurz vor dem Aufprall wurde wie von Geisterhand der rechte Flügel des Portals von innen geöffnet. Die zwölf Männer konnten nicht mehr rechtzeitig bremsen. Den Vordersten gelang es gerade noch, den schweren Stamm ein Stück weiter nach links zu halten, sodass seine dumpfe Spitze nicht in die geöffnete Seite schoss, sondern gegen den Mittelpfosten donnerte.

Der ganze Dom schien zu erbeben, als das Holz krachend barst.

Vorn kam Bewegung in die Menschenmenge. Jeder drängte und schubste jetzt, wollte hinein in den heiligen Dom.

Gero, Hilla und Ortwyn ließen sich auf der Vorgartenmauer nieder. Es wäre nicht nur sinnlos, sondern sogar gefährlich gewesen, Velten hinterherzulaufen, um ihn in diesem Getümmel zu finden. Furchtbare Geräusche drangen zu ihnen herüber. Gellende Schmerzensschreie, wütendes Brüllen, dumpfes Stampfen. Eisen schlug auf Eisen.

Ortwyn, der den noch leicht benommenen Gero stützte, starrte zum Domportal und sagte: »Anno wird jeden, der den heiligen Ort verletzt, gnadenlos bestrafen. Ich habe Angst um Velten. Große Angst.«

Hilla schluchzte laut. »Ich auch! Ich habe Angst um sein Leben!«

Gero tastete mit der Hand vorsichtig seinen Kopf ab und stöhnte laut auf, als er die dicke Beule über dem Ohr berührte. Ihm war übel. Speiübel. Vor seinen Augen schien ein grauer Nebelschleier zu liegen. Er glaubte, durch den Nebel eine merkwürdige Bewegung am Domportal gesehen zu haben, aber er traute seinen Augen nicht. Er zwinkerte ein paar Mal und stieß dann Ortwyn mit dem Ellbogen an.

»Was geht dort drüben vor sich?«, fragte er. »Kommen sie etwa schon wieder raus?« Er wies auf einige Gestalten, die sich gegen den Strom der Eindringlinge aus dem Domportal herauszuquetschen versuchten. Schon liefen drei von ihnen geradewegs auf sie zu. Der mit der großen Zahnlücke war auch dabei.

Gero ließ sich von der Mauer gleiten und rief ihm zu: »Halt ein! Sag uns, was im Dom geschieht?«

Aber der Mann schlug einen Haken um Gero und rief im Fortlaufen über seine Schulter zurück: »Dä Föösch es fott!« Beim Weiterrennen rutschte seine Weste ein wenig hoch, und Gero konnte für einen kurzen Augenblick ein edelsteinbesetztes Kruzifix sehen, das in seinem Hosenbund steckte. Dann verschwand der Plünderer auch schon mitsamt seiner Beute in einem der winkeligen Gässchen. Gero sah ihm nach und wiederholte ungläubig: »Dä Föösch es fott …?«

»Ja, Anno ist fort«, bestätigte eine Marktfrau, der sich Ortwyn inzwischen mit ausgebreiteten Armen in den Weg gestellt hatte.

»Er ist nicht mehr im Dom?«, fragte Ortwyn und erhielt als Antwort ein schallendes Lachen.

»Glaubst du etwa, seine Diener hätten das Domportal aufgemacht, wenn Anno noch drinnen hockte?«, rief sie. »Er ist auf und davon! Durch eine Pforte in der Stadtmauer!«

Erst jetzt fiel Ortwyn auf, dass die Frau etwas in der Hand hielt, das ganz so aussah wie einer der silbernen Kerzenleuchter aus dem Dom.

Sie bemerkte seinen Blick und sagte grinsend: »Ihr müsst euch beeilen, wenn ihr noch etwas von Annos Herrlichkeit haben wollt.« Und dann machte sie sich davon.

»Durch eine Pforte in der Stadtmauer?« Hilla sah Ortwyn zweifelnd an. »Mir ist nicht bekannt, dass die Stadtmauer hinter dem Dom eine Pforte hat.«

»Doch, doch! Sie hat eine!«, sagte Ortwyn. »Ich habe nicht mehr daran gedacht, obwohl ich selbst dabei war, als Erzbischof Anno vor wenigen Tagen dem *Kanonikus* Meinrad die Genehmigung erteilte, eine Notpforte brechen zu lassen.«

»Wie?«

»Was?«

»Wie ihr wisst, gehört Meinrad das Haus an der Trankgasse, das aussieht, als sei es zwischen Römermauer und Dom eingeklemmt. Der Kanonikus ist ein vorsichtiger Mensch, der sich um alles und jedes große Sorgen macht. Schon lange lag er Anno damit in den Ohren, dass ein Feuer im Dom schnell auf sein Haus übergreifen könne und er dann hoffnungslos verloren sei. Seine Ängste sind nicht unbegründet, denn von seinem Haus gelangt man direkt in den Schlafsaal der Domherren, und den trennt nur ein schmaler Gang vom Dom.«

Hilla kniff die Augen zusammen und blinzelte Ortwyn an. »Das hat sich Anno schlau überlegt, als er das Durchbrechen erlaubte. Das Törchen in der Römermauer hat er doch gewiss als Fluchtweg für sich selbst gedacht.«

»Herr im Himmel! Da könntest du Recht haben!« Jetzt ging auch Ortwyn ein Licht auf. »Meinrads Notpforte, ha! Nie und nimmer hätte Anno um der Ängste eines Kanonikus willen eine

Bresche in die Stadtmauer schlagen lassen. Gewiss hatte er schon da Sorge um sein eigenes Leben, als er Meinrad die Genehmigung gab.«

In diesem Moment bog mit lautem Geschrei eine Schar junger Burschen um die Ecke.

»Dä Föösch es fott!«, johlten sie.

Einer griff Hilla um die Taille und zog sie auf seinem Weg zum Dom einfach mit sich. Alles Schreien und Zappeln nutzte ihr nichts. Als Ortwyn ihn aufhalten wollte, bekam er einen Kinnhaken verpasst, der ihn zu Boden gehen ließ. Gero versuchte seine Schwester zu retten, indem er sich dem Mann in den Rücken warf, aber zwei andere schnappten den um sich schlagenden und tretenden Gero und schleiften ihn hinter sich her.

Erst im Dom, inmitten des größten Getümmels, ließen sie Gero und Hilla los. Hilla purzelte kopfüber einem Mann vor die Füße, der eben dabei war, einen silbernen Rosenkranz in den Schaft seines Stiefels gleiten zu lassen. Die Haube rutschte ihr dabei vom Kopf und fiel zu Boden. Sofort griff der Mann mit einer raschen Bewegung nach dem feinen, mit edler Spitze geschmückten Stoff. Hilla protestierte laut und langte nach ihrer Haube.

»Meine!«, knurrte der Mann und trat nach ihrer Hand. Er verfehlte sie knapp.

Gero wurde unsanft zur Seite gestoßen. Er strauchelte, rappelte sich wieder auf und begann voller Verzweiflung nach Hilla zu suchen. Immer wieder rief er ihren Namen, aber seine Stimme verlor sich in dem Geschrei der vielen anderen, denn es waren mehr Menschen im Dom zusammengekommen als je zuvor. Es erschien ihm, als wüteten tausend Teufel im heiligen Dom zu Köln. In den Seitenschiffen, am Altar, in der Apsis, am Taufbecken, kurz, in jedem Winkel tobte das aufgebrachte Volk.

Anno war ihnen entwischt. Sie hatten ihn noch nicht einmal zur Rede stellen und dann mit Schimpf und Schande aus der Stadt jagen können. Die Enttäuschung darüber steigerte nur ihren Hass auf ihn, und in ihrer blanken Wut zerstörten sie, was sich nicht mitnehmen ließ. Jeden Beichtstuhl nahmen sie auseinander, jeden Wandteppich rissen sie herunter.

Diejenigen, die wie Velten gekommen waren, um Gerechtigkeit zu fordern, die mit Anno verhandeln wollten, hatten die Kontrolle über das Geschehen verloren. Hier hatte sich die bloße Gewalt durchgesetzt. Schlimmer noch als im bischöflichen Palast drosch man hier auf Annos Dienerschaft ein, ja selbst vor den Domherren wurde kein Halt gemacht. In dieser Raserei verloren sogar einige Menschen ihr Leben.

Ein Ruck an seinem Hemdsärmel ließ Gero erschreckt zusammenfahren. Es war Hilla. Für einen Atemzug lagen sich die Geschwister erleichtert in den Armen, dann fragte Gero: »Hast du Velten gesehen?«

»Nein«, rief sie zurück, »aber ich ahne, wo er sein könnte.«

Sie zog Gero aus dem Mittelschiff an einen ruhigeren Platz hinter eine der Säulen und fragte: »Weißt du, wie man von hier aus in Meinrads Haus gelangt?«

»Was willst du denn da?« Gero schien nicht zu begreifen.

»Ich glaube, dass wir Velten dort finden werden. Er hat doch sicher versucht, Annos Flucht zu verhindern.«

Jetzt verstand Gero. Er wandte sich um und deutete in Richtung der Treppe, die zum Schlafsaal der Domherren führte.

»Komm mit!«, rief Hilla und zog ihren Bruder so plötzlich am Ärmel fort, dass Gero fast über seine eigenen Füße gestolpert wäre. Dabei fiel sein Blick auf einen jungen Mann, der auf dem Steinboden lag. Es war Karl, Rolands jüngster Sohn.

»Karl!«, rief Gero ihm zu. »Hast du Velten gesehen?« Als er keine Antwort bekam, sah er noch einmal genauer hin. Karls Augen starrten ins Leere. In dem Moment war Gero, als würde sich eine eiskalte Faust um sein Herz klammern. »Karl!«, schrie er aus Leibeskräften, aber er wusste, dass Karl ihm nie wieder würde antworten können.

Hilla griff fester nach Geros Arm und zog ihn weiter. »Schnell, Gero! Karl ist nicht mehr zu helfen. Wir müssen Velten finden, bevor es zu spät ist!«

Sie zerrte ihren Zwillingsbruder hinter sich her zu der steinernen Treppe, wo ihnen von oben die eiligen Schritte schwerer Stiefel entgegenstampften. Hilla und Gero pressten sich mit den Rücken eng an die Wand, hielten den Atem an, und erst in dem Augenblick, als sie sich an ihnen vorbeidrängten, erkannten sie die beiden Männer. Es waren Bätes und Fuss. Eine furchtbare Ahnung erfasste Gero. Er langte nach Hillas Hand. Bei der Berührung zuckte sie zusammen, und da wusste er, dass seine Schwester den gleichen Gedanken hatte wie er.

Als sie den Schlafsaal der Domherren erreichten, bot sich ihnen ein schlimmes Bild. Die Betten waren umgestoßen, die kostbaren Messgewänder zerrissen und besudelt, die Wandbehänge heruntergerissen und zerfetzt, Bettlaken und Tücher über den Boden geschleift worden. Nichts war verschont worden, alles lag in heillosem Durcheinander.

»Oh, nein!«, schrie Hilla mit vor Entsetzen weit aufgerissenen Augen. »Was ist hier geschehen?«

Gero blieb auf der Schwelle wie angewurzelt stehen.

Plötzlich nahmen sie ein leises Wimmern wahr, das unter einem Stapel zerfetzter Messgewänder, die auf dem Boden übereinander getürmt lagen, hervordrang. Darunter bewegte sich jemand, und das Stöhnen wurde lauter.

Hilla wollte dem offenbar verletzten Menschen zu Hilfe eilen, und dabei verfingen sich ihre Füße in einem der herumliegenden Laken. Sie fiel der Länge nach hin. Gero half ihr, sich wieder aufzurichten, und da taumelte ihnen der Verletzte schon aus eigener Kraft entgegen. Es war ihr Bruder.

»Velten«, flüsterte Gero atemlos. »Velten, was hat man dir angetan?«

Velten hatte eine böse Wunde am Kopf. Er wischte sich mit dem Handrücken über die Stirn und stöhnte dabei vor Schmerz auf.

Hilla konnte ihre Tränen nicht mehr zurückhalten. »Wenigstens lebt er«, schluchzte sie und nahm ihren Bruder in den Arm. »Komm, Velten! Wir bringen dich nach Hause.«

Aber den Verletzten verließen die Kräfte. Er verlor das Bewusstsein und sank zu Boden.

»Wir müssen ihn verbinden«, sagte Hilla und sah sich nach einem geeigneten, sauberen Tuch um. Sie hatte von ihrer Mutter gelernt, dass nur peinliche Sauberkeit eine schlimme Entzündung verhindern kann. Die zerrissenen Laken, die auf dem Boden lagen, machten nicht gerade den besten Eindruck.

Ihr Blick fiel auf eine ungewöhnlich große Wäschetruhe aus Eichenholz mit kunstvoll geschnitztem Deckel, die vor der Tür zum Wohnhaus des Kanonikers Meinrad stand – gerade so, als hätte jemand sie dort hingeschoben, um den Weg zu versperren.

Hilla stemmte den schweren Truhendeckel mit aller Kraft weit genug hoch, um in die Truhe hineinsehen zu können. Ordentlich gefaltete Laken lagen darin gestapelt, und obenauf, wie hineingeworfen, ein feines, weißes Tuch. Als sie es berührte, bemerkte sie, dass es sich um allerfeinstes, hauchzartes flämisches Gewebe mit kunstvoll geklöppelter Spitze handelte. Das musste eine *Albe* sein, eines der geistlichen Gewänder. Genau solche hatte ihr Vater schon für Anno in Flandern eingekauft.

In diesem Moment nahm sie Schritte auf der Treppe wahr. Jemand kam über die Treppe herauf. Erschrocken ließ sie das Gewand in die Truhe zurückfallen.

Auch Gero hatte das Geräusch bemerkt und wandte besorgt den Kopf zum Eingang. Wenn es einer der Plünderer war, mussten sie mit dem Schlimmsten rechnen. Geros Augen suchten hektisch nach einem Gegenstand, mit dem er sich und die Geschwister hätte verteidigen können.

Die Schritte wurden lauter.

Velten stöhnte. Er schien langsam wieder zu sich zu kommen.

Ohne zu zögern langte Hilla jetzt in die Truhe und zog die Albe heraus. Geweihter Stoff hin oder her, Velten ging jetzt vor. Hastig drehte sie den Stoff zusammen und wickelte ihn um Veltens Kopf. Die Schritte näherten sich.

»Schnell!«, drängte Gero und sah zur Treppe. »Er ist gleich da!«

Jeden Augenblick würde der Unbekannte den Schlafsaal betreten.

Seine dunkle Kutte und seine Sandalen sahen sie zuerst, dann sein Gesicht. Es war Ortwyn.

»Dem Herrn sei Dank, dass er mich zu euch geführt hat!«, rief er. »Ich habe mir solche Sorgen gemacht, als die Kerle euch mitschleppten. Ich dachte schon, sie ...«

Sein Blick fiel auf den verletzten Velten, und er erschrak heftig. »Was ist ihm zugestoßen?«

»Jemand muss ihn niedergeschlagen haben. Wir wissen nicht, was passiert ist«, sagte Hilla.

Gero wies auf die Tür hinter der großen Truhe und fragte Ortwyn: »Glaubst du, Anno ist durch diese Tür entkommen?«

»Sie führt direkt in Meinrads Haus. Wenn es stimmt, dass Anno durch Meinrads Notpforte in der Römermauer aus der Stadt geflüchtet ist, dann gab es für Anno nur den Weg durch diese Tür.«

»Aber die Truhe versperrt sie«, warf Gero ein, »und es sieht ganz so aus, als habe sie jemand davor geschoben, um Annos Verfolger aufzuhalten.«

»Vielleicht war dieser Jemand Velten«, sagte Hilla. »So stark wie er ist, hätte er die Truhe allein bewegen können.«

Gero sah sie verständnislos an. »Aber warum hätte er das tun sollen? Etwa um Anno zu retten?«

In diesem Moment flackerten Veltens Augenlider unruhig, und er begann aufs Neue zu stöhnen.

»Wir müssen ihn nach Hause schaffen«, sagte Ortwyn. »Hier kann er auf keinen Fall bleiben.«

Zu dritt hoben sie ihn auf und schleppten ihn die Treppe hinunter und weiter durch den Dom zum Portal. Er war mehr ohnmächtig denn bei Sinnen, doch zum Glück hatte die Wunde aufgehört zu bluten. Ortwyn hielt Velten unter den Armen gepackt, Gero und Hilla hatten seine Beine gefasst. Mehr schlecht als recht brachten sie ihn so über das Pflaster der Strata Lapidea zum Elternhaus.

Der Südwestwind trug das Läuten der Glocke von Sankt Kolumba zu ihnen herüber. Ein Läuten, dessen Klang Gero noch nie gehört zu haben glaubte. Oder war es womöglich die Stimme des Teufels, der im Glockenturm saß und ganz Köln auslachte?

Gero erschauerte und sah sich nach allen Seiten um. Sie waren allein auf der Straße.

So muss es sein, dachte er, wenn sich ein Unheil ankündigt.

*

»Das kann nur Schicksal sein«, haucht Bille und stiert mit glasigen Augen vor sich hin.

Die anderen sehen sie verwundert an. »Was muss Schicksal sein?«, fragt Lukas.

»Na, das mit dem Durchbruch in der Stadtmauer. Weißt du nicht mehr, Alli? Heute Mittag, in der Tiefgarage, am Dom-Fundament, da hast du mir die Anno-Pforte gezeigt, und ich habe dich gefragt, ob sie aus dem Jahr Anno Pief stammt. An-no-Pfor-te! Na, klingelt's?«

Alina klappt stumm den Mund auf und nickt.

»Voll das fette Schicksal«, murmelt Ben auf dem oberen Bett, und Lukas knurrt etwas Unverständliches, wobei er genervt die Augen verdreht.

Dann fragt Ben: »Sag mal, Hartmut, wie ist der Ring denn nun eigentlich in den Keller gelangt? Du hast doch eben erzählt, dass Anno, dieser *fiese Möpp*, abgehauen ist – der hat doch bestimmt nicht erst seinen Ring bei Gero und Hilla im Haus versteckt, oder?«

»Nein«, antwortet Hartmut. »Anno hat ihn nicht selbst dort versteckt. Es kam so …«

Kapitel XV

Ortwyn, Gero und Hilla trugen Velten in ihr Elternhaus, und erst als sie die Tür geschlossen und den schweren Riegel vorgelegt hatten, atmeten sie erleichtert auf. Im heimischen Hausflur fühlten sie sich sicher. Fast erschien ihnen das Haus wie ein Fleckchen Paradies inmitten eines tobenden Sturmes.

Die Mägde und auch Lambert waren offenbar noch nicht zurückgekehrt – das Haus war menschenleer.

Die drei trugen Velten in die Küche. Als sie ihn auf die Küchenbank legten und ein Flachskissen unter seinen Kopf schoben, stöhnte er vor Schmerz auf.

Gero trat an den Herd, in dem nur noch ein bisschen Glut vor sich hin glimmte. Ein Kessel stand darauf. Gero hob neugierig den Deckel an, und sofort entströmte dem Topf ein wundervoller Duft, der sich in der ganzen Küche verbreitete. Es roch nach honigsüßem Griesbrei mit Rosinen. Gero schöpfte ein wenig davon mit einer Kelle in einen Napf und brachte ihn Velten. Mit einem kleinen Holzlöffel führte er eine Kostprobe an die Lippen des Bruders.

Velten schnupperte, schielte kurz auf den Löffel und öffnete den Mund.

Der Brei schien ihm gut zu tun, denn er stützte sich auf die Ellbogen und versuchte sich aufzurichten. Zwar stöhnte er bei jeder Bewegung vor Schmerzen, aber sein Blick war schon ein wenig klarer, als er sich verwundert in der Küche umsah. »Floh! Was ist geschehen? Wieso bin ich zu Hause?«

Noch bevor Gero etwas sagen konnte, drückte Ortwyn den Verletzten sanft auf die Bank zurück und sagte: »Immer der Reihe nach, Vetter Velten! Zunächst müssen wir die Wunde an deinem Kopf versorgen.« Dann begann er vorsichtig die Albe abzunehmen.

»Alle Heiligen!«, stieß er aus, als er die Wunde freigelegt hatte. »Du hast Glück, dass du noch lebst. Du hast einen ordentlichen

Schlag auf den Schädel bekommen. Hilla, ich brauche kochendes Wasser für einen Kräuteraufguss.«

Beim Abnehmen des letzten Stückes Stoff schrie Velten auf: »Au, au! Hab Erbarmen Ortwyn, lass die Haare auf dem Kopf!«

»Verzeih, lieber Vetter, aber es wird sich nicht vermeiden lassen, dass du einige davon opferst. Das Blut ist schon etwas eingetrocknet.«

Hilla hatte in der Zwischenzeit das Feuer im Herd geschürt und neues Brennholz aufgelegt. Sie füllte Wasser in einen Kessel und stellte ihn auf das Feuer.

Als die ersten kleinen Bläschen anzeigten, dass das Wasser gleich sieden würde, entnahm sie verschiedene getrocknete Kräuter ihren jeweiligen Gefäßen und gab sie in eine große, irdene Schüssel.

»Eine halbe Hand voll *Ringelblume*, desgleichen *Blutwurz* und *Zinnkraut*, dazu zwei Hände *Arnika*«, sagte sie mehr zu sich selbst, als sie die Kräuter mit dem kochenden Wasser übergoss.

Ortwyn warf ihr einen anerkennenden Blick zu. »Du hast schon viel von deiner Mutter gelernt, Hilla. Du bist sehr tüchtig, und mir scheint, du verstehst mehr vom Heilen als so mancher *Quacksalber*.«

Hillas Wangen röteten sich vor Verlegenheit, und sie glühten noch, als sie einige Augenblicke später den Aufguss durch ein Seihtuch in eine andere Schüssel goss. Sie tränkte nun einige frisch gewaschene Tücher mit dem Sud und legte diese auf Veltens Wunde.

»Ich meine es ernst, Hilla, statt zu heiraten, solltest du in ein Kloster eintreten und dort die Kunst des Heilens erlernen«, beharrte Ortwyn, der das Mädchen bei seiner Arbeit aufmerksam beobachtet hatte.

Hillas Gesicht hatte jetzt die Farbe reifer Erdbeeren angenommen, und aus ihrer Stimme klang ein wenig Unmut heraus, als sie antwortete: »Du solltest doch wissen, dass ich dem Kaufmannssohn von Alzey versprochen bin. Ich werde mich an das von Vater gegebene Wort halten. So Gott will, werde ich einmal eine Tochter haben, der ich meine Fähigkeiten weitergeben kann, und dann werden wir weitersehen.«

Nach dieser Zurechtweisung sah Ortwyn betreten zu Boden und verlor kein Wort mehr darüber.

Es war ruhig in der Küche geworden. Nur das Plätschern des Sudes war zu hören, wenn Hilla von Zeit zu Zeit ein Stück Tuch darin getränkt hatte und es dann auswrang.

»Wäre Vater doch nur hier«, sagte Velten plötzlich in die Stille. »Er allein kann es jetzt noch richten. Wenn es nicht schon zu spät ist.«

Die Zwillinge und Ortwyn warfen sich besorgte Blicke zu. Velten klang mutlos, wie schlimm musste alles sein. Wahrscheinlich noch schlimmer, als sie ohnehin schon befürchteten.

Gero biss sich auf die Unterlippe, aber er konnte nicht verhindern, dass die Frage aus ihm herausplatzte. »Ist Anno etwa … ist er tot?«

»Nein. Er ist geflohen. Als ich den Schlafsaal betrat, sah ich gerade noch, wie er und drei seiner Begleiter auf der anderen Seite durch die Tür, die zu Meinrads Haus führt, schlüpften. Er hatte seine erzbischöflichen Gewänder abgelegt und war gekleidet wie unsereins, aber ich habe ihn trotzdem sofort erkannt.«

»Wenn du früher in den Schlafsaal gekommen wärst … hättest du Anno dann …« Gero wagte nicht, den Satz zu beenden.

»Ich bin doch kein Mörder!«, empörte sich Velten und konnte von Ortwyn gerade noch daran gehindert werden, sich ganz aufzurichten. Er ließ sich wieder zurücksinken, schloss die Augen und seufzte. »Ich hätte Anno wahrhaftig kein Leid angetan. Wohl aber wollte ich ihm in aller Deutlichkeit unseren Standpunkt darbringen. Denn im Laufe unserer Versammlung hatten wir geschworen, unerbittlich unsere Rechte von ihm einzufordern und nicht eher einzulenken, bis er unserem Willen entspricht.«

»Habt ihr wirklich geglaubt, Anno würde sich von euch etwas sagen lassen? Der hört doch auf keinen, ausgenommen vielleicht auf König Heinrich«, sagte Gero.

»Aus eben diesem Grund machten sich zur gleichen Zeit zwei von uns zu Pferd auf den Weg zu König Heinrich nach Worms, wo er sich derzeit aufhalten soll. Heinrich muss endlich ein Machtwort sprechen. Das Maß ist voll! Es gärt schon zu lange in Cöllen.«

»Aber Anno hat euch noch nicht einmal empfangen, nicht wahr?«, fragte Ortwyn.

»Wir mussten draußen bleiben«, bestätigte Velten. »Der Erzbischof habe Besseres zu tun, sagte man uns. Er speise mit dem Bischof von Münster. Da wollten wir ihn zwingen, uns anzuhören.«

»Velten, du darfst dich nicht derart ereifern«, sagte Hilla mit besorgtem Blick auf die Wunde am Kopf des Bruders.

Um sich zu beruhigen, atmete Velten ein paar Mal tief ein, und es klang wie eine Beschwörung, als er dann mit fester Stimme sagte: »Wir dürfen nicht aufgeben. Wir müssen versuchen, das Unrecht zu verhindern. Und wenn es sein muss, immer und immer wieder.«

Weil Hilla befürchtete, ihr Bruder würde sich aufs Neue aufrichten, drückte sie sanft gegen seine Schulter. Dann deckte sie seine Wunde mit sauberen Leinentüchern aus dem Vorrat ihrer Mutter ab und sagte, während sie seinen Kopf umwickelte: »Verstehen kann ich dich gut, Velten. Wenn ich ein Mann wäre, hätte ich genau wie du gehandelt.«

»Ich habe eine Frage«, begann Ortwyn jetzt vorsichtig. »Weißt du, was aus meinem Vater geworden ist?«

Velten schloss die Augen und überlegte. Wann hatte er Ohm Hennes zuletzt gesehen? Im Palast? Im Dom? Das unbestimmte Gefühl, etwas Wichtiges vergessen zu haben, beschlich ihn. Was war es nur? Doch so sehr er auch grübelte, er konnte sich nicht erinnern, was mit Ohm Hennes geschehen war.

»Es tut mir Leid, Ortwyn«, sagte er schließlich leise, »ich weiß es nicht.«

Ortwyn rückte ein Stück näher an Velten heran, um ja kein Wort zu verpassen. Dabei stieß seine Sandale gegen Annos Albe, die sie vorhin achtlos hatten zu Boden fallen lassen. Er bückte sich, um das blutbefleckte Gewand aufzuheben, da ließ ein metallisches Klirren ihn stutzen. Aus der Albe war etwas herausgefallen und unter die Bank gekullert.

Ortwyn bückte sich und tastete ohne hinzusehen den Boden ab. Seine Fingerspitzen berührten etwas Kaltes, er griff zu und hob es auf. In seiner Hand lag ein Ring.

Ein prachtvoller, goldener Ring, gekrönt von einem herrlichen Rubin, der so kunstvoll geschliffen war, dass das Licht der Kerze sich tausendfach darin brach und ihn glutvoll leuchten ließ. Atemlos starrten sie darauf. Sie erkannten ihn sogleich.

Der Ring des Anno. Der Ring des Erzbischofs von Köln.

Ortwyns Blick bohrte sich in Veltens Augen. »Hast du ihn an dich genommen?«

Velten kniff die Augen zusammen, blinzelte ins Leere. Er konnte sich nicht erinnern. Hatte er ihn wirklich gestohlen? Nein, gewiss nicht. Aber wie sonst hätte der Ring in ihr Haus kommen können? Oder … hatte ein anderer ihm den Ring zugesteckt?

Hillas Gesicht war weiß geworden. So weiß wie frisch gefallener Schnee. Sie starrte auf den Ring in Ortwyns Hand und stammelte: »Ich … ich … ich muss ihn mitgenommen haben.«

»Du?« Ortwyn und Gero sahen sie zweifelnd an.

»Nur so kann es gewesen sein!«, wiederholte Hilla. »Velten ist gänzlich unschuldig. Vielleicht ist der Ring in der feinen Spitze hängen geblieben, als ich das Gewand aus der Truhe zog.«

Auch aus Ortwyns Gesicht war alle Farbe gewichen. »Niemand wird uns das glauben«, stöhnte er. »Man wird Velten beschuldigen und ihn den schlimmsten Plünderer schimpfen.«

In Veltens Erinnerung tauchten jetzt allmählich verschwommene Bilder auf: wie er die Treppe zum Schlafsaal hinaufstürmte – oben Anno, der sich mit fahrigen Bewegungen die Albe über den Kopf riss und in die Truhe fallen ließ – seine Begleiter, die ihm eine unauffällige Joppe überwarfen und ihn zur Tür hinaus in Meinrads Haus drängten – dröhnende Schritte auf der Treppe hinter ihm – seine Sorge, dass jemand vorhatte, den Erzbischof zu töten – wie er die Truhe mit aller Kraft vor die Tür schob – Bätes und Fuss, die beiden Knechte des Ohms, die auf der anderen Seite hereinkamen – der Knüppel, der mit einem furchtbaren Geräusch auf seinen Schädel krachte … Dann war es um ihn herum nur noch schwarz geworden.

Die Schläge hämmerten so plötzlich und so kraftvoll gegen die Haustür, dass die vier bis ins Mark erschrocken zusammenzuckten.

»He! Ihr da drinnen! Macht auf!«, dröhnte draußen die Stimme eines Mannes.

Sie waren vor Schreck wie erstarrt.

Hilla fasste sich als Erste und flüsterte: »Wer kann das sein?«

»Ob sie Velten schon abholen und vor Gericht stellen wollen?« Auch Gero flüsterte. Er versuchte, ohne eine Antwort abzuwarten, den Verletzten aufzuraffen.

»Wir müssen ihn in Sicherheit bringen. Schnell, in den Keller mit ihm«, drängte er. »Helft mir doch! Er ist zu schwer für mich allein.«

*

Bille beißt sich vor Aufregung auf die Fingernägel. »Hoffentlich haben sie es geschafft? Ich platze gleich.«

»Ich auch«, sagt Alina und ruckelt aufgeregt hin und her. Nebenbei fällt ihr Blick durch das Bullauge auf das gegenüberliegende Rheinufer. Sie stutzt, springt plötzlich wie elektrisiert auf und deutet hinüber. »Seht mal, was da los ist. Das müssen mehr als hundert Leute sein, oder?«

»Aber hallo! Das sind mindestens vierhundertneunundneunzig«, sagt Ben und beugt sich vom oberen Bett so weit zum Bullauge herab, dass er beinahe kopfüber von der Matratze rutscht.

»Nee … mehr, bestimmt tausend«, schätzt Lukas, und Bille tippt sogar auf zweitausend Zuschauer.

Hartmut schüttelt den Kopf. »Bei schönem Wetter kommen meistens um die zehntausend.«

Plötzlich kreischt Alina: »Nein! Ich fass es nicht. Gleich sieben.« Sie hält den anderen ihre Armbanduhr unter die Nase. »Hartmut, wenn du nicht in zehn Minuten auf der Bühne stehst, geht das Konzert ohne dich los.« Ihre Stimme zittert, denn sie ist nahe daran, in Panik auszubrechen.

Den anderen geht es auch nicht besser. Selbst Hartmut, der bisher so ruhig und gelassen wirkte, kann jetzt nicht mehr stillsitzen. Er geht in der Kabine auf und ab und wirft immer wieder Blicke auf die andere Rheinseite. Alina bemerkt, dass er dabei seine Hände so fest zu Fäusten ballt, dass die Fingerknöchel weiß hervortreten.

»Beim Erzählen hab ich glatt die Zeit vergessen«, sagt er leise vor sich hin.

»Wenn doch nur ein paar Passagiere früher zurückkämen«, sagt Bille, und ihre Stimme klingt ziemlich dünn.

Lukas will gerade etwas Tröstendes zu ihr sagen, da scheint Ben der Kragen zu platzen. »Es reicht!«, donnert er. »Jetzt haue ich diese blöde Tür zu Sägemehl!« Er schwingt seine Beine über die Bettkante, sodass seine ziemlich ausgetretenen Adidas zentimeternah vor den Gesichtern der anderen baumeln.

Mit einem einzigen schnellen Griff zupft Alina an den Enden der ellenlangen Schnürsenkel, die Ben zusammengewickelt hinter der Lasche eingesteckt hat, zieht sie heraus und sagt: »Lass es, Ben! Du tust dir am Ende noch weh.«

Maulend wickelt Ben seine Schnürsenkel wieder auf und stopft die Knäuel zurück hinter die Laschen. »Echt voll ätzend«, grummelt er. »Dass man aber auch so gar nix tun kann.«

»Können wir doch«, widerspricht Lukas. »Wir können cool bleiben und uns nicht selbst verrückt machen. Außerdem können wir hören, wie es damals im Keller weiterging.«

»Ja, genau«, sagt Bille. »Ich bin gespannt, wer vor der Haustür stand.«

Hartmut setzt sich wieder auf den Stuhl, guckt auf die Uhr, atmet tief ein, lehnt sich zurück und erzählt weiter.

Kapitel XVI

Es klopfte unaufhörlich, und die Rufe wurden lauter.

Trotz ihrer Aufregung schafften Ortwyn, Gero und Hilla es, mit vereinten Kräften Velten aus der Küche, durch den Hausflur und dann die Treppe hinunterzuschleppen. Velten biss die Zähne aufeinander, um ja keinen Schmerzenslaut von sich zu geben.

Unterdessen hielt das Rufen und das drängende Klopfen gegen die Haustür oben an. Sie trugen Velten in den Vorratsraum und versteckten ihn in einem Winkel hinter zwei Fässern aus Eichenholz, aus denen der alte Lambert am Vormittag den Wein für die Versammlung in Krüge gefüllt hatte.

»Wirf das über ihn!«, sagte Hilla und drückte Gero ein paar alte Leinensäcke in die Hand. »Ich sehe nach, wer da oben so ein Geschrei macht. Einem Mädchen werden sie ja wohl nichts tun.«

Sie raffte ihre Röcke und sauste die Treppe hinauf.

»Gero! Hilla! Macht doch endlich auf!«, hörte sie jemanden draußen rufen, und in diesem Moment erst erkannte sie die Stimme.

»Roland!«, rief sie, schob hastig den Riegel beiseite und riss die schwere Tür auf.

»Ro…« Das Wort blieb ihr an den Lippen kleben.

Der Sporenmacher Roland stützte den halb ohnmächtigen Knecht Lambert, dessen blutbefleckter Wams nichts Gutes verhieß.

»Lambert«, schluchzte Hilla auf. »Lieber, guter Lambert, was hat man dir angetan?«

»Es sieht schlimmer aus, als es ist«, beruhigte Roland sie, »er muss einen guten Fürsprecher im Himmel haben. Die Klinge ist von den Rippen aufgehalten worden, sonst wäre sie in sein Herz gedrungen.« Und mit rauer Stimme fügte er hinzu: »Andere hatten weniger Glück.«

Hilla wusste, dass er seinen Sohn Karl meinte.

Roland führte Lambert an Hilla vorbei in die Küche und legte ihn auf dieselbe Bank, auf der eben noch Velten gelegen hatte.

»Sind Gero und Velten zurück? Oder bist du allein im Haus?«, fragte Roland. Hilla hielt es für besser, darauf nicht zu antworten. Stattdessen sagte sie ausweichend: »Wie es scheint, hat es Lambert böse erwischt.«

»Euren Ohm hat es auch erwischt«, knurrte Roland.

»Ohm Hennes? Ist er verletzt?«

»Er ist tot. Er wurde im Dom erschlagen.«

Hilla starrte ihn sprachlos an.

Roland zögerte. Es fiel ihm augenscheinlich schwer, darüber zu sprechen. Doch dann begann er: »Dein Ohm und seine beiden Knechte waren bei Velten, Karl und ich dahinter. Wir alle stürmten nach vorne zum Altar, aber Anno war schon fort. Nur ein paar Domherren liefen vor uns weg. Hinter uns strömten wütende Menschen herein. Sie tobten und brüllten. Velten sprang die Stufen zum Altar hinauf und schrie sie an: ›Zügelt euren Zorn! Das ist das Haus Gottes! Wir wollen unser Recht, nicht Annos Leben!‹. Aber es gab kein Halten mehr. Es kam mir vor, als wäre der Teufel in sie gefahren. Keiner hörte mehr auf Velten.«

Hilla fiel auf, dass Rolands Stimme zitterte. Das Geschehene musste ihn arg mitgenommen haben.

»Velten rief uns zu, er ahne, wo Anno sei, und dann hetzte er auch schon die Altarstufen herab und drängte sich gegen den Strom zurück in Richtung Portal. Karl und ich wollten ihm nach. Ich bin nicht mehr so schnell auf den Beinen, deshalb bekam ich noch mit, wie euer Ohm seinen beiden Knechten befahl, Anno …« Roland strich sich mit dem Daumen am Hals entlang und sah Hilla vielsagend an.

»Oh, nein!«, schrie Hilla auf. »Nicht den Erzbischof! Velten wollte nicht, dass Anno etwas angetan wird.«

»Ich habe Hennes deshalb auf der Stelle zur Rede gestellt. Er aber griente mich breit an und sagte einmal mehr: ›Dä Föösch muss fott.‹ Da packte ich ihn an seinem Wams und schrie, er solle seine Mordgesellen zurückrufen, denn würde Anno ein Leid geschehen, würde man Velten dafür zur Rechenschaft ziehen. Da lachte Hennes aus vollem Hals.

Ja, dachte Hilla, Ohm Hennes ist genau so, wie Ortwyn gesagt hat, durchtrieben und böse. Wäre sein Plan gelungen, hätte er zwei mit einem Streich erledigt. Erst den Erzbischof und später Velten. Plötzlich durchfuhr sie ein Gedanke. »Roland, hast etwa du im Zorn Ohm Hennes erschlagen?«

Roland schüttelte bedächtig den Kopf. »Nein, obwohl ich nahe daran war, es zu tun. Doch dann packte mich Bätes und riss mich von ihm los. Ich sah noch, dass Hennes ein Messer zückte und gegen mich richtete, da warf sich auch schon Lambert zwischen uns, und die Klinge traf ihn. Zum Glück hat sie ihn nicht getötet. Lambert hat mein Leben gerettet.« Er warf einen dankbaren Blick auf den Verletzten, der schwach und bleich auf der Bank lag.

»Und dann, Roland?«, drängte Hilla. »Was passierte danach?«

»Alles ging sehr schnell. Schon hob Hennes die Klinge zum zweiten Mal. Ich dachte, jetzt sei endgültig mein letzter Augenblick gekommen, da sank Lambert rücklings in meine Arme. Ich wollte ihn stützen, griff aber daneben, und beinahe wäre Lambert mir entglitten. Um ihn halten zu können, musste ich noch einmal zupacken und deshalb beugte ich mich schnell nach vorne. Genau in diesem Augenblick schlug Fuss, der hinter mir stand, mit seinem Knüppel feste zu. So kam es, dass der Knüppel auf Hennes' Schädel und nicht auf meinen krachte.«

Hilla ließ sich auf einen Schemel sinken. Sie glaubte, das Herz müsse ihr zerspringen. Sie spürte sein Pochen bis in den Hals. Erst nach ein paar Atemzügen fragte sie: »Sind Bätes und Fuss von den Bütteln festgenommen worden?«

»Nein«, sagte Roland. »Sie sind geflohen. Sie haben Karl, meinen Jüngsten, niedergeschlagen, als er sie daran hindern wollte. Ich fand Karl später, als alles schon vorüber war, in der Nähe der Treppe zum Domherrenstift.«

Hilla dachte daran, wie auch Gero und sie ihn dort entdeckt hatten, und sie reimte sich das Geschehene zusammen. Bestimmt waren Bätes und Fuss, nachdem sie Karl erschlagen hatten, in den Schlafsaal hinaufgestürmt, wo sie aus Wut über Annos gelungene Flucht alles kurz und klein schlugen. Velten hatten sie einen Hieb verpasst und waren danach, in der Annahme er sei tot, geflohen. Auf der Treppe hatten sich dann ihre Wege gekreuzt. Hillas Gedanken wurden durch Lamberts Stöhnen unterbrochen, denn er kam wieder zu Bewusstsein.

»Ich muss gehen«, sagte Roland. »Aber wenn du mich noch brauchst …?«

»Geh nur, ich schaffe das schon«, sagte Hilla und erhob sich von dem Schemel, um den Nachbarn zur Tür zu bringen. Danach huschte sie über die Treppe zu Gero und Ortwyn in den Keller hinunter.

Das Bild, das sich ihr bot, als sie den Kellerraum betrat, ließ sie erstaunt innehalten. »Was macht ihr da?«

Ortwyn und Gero hatten die Fässer in den Raum hineingezogen und sich an der Wand dahinter zu schaffen gemacht. Velten lag bewegungslos hinter den beiden Weinfässern, bis an die Ohren zugedeckt mit alten Leinensäcken. Gero hielt einen Ziegelstein in der Hand, während Ortwyn dort, wo er den Stein herausgelöst hatte, mit der Spitze eines Feuerhakens kratzte.

»Wir haben schon gehört, dass es nur Roland war und nicht Annos Soldaten!«, rief Ortwyn über die Schulter.

Verwirrt sah Hilla von einem zum anderen. »Wozu habt ihr ein Loch in die Wand gemacht?«

»Um einen gewissen Ring darin verstecken zu können«, sagte Ortwyn und strich mit der flachen Hand über die Stelle. Er sah stolz zu Hilla auf. »Niemand kommt auf den Gedanken, dass dieser Stein ein Geheimnis verbirgt. Selbst wenn sie das ganze Haus durchsuchen und die Truhen durchwühlen, bis sie *auf den Hund kommen*, den Ring findet niemand.«

Ja, dachte Hilla erleichtert, das ist die beste Lösung. Sie gewährt uns Aufschub. In wenigen Tagen wird unser Vater zurück sein und entscheiden, was zu tun ist. Bis dahin wird uns niemand des Diebstahls beschuldigen können.

Kapitel XVII

Die Kölner feierten drei Tage und drei Nächte lang, dass auch ihnen gelungen war, was die Wormser vorgemacht hatten: den verhassten Erzbischof aus der Stadt zu jagen. Dann aber mussten sie feststellen, dass Anno aus anderem Holz geschnitzt war als sein Amtskollege aus Worms.

Anno kehrte zurück.

Auf seiner Flucht vor den rebellierenden Kölnern hatten ihn und seine drei Begleiter vier schnelle Pferde in Richtung Norden nach Neuss getragen.

Im ganzen Land hatte sich – schneller als der Morgen anbrechen konnte – die Nachricht von Annos Vertreibung aus der Domstadt verbreitet, und die ländliche Bevölkerung hatte voller Entsetzen und Empörung über die abscheuliche Behandlung ihres Erzbischofs reagiert. In ihren Augen war es ein schändliches Verbrechen gewesen, den Diener Gottes, der sich durch Freigebigkeit gegenüber den Armen, durch tiefe Frömmigkeit und durch unnachsichtiges Bestrafen von Übeltätern ausgezeichnet hatte, zu verjagen.

Zu Tausenden und Abertausenden hatten sich die Landleute zusammengerottet. Kein Mann, der mit einer Waffe umgehen konnte, hatte sich dem Ruf verweigert. Sie hatten den zunächst noch zögernden Erzbischof bedrängt und schließlich davon überzeugt, die Stadt mit Waffengewalt zurückzuerobern. Schließlich hatte er eingewilligt.

Am Samstag, dem sechsundzwanzigsten April des Jahres 1074, dem vierten Tag nach seiner Flucht, rückte Anno, geschützt und gestärkt von einem stattlichen Heer, vor die Stadt.

Beim Anblick dieser riesigen Menge bis an die Zähne bewaffneter und kampfbereiter Menschen hinter Anno waren die Kölner mit einem Schlag nüchtern. Sie erwachten aus ihrem Rausch, ihre Wut begann zu schwinden, und sie erschraken über ihr eigenes Tun. Weil sie sich vor Annos Vergeltung fürchteten, schickten sie auf der Stelle Boten zu Anno, um sich schuldig zu bekennen und ihm Friedensangebote zu unterbreiten.

Anno empfing die Abgesandten, und sie teilten ihm mit, dass die Kölner jede Strafe auf sich nähmen, wenn er nur ihr Leben schonen würde. Zwar belegte Anno zunächst alle mit dem Kirchenbann, doch dann zeigte er sich wider Erwarten gnädig und versprach, den aufrichtig Reuigen die Vergebung nicht zu versagen. Diejenigen, die ihn ehrlichen Herzens um Verzeihung bitten wollten, lud er zur Feier des Hochamtes nach Sankt Georg.

Die Kirche, die er selbst hatte erbauen und dem heiligen Georg weihen lassen, lag außerhalb der römischen Stadtbefestigung – dort würde er sich sicherer fühlen als in der Stadt.

Voller Reue und Demut zogen die Kölner scharenweise zu Anno, barfuß und mit kratzenden Büßerhemden aus grober Wolle auf den nackten Körpern.

Mitten unter ihnen ging mit gesenktem Kopf der Kaufmann Fischer, der Vater von Hilla, Gero und Velten. Als die Nachricht von Annos Vertreibung und der Rolle, die sein Ältester dabei gespielt hatte, ihn in Arnheim erreicht hatte, war er sofort aufgebrochen, und drei Tage nach dem Aufstand waren er, seine Frau und die kleine Cilly an Bord seines Schiffes im Hafen von Köln angekommen.

Den Bußweg nach Sankt Georg ging er ohne seine Familie. Seine Frau, die Zwillinge, Cilly und Velten, dessen schwere Kopfverletzung nur langsam heilte, waren im Haus an der Hohe Straße geblieben.

Annos Begleiter, die frommen Landleute, gewährten den reuigen Städtern auf den Straßen und Gassen nur murrend freien Durchlass. Nur allzu gern hätten sie den Aufsässigen an Ort und Stelle eine gehörige Tracht Prügel verpasst.

Sie fanden die Milde und Güte des Erzbischofs völlig unangebracht und glaubten, sein Verhalten würde die Ruchlosen nur noch zu weit schlimmeren Taten ermuntern. Manche schubsten und stießen die Barfüßigen, und auch der Vater von Velten, Hilla und Gero bekam einige Püffe ab.

Weil Anno fürchtete, dass die aufgebrachten Landleute zu gewaltsamen Taten schreiten würden, dankte er ihnen freundlich für ihre Hilfsdienste und drängte sie, in Frieden heimzugehen. Der schwierigste Teil sei durch ihre Hilfe gut bewältigt worden, ab jetzt sei seine Haustruppe durchaus in der Lage, ihn zu schützen. Ob er nun lebe oder sterbe, sein Dank sei ihnen für alle Zeiten gewiss.

Nur widerwillig machten sie sich auf den Heimweg.

Den reuigen Kölnern aber, die zu ihm nach Sankt Georg gekommen waren, befahl er, sich am nächsten Tag im Dom einzufinden, um für ihre – wie er es ausdrückte – ungeheuren Verbrechen die Buße nach *kanonischem Recht* in Demut auf sich zu nehmen. Längstens drei Tage wollte er ihnen Frist geben, zu ihm zu kommen und zu bereuen. Er selbst bezog sein Nachtquartier vorsichtshalber in Sankt Gereon außerhalb der Stadt.

In dieser Nacht, der Nacht zum Sonntag, versammelten sich die Primores Civitatis an einem geheimen Ort. Einer von ihnen war der Kaufmann Fischer. Sie berieten sich und entschieden, sich niemals mehr Annos Willkürherrschaft unterzuordnen. Sie schworen sich gegenseitig, alles zu tun, um ihre Freiheit zu erhalten, zu festigen und auszubauen. Diese Schwurvereinigung der *Burgenses* sollte durch den Schutz des Königs abgesichert werden.

Deshalb brachen sie alle noch in derselben Nacht nach Worms auf, um von König Heinrich Hilfe gegen das Wüten des Erzbischofs zu erbitten.

Es sollen Hunderte gewesen sein, die heimlich, still und leise aus der Stadt flohen.

*

»Es ist doch nicht zu fassen, wie verpeilt sich dieser Anno aufgeführt hat. Der hat so was von übertrieben.« Ben ist empört. »Unser Pastor zum Beispiel, der pfeift uns Messdiener zwar auch schon mal zurecht, wenn einer zu spät kommt, aber der würde uns doch nicht gleich den Kopf abreißen.«

»Das kannst du nicht miteinander vergleichen«, sagt Hartmut.

»Damals ging es ganz anders zu. Jeder hatte in der Gesellschaft seinen festen Platz. Die Menschen hatten keine Fragen zu stellen, sondern zu gehorchen. Es war tatsächlich ein ungeheuerliches Verbrechen, sich dem Befehl eines Übergeordneten zu widersetzen, schon gar dem eines Erzbischofs. Keiner durfte es wagen, seine Entscheidung zu kritisieren oder sogar dagegen zu handeln. Damals galt: Sei gehorsam und demütig. Die Rebellion der Kölner, die der Kaufmannssohn Velten auslöste, war einer der ersten Versuche, sich gegen diese Ordnung zu stellen. Einer der ersten Schritte in Richtung Demokratie.«

»Was genau heißt eigentlich Demokratie?«, will Alina wissen.

»Das Wort kommt aus dem Griechischen und bedeutet so viel wie Volksherrschaft. In einem demokratischen Land bestimmt die Mehrheit der Bevölkerung durch freie Wahlen, was gemacht wird. So etwas kannte man damals nicht. Damals bestimmte der, der oben war – der König eben oder ein Erzbischof wie Anno.«

Alina begreift. »Und der Aller-aller-Oberste war der König? Zu dem sind die Kölner Kaufleute geflohen, damit er ein Machtwort sprechen soll?«

»Stimmt.«

»Und Anno? Der hat sich das doch bestimmt nicht bieten lassen.«

»Nein, das hat er sich nicht bieten lassen. Er ist ziemlich ungemütlich geworden und hat …«

»Und hat den Velten an den Pranger stellen lassen?«, fällt ihm Lukas ins Wort.

»Das hätte er möglicherweise getan, aber er …«

»Aber auch Velten ist in der Nacht abgehauen?«

»Nein, Lukas …«

*

Velten konnte nicht fliehen: Es ging ihm schlecht. Sehr schlecht. Seine Kopfverletzung machte ihm trotz der guten Pflege seiner Schwester zu schaffen. Immer wieder fiel er in traumlose, schwarze Tiefen, in denen keine Zeit zu existieren schien. Dann, wenn er erwachte, hatte er so hohes Fieber, dass er glaubte, im *Fegefeuer* und nicht in seinem Bett zu liegen.

Sein Vater war mit den anderen Männern der Schwurgemeinschaft auf dem Weg nach Worms zu König Heinrich, seine Mutter, seine Geschwister sowie die Mägde und Knechte hielten sich im Haus versteckt, hatten Fenster und Türen verriegelt.

Köln, vierhundert Hektar groß und mit vierzigtausend Einwohnern die volkreichste deutsche Stadt in dieser Zeit, war über Nacht fast zur Einöde geworden.

Die Stadt hielt den Atem an.

Drei Tage herrschte dieses schaurige Schweigen in den leeren Straßen Kölns. Dort, wo bisher Menschen dicht an dicht gedrängt gingen, zeigte sich jetzt kaum jemand. Jeder in der Stadt fürchtete die furchtbare Rache des Erzbischofs. Jeder fürchtete um sein Leben.

Am frühen Morgen des dritten Tages machten sich Hilla und ihre Mutter auf den Weg zu Anno nach Sankt Gereon. Sie warfen sich vor ihm auf die Knie und flehten ihn an, Gnade vor Recht walten zu lassen. Die Mutter bot Anno das Schiff, das Haus, ja sogar das ganze Vermögen, würde er ihren Sohn verschonen und ihm das Leben lassen.

Doch es war bereits zu spät.

Die Lehnsherren des Erzbischofs waren zu dieser Stunde bereits ohne das Wissen ihres Herrn in die Stadt gezogen, weil sie die Schmach nicht länger ertragen wollten. Sie drangen in die Häuser der Geflohenen ein, plünderten sie, steckten sie in Brand. Die Menschen, die ihnen begegneten, nahmen sie gefangen und legten sie in Ketten.

Eines der ersten Häuser, das sie stürmten, war das von Ohm Hennes. Doch es war leer. Fuss und Bätes, die beiden Knechte, hatten längst das Weite gesucht. Es hieß, sie hätten sich mit einem Boot davonmachen wollen, aber sie wären in den Fluten des Rheins ertrunken.

Hilla und ihre Mutter machten sich voll verzweifelter Sorge auf den Rückweg.

Sie hetzten in banger Ahnung zu ihrem Haus. Von unten, aus

dem Dunkel des Kellers, kam ihnen Ortwyn entgegen. Sein Gesicht war von blankem Entsetzen verzerrt. Stumm hob er die Hände, bewegte sie, als wolle er etwas Unsichtbares fortwischen. Da trat hinter ihm Velten hervor. Er tastete sich, mit beiden Händen an den Wänden Halt suchend, Stufe um Stufe hinauf.

»Dem Herrn sei Dank!«, jubelte die Mutter in grenzenloser Erleichterung, stürzte ihrem Ältesten entgegen, riss ihn in die Arme, lachte und weinte gleichzeitig vor Glück.

Doch es heißt nicht umsonst, Glück und Leid wohnen eng beieinander.

»Mutter«, schluchzte Velten auf, und seine Stimme klang so spröde, dass seiner Mutter das Blut in den Adern stockte.

Da erst erkannte sie, was die Leute des Erzbischofs ihrem Sohn angetan hatten: Sie hatten ihm mit glühenden Eisen die Augen ausgebrannt.

18. Kapitel

Die Kinder sitzen schweigend und mit hängenden Schultern da. Sie lauschen, als warteten sie nur darauf, dass Hartmut sagt: »Nein, so war es nicht. Das habe ich mir nur ausgedacht. In Wirklichkeit ging die Sache gut aus.«

Aber Hartmuts ernste Miene lässt keinen Zweifel zu.

Es ist still in der Kabine. Nur die Wellen, die gegen die Bordwand schlagen, machen ein glucksendes Geräusch. Keiner von ihnen spricht ein Wort. Selbst Ben, der sonst so aufbrausende Ben, schluckt und tut so, als würde er sich die Haare aus der Stirn streichen, in Wirklichkeit wischt er sich verstohlen mit dem Handballen über die Augen.

»Wie grausam«, sagt Alina schließlich, und ihre Stimme klingt dünn. »Ganz, ganz furchtbar grausam.«

Lukas kann es nicht glauben. »Ist das wirklich wahr? Wurde Velten damals tatsächlich so hart bestraft?«

Hartmut nickt. »So hat es ein Geschichtsschreiber überliefert. Vor fast tausend Jahren, im Mittelalter, war das Blenden – so nannte man diese Strafe – nicht ungewöhnlich. Es kam schon ab und zu vor, dass Übeltäter auf diese grausame Art büßen mussten. Normalerweise wurde natürlich erst ein Prozess abgehalten, und an dessen Ende verkündete ein Richter das Urteil. Das muss in diesem Fall wohl anders gelaufen sein. Ihr könnt das ja mal in Büchern selbst nachlesen.«

Plötzlich schallt vom anderen Rheinufer Musik zu ihnen herüber. »Hey! Hey! *Ahl Säu!*«, singen die Bläck Fööss.

»Oh neiiin!« Alina springt wie elektrisiert auf und stürzt zum Bullauge, als die Wellen den Gesang und rhythmisches Samba-Getrommel zu ihnen herübertragen. Alina spürt, wie jetzt ihre Tränen, die Velten gegolten haben, über ihre Wangen laufen und für einen Wimpernschlag wie Glasperlen am Kinn hängen bleiben, um dann auf ihr T-Shirt hinabzutropfen. Sie sieht nur verschwommen durch den Tränennebel, schnieft und reibt sich über die Augen.

Dann umklammern ihre Hände den Metallrahmen des Bullauges, und ihre Nase klebt förmlich an der Glasscheibe.

Eben noch hatte ihr Herz gebrannt, wund vor Schmerz über den Ausgang der Geschichte, jetzt beginnt es, mit den Trommeln im Takt zu schlagen, und Empörung kriecht langsam aus ihrem Bauch den Hals hinauf, als sie zur anderen Rheinseite hinüberstarrt, ungefähr dorthin, wo die elf großen weißen Buchstaben in die Wiese gepflanzt zu sein scheinen: TANZBRUNNEN.

»Oh nein!«, wiederholt sie. »So ein Mist! Sie haben nicht auf dich gewartet, Hartmut!«

»*Mer bruche keiner, keiner dä uns sät …*«, singen die Bläck Fööss.

»Tsss … Sie haben tatsächlich ohne ihn angefangen!«, empört sich jetzt auch Bille.

»*Mer bruche keiner, dä de Schnüss opmät, dä se besser halden dät …*«, dringt der mehrstimmige Gesang durch das geschlossene Bullauge. Hartmut atmet tief ein und sieht dabei aus, als ob er nur mit Mühe ruhig bleiben kann.

Ben knetet seine Hände und lässt dabei die Knöchel knacken, was Alina auf die Palme bringt. »Haaach! Ben! Lass es!«, faucht sie.

»Schulz«, grummelt Ben und tippt sich dabei mit dem Daumen gegen die Stirn.

Auch Lukas kann sich jetzt kaum noch beherrschen. Er versucht, durch das Fenster einen Blick auf die Band zu werfen, muss aber feststellen, dass man die Bühne vom Rhein aus nicht sehen kann. Er zappelt hin und her. »Jetzt hocken wir schon drei Stunden hier drin. Das macht mich so … so furchtbar kribbelig. Immer nur warten, warten, warten. Wir müssen doch irgendwas tun, oder?«

Hartmut verrückt seinen Stuhl, sodass er aus dem Bullauge aufs Wasser sehen kann. Er wirkt ziemlich angespannt. Trotzdem versucht er die Kinder zu beruhigen. »Wir dürfen jetzt nicht die Nerven verlieren. Es wird bestimmt nicht bis zehn Uhr dauern, bis die Besatzung an Bord zurückkommt. Ich bin sicher, dieser Fleet hat das nur behauptet, um uns einzuschüchtern.«

Ben knurrt vor sich hin: »Und ich bin sicher, dass ich gleich die Platze kriege. Erst die Jagd nach dem Ring, dann dieser Spacko, der uns mit der Knarre bedroht und hier einsperrt, und dann noch diese schreckliche Bestrafung von dem armen Velten, der doch nur sein Eigentum verteidigen wollte.« Bens Stimme wird immer lauter. »Außerdem kriege ich einfach keine Luft mehr in dieser engen Bude hier. Zum Ersticken. Und so tierisch heiß. Ich will auf der Stelle hier raus. Und wenn ich die Tür zu Klump hauen muss.«

Wie von Sinnen springt er plötzlich mit einem beachtlichen Satz vom Hochbett, federt auf dem Boden nach und tritt mit einem lauten »Ha!« voller Wucht von unten gegen die Türklinke. Dann schreit er noch lauter »Au!«, denn er hat sich am dicken Zeh mächtig wehgetan.

Bille schlägt erschrocken die Hände vor den Mund. »Was war das denn, Ben? Karate?«

Ben hält die Luft an und presst die Lippen aufeinander. Sein Gesicht wird flammend rot vor unterdrücktem Schmerz und Wut über seinen Ausraster.

Selbst als Alina besorgt seinen Arm tätschelt und sagt: »Ben, setz dich lieber und versuche dich zu beruhigen. Das hat doch sicher tierisch wehgetan«, kann er sich kaum beherrschen.

Er boxt mit der Faust einmal kräftig gegen die Schranktür. »In dieser blöden Kabine auf diesem blöden Kahn kann man noch nicht mal den blöden Schrank aufmachen«, grummelt er und lässt sich mit schmerzverzerrtem Gesicht auf das untere Bett fallen. »Und selbst wenn ... Bestimmt sieht es im Schrank nicht anders aus als in der Kabine hier: Alles paletti, alles auf der Reihe, alles klinisch rein.«

»Und was, wenn der Ring doch da drin ist?«, fragt Bille. »Sollen wir ihn nicht lieber mal ...?« Sie macht eine Handbewegung, die ›Aufbrechen‹ bedeuten soll.

Hartmut winkt ab. »Lasst das lieber später die Polizei machen. Die werden die Kabine schon noch auf den Kopf stellen. Dann wird sich alles aufklären.«

Lukas gibt ihm Recht. »Das glaube ich auch. Und außerdem: Der Typ war zwar ziemlich von der Rolle, aber ich bin trotzdem sicher, dass er uns nicht ausgerechnet in demselben Raum eingesperrt hätte, in dem auch der Ring ist. Nee, nee, der hat den Ring ganz woanders versteckt.«

Das bringt Bille auf eine Idee. »So ordentlich und korrekt wie dieser Fleet ist, hat er ihn vielleicht sogar bei den Wertgegenständen im Schiffssafe deponiert. Das wäre so unauffällig, als würde man einen Baum im Wald verstecken.«

»Das ist keine schlechte Idee«, überlegt Alina. »Das würde ich dem Typen glatt zutrauen.«

Bille muss plötzlich laut lachen. »Wisst ihr was? Meine Oma hat in ihrem Haus auch einen Safe. Aber sie legt nie etwas Wertvolles rein. Sie sagt immer, wenn bei mir einer einbricht, wird er zuerst den Safe knacken. Soll er doch! Wenn er ihn endlich offen hat und feststellt, dass nichts drin ist, wird er ein dummes Gesicht machen.«

»Meine Oma steckt ihr Gespartes auch lieber unter die Matratze, als es zur Bank zu bringen«, sagt Ben, stutzt, und dann ruft er plötzlich: »Momabi!«

»Was?«

»Moment mal bitte«, sagt er und scheucht die Freunde mit einem Handwedeln vom Bett hoch. »Wenn meine Oma ihr Geld unter der Matratze versteckt, dann hat der Typ hier vielleicht auch irgendwas drunter.« Ben verzieht das Gesicht vor Schmerz, als er aufsteht, dann packt er die Matratze und reißt sie mit einem kräftigen Ruck hochkant. Hartmut kann gerade noch das Kopfkissen schnappen, bevor es das gleiche Schicksal erleidet wie die Schlafdecke, die auf den Boden rutscht.

»Pfff …«, schnauft Ben enttäuscht. »Nur so 'n blödes Lattenrost drunter.«

Trotzdem beginnt er nach der unteren auch die obere Matratze zu untersuchen, indem er von unten mit dem Zeigefinger zwischen den Latten herumstochert. »Nee, hier ist auch nix«, sagt er.

»Was hast du erwartet, Ben?«, lästert Bille. »Den Ring, den Schlüssel für die Kabinentür oder die Panzerknacker, die sie für uns aufbrechen?«

Ben knurrt etwas Unverständliches und lässt sich schwer auf das untere Bett plumpsen.

»Du hättest es vielleicht doch besser mit Zaubern versucht«, stichelt Bille, woraufhin Ben die Hände ausbreitet und mit theatralischer Geste »Schlüssellus appararus!« ausruft.

Alina tippt sich gegen die Stirn und lacht. »Lass das ja nicht den Nemann hören, der gibt dir dafür in Latein glatt eine sieben.«

Dann hebt sie die heruntergefallene Decke vom Boden auf, schlägt sie nach kurzem Ausschütteln einmal quer und einmal längs zusammen und wirft sie mit Schwung über Ben. Mit ausgestreckten Armen bittet sie Hartmut, ihr das Kopfkissen, das noch auf seinem Schoß liegt, zuzuwerfen.

Sie fängt es, schüttelt es kurz auf und summt dabei die Melodie des Veedelsliedes mit, das jetzt über die Wasseroberfläche fünfstimmig zu ihnen herüberschallt. »*Wat och passeet, dat eine es doch ...*«

»KLONK!«

Aus dem Kissenbezug ist etwas herausgefallen und hart klirrend auf den Boden geschlagen.

»Oh!«, sagt Alina, und »Oh!« sagen auch die anderen.

Nur Ben, der unter der Decke hervorlugt, sagt: »Ich werd bekloppt! Ist das etwa der Schlüssel für die Tür?«

»Sieht ganz so aus, als wolltest du Harry Potter Konkurrenz machen«, sagt Alina, und Ben scheint es, als klänge in ihrer Stimme eine Spur Bewunderung mit. Plötzlich tut sein Zeh gar nicht mehr so weh. Alina hebt den Schlüssel auf und dreht ihn zwischen den Fingern.

Es ist nicht die Art von Schlüssel, die in das Schloss einer Schiffskabinentür, aber ...

Alina wirft über die Schulter einen Blick auf den Schrank.

Na los, probier's mal, scheint Hartmuts Handbewegung ihr sagen zu wollen, und Ben fordert ganz direkt: »Mach hinne!«

Ihre Hand zittert leicht, als sie den Schlüssel in das Schloss steckt und umdreht. Mit einem leisen »Klick« schwingen die Türen auf, und der Schrank gibt sein Geheimnis preis.

»Ach nee! Seht mal! Was haben wir denn da?«, sagt Alina überrascht und zieht eine dunkelblaue Reisetasche aus dem untersten Fach. »Ist sie das nicht?«

»Das ist sie!« – »Ja, genau!« – »Na klar!«, rufen Lukas, Ben und Bille aufgeregt durcheinander.

»Das ist was?«, fragt Hartmut.

»Diese Tasche«, erklärt Alina und lässt sie an den Henkeln wie ein Beutestück baumeln, »diese Tasche hatte unser sauberer Herr Fleet dabei, als er heute Mittag auf der Hohe Straße mit Caruso zusammenrasselte.«

»Bist du sicher?« Hartmut sieht sie skeptisch an. »Solche Taschen gibt es wie Sand am Meer, und eine sieht aus wie die andere.«

»Mach sie mal auf, Alli!«, bittet Ben. »Vielleicht ist der Anno-Klunker ja doch noch drin.«

Alina zippt am Reißverschluss, kramt ein bisschen im Inneren herum, fischt nacheinander ein paar der Gegenstände heraus und kommentiert sie. »Ein Fernglas, schwarze Mütze, eine Bürste mit Horngriff, ein Deo-Stift, schwarze Sportschuhe … ach, und das hier: ein schottischkariertes Brillenetui. Na bitte! Alles da!«

»Und der Ring?«, fragt Hartmut. »Ist er auch dabei?«

Alina hat die Tasche bereits kopfüber umgedreht und den restlichen Inhalt über dem Boden ausgeschüttet. »Nö«, sagt sie enttäuscht. »Auch in den Seitentaschen nichts. Schade.«

Während sie die verstreuten Sachen aufsammelt und wieder einsteckt, begutachtet Bille den restlichen Schrankinhalt.

»Sehr übersichtlich«, sagt sie trocken.

»Ja, wirklich. Von unten bis oben nichts als Nichts. Bis auf das hier«, sagt Ben, der groß genug ist, um in das oberste Regalfach zu sehen. »Wenigstens hat er ein kleines bisschen Kultur«, grinst er und zieht etwas Schwarzes heraus, das sich als lederner Kulturbeutel entpuppt.

»Mach das Teil mal auf«, sagt Bille. »Vielleicht ist der Ring da drin.«

»Glaub ich eher nicht«, zweifelt Ben, wirft aber trotzdem einen Blick hinein. »Der hat unseren Ring längst vertickt. Seht ihr! Hier drin sind echt nur Zahnpasta, Seife, Haargel, Nageletui und so 'n Zeugs.«

Enttäuschung schleicht sich in ihre Gesichter, und passend zu ihrer Stimmung singen die Bläck Fööss auf der anderen Rheinseite *»Indianer kriesche nit …«*

»Ist aber zum Heulen«, bemerkt Lukas niedergeschlagen.

»Sagtest du ›ein Nageletui‹? Kann ich's mal sehen?«, bittet Hartmut.

Ben ist irritiert. »Willst du dir jetzt die Nägel feilen?«, fragt er, aber dann dämmert ihm ganz langsam, wozu man eine Nagelfeile auch benutzen könnte, und er grinst breit. »Schraubenzieher! Du willst mit der Nagelfeile die Schrauben von dem Bullauge lösen, ja?«

»Man könnte es versuchen«, antwortet Hartmut und untersucht aufmerksam die Nagelfeile, die Ben inzwischen aus dem Etui gezogen hat. »Stabil genug scheint sie zu sein. Willst du es probieren, Ben?«

Genau das will Ben. Natürlich. Schließlich hat er schon ganz anderes aufgemacht. Er werkelt nur wenige Minuten an dem Bullauge herum, und schon hat er die Schrauben gelöst. Mit lässigen Bewegungen und einem stolzen Seitenblick auf Alina lässt er das runde Fenster in das Kabineninnere schwingen.

Gerade in diesem Moment erschallt drüben auf der anderen Rheinseite tosender Applaus. Es wird gejubelt und geklatscht, und es erscheint ihnen beinahe so, als würde der Beifall nicht den Bläck Fööss, sondern einzig und allein Ben gelten.

Die hereinströmende warme Luft erscheint ihnen nahezu wie ein frischer, frühlingshafter Bergwind: rein und belebend. Alle atmen tief ein und fühlen sich für einen Moment wie berauscht. Caruso stellt sich auf die Hinterbeine, reckt die Nase in den Wind und schließt dabei die Augen, als würde er die frische Luft endlos in sich aufsaugen wollen.

Endlich ein Erfolgserlebnis – wenn auch nur ein kleines. Ein winziger Schritt in die Freiheit.

»Toll, Ben!« Alina und Bille klopfen anerkennend auf Bens Arm, und er ist nahe daran, sich zu verbeugen.

Als drüben die Bläck Fööss ein neues Lied beginnen, kreischt Alina begeistert auf: »Katrin! Das ist Katrin!«

Dieses Lied könnte Alina im Schlaf, und wenn es sein müsste sogar rückwärts, singen, weil es schon damals im Kindergarten der Lieblingssong von ihr und ihrer besten Freundin Katrin war. Sie haben es mindestens hunderttausendmal zusammen gesungen – ach was, nicht gesungen, gebrüllt, gegröhlt, gequietscht haben sie es, Katrin und sie.

Und auch jetzt noch kann Alina den Text Wort für Wort mitsingen: »*Oh, oh, Katrin, ich han mich verlore ...*«, und Caruso gefällt das so gut, dass er ihren Gesang mit einer sehr speziellen Hundearie begleitet.

»*Verlore an dich ...*« schmettern auch Ben und Lukas stimmgewaltig und textsicher.

Bille, die das Lied noch nicht kennt, summt die Melodie, fasst die Jungs kurz entschlossen am Arm und beginnt zu schunkeln. Die beiden machen sogar mit.

Hartmut sieht ihnen zu und freut sich, weil die Kinder mal wieder vergessen, dass sie sich immer noch auf einer Art schwimmendem Gefängnis befinden.

19. Kapitel

Plötzlich erfasst ein Vibrieren das ganze Schiff.

Sie spüren es zunächst als Kribbeln unter ihren Füßen, dann wird es stärker, und schließlich zittern Wände und Boden.

»Was ist das?«, fragt Alina erschrocken und sucht mit den Händen Halt an der Bordwand. »Ein Erdbeben?«

»Der Motor«, sagt Ben. »Jemand hat den Dieselmotor hochfahren lassen.«

»Sagt bloß, wir legen ab?« Bille wird hektisch und stürzt zum offenen Bullauge. »Seht doch mal raus! Ich glaube, wir fahren, oder?«

Aber der Blick auf den Rhein erweist sich abermals als trügerisch. Das Wasser, das schnell am Schiff vorbeifließt, erweckt nur den Eindruck, das Schiff würde stromaufwärts fahren. Als sie die Gebäude am anderen Ufer fixieren, wird ihnen schnell klar, dass sie sich nicht von der Stelle bewegen.

»Ich nehme an, dass die Mannschaft zurückkommt. Vielleicht hat der Kapitän den Motor anwerfen lassen, um das Schiff näher an die Mauer heranzubringen, damit die Leute leichter an Bord kommen können«, sagt Hartmut.

»Wie spät ist es denn jetzt eigentlich?«, fragt Lukas.

Hartmut wirft einen Blick auf seine Uhr. »Viertel nach acht.«

»Von wegen ›das Personal hat bis zehn Uhr frei, und die Passagiere kommen nicht vor Mitternacht zurück‹. Der Typ hat den totalen Stuss erzählt«, sagt Ben.

»Dann sollten wir mal wieder Krach machen, damit uns einer entdeckt und wir befreit werden«, schlägt Alina vor.

»HILFEEE!!!«, schreit sie so laut sie kann aus dem offenen Bullauge, aber sie erkennt sofort, dass ihre Stimme gegen die Musik und das Motorendröhnen nicht ankommt.

Auch Ben ruft laut um Hilfe, schlägt ein paar Mal mit der Faust gegen die Tür und muss sich sehr beherrschen, um nicht wieder dagegen zu treten.

Caruso findet das alles sehr spaßig, er hopst um ihre Füße herum und singt dabei: »Miiihhh … njiiihhh … miiihhh …«

Bille tritt ganz nah ans Bullauge heran, steckt zwei Finger in den Mund und pfeift so laut hinaus, dass den anderen die Ohren wehtun. Lukas nickt anerkennend: »Cool, Bille! Davon kriegt man ja Gänsehaut auf dem Trommelfell! Kannst du mir das beibringen?«

Bille strahlt ihn an. »Klar! Kann ich.« Und während sie Lukas die olympiareife Pfeiftechnik erklärt und Ben immer wieder gegen die Tür trommelt, sieht Alina aus dem Bullauge zur anderen Rheinseite hinüber, wo die Bläck Fööss »Leev Linda Lou« spielen und die Leute auf der Wiese dazu Rock 'n' Roll tanzen. Weiter rechts, auf der Mauer vor dem alten Messegebäude, sitzen ein paar Liebespärchen, halten Händchen, knutschen oder schauen einfach nur selbstvergessen auf das Stadtpanorama.

Alina seufzt. In ihrem Bauch, ziemlich genau in der Mitte, fühlt es sich an, als würde sich ihr Magen zu einer zentnerschweren Bleikugel zusammenziehen. Als dann plötzlich auch noch das Schlingern und Schaukeln des Schiffes zunimmt, scheint die Kugel unbedingt nach oben steigen zu wollen.

Alina schluckt.

»Geht es dir nicht gut?«, fragt Hartmut besorgt.

»Doch, doch. Geht schon. Ich habe mir nur gerade überlegt, ob wir von den vielen Menschen drüben nicht doch ein paar auf uns aufmerksam machen können. Die da drüben zum Beispiel« – Alina zeigt auf die Pärchen, die wie aufgereiht auf der Mauer schräg gegenüber sitzen – »die sind zwar ziemlich weit weg, aber sie könnten uns vielleicht trotzdem entdecken.«

»Die haben was anderes zu tun. So viel Krach können wir gar nicht machen, dass die auf uns aufmerksam würden«, sagt Ben und grinst.

Alina will aber noch nicht aufgeben. »Okay, sie hören uns nicht, weil die Musik so laut ist. Aber wir könnten irgendwas tun, damit sie uns sehen. Vielleicht das Bettzeug aus dem Fenster werfen, mit dem Kopfkissen winken, oder so.«

Ben grinst noch breiter. »Glaub mir, das würden die auch nicht bemerken. Die haben 'ne rosarote Brille auf.«

Und weil Ben sie so komisch ansieht, erwidert sie ein bisschen trotzig: »Wenn sie nur auf Rosarot abfahren, dann müssen wir eben mit was Rosarotem winken.«

Ben legt den Kopf ein wenig schräg und zeigt auf die Brusttasche von Alinas Latzhose. »Kannst ja Frau Kunerts Luftballons aufblasen und aus dem Fenster fliegen lassen.«

Alina vergisst das Atmen. Sie starrt Ben mit großen Augen an und haucht schließlich bewundernd. »Also weißt du, Ben. Manchmal bist du ein echtes Genie.«

Ben wird es butterweich ums Herz. In seinem Kopf schunkeln die Gedanken zur Musik, und er fühlt, dass sein Gesicht die Farbe der eben erwähnten Luftballons annimmt.

»Na ja …«, grummelt er verlegen. »Wenn du meinst … eh … was genau meinst du eigentlich?«

Plötzlich ist die Bleikugel aus Alinas Bauch verschwunden, sie fühlt sich wie befreit, federleicht, und ihre Gedanken flitzen wie geölt. In ihren Gehirnwindungen knistern und prasseln die Geistesblitze so schnell, dass ihr Mund mit diesem Tempo nicht Schritt halten kann.

»Ren hat Becht … eh … Ben hat Recht!«, verhaspelt sie sich vor lauter Aufregung, sprudelt aber gleich weiter: »Wir pusten Frau Kunerts Partyballons auf und schreiben mit Hartmuts Autogrammstift ›Hilfe‹ drauf. Aufsteigen lassen geht leider nicht, weil wir kein Helium einfüllen können, aber wir können sie aus dem Bullauge werfen. Sie werden dann auf dem Rhein schwimmen, und weil sie so schön rosarot sind, wird der ein oder andere sie entdecken. Wenn wir auch noch ein bisschen Glück haben, wird irgendwer die Polizei rufen.«

Erwartungsvoll schaut sie die anderen an. »Na? Was sagt ihr?«

»Nicht schlecht!«, muss Lukas zugeben. »Aber die Sache hat einen Haken. Wenn die Ballons einmal auf dem Wasser sind, werden sie ziemlich schnell vom Schiff weggetrieben. Wenn sie in Mülheim schwimmen, kann keiner mehr sagen, woher sie kommen, also kann uns auch keiner finden.«

»Kein Problem!« In Alinas Kopf scheint es weiterzuknistern. »Wir binden sie ganz einfach an.«

»Nee, ist schon klar«, unkt Ben. »Wir haben ja in der Ballontüte auch mindestens hundert Meter Schnur zum Anbinden.«

»Blödmann«, sagt Alina und bemerkt nicht, dass er sie nur ein bisschen zanken will. Sie deutet auf seine Schuhe. »Hundert Meter Schnur sind zwar nicht in der Tüte, aber in deinen Quadratlatschen.«

»Tolle Idee!«, begeistert sich Bille. Und ohne zu zögern, beginnt sie damit, die Schnürsenkel ihrer eigenen Sportschuhe zu lösen. »Meine sind zwar nicht so meterlang wie Bens, aber wir hätten dann immerhin schon vier.«

Jetzt will Lukas natürlich nicht nachstehen. »Ich mach auch mit. Mit meinen sind es dann schon sechs Stück. Wenn wir die zusammenknoten, kommen wir sicher auf fünf Meter Länge.«

Alina hebt einen Fuß hoch und weist auf ihre und Hartmuts Sandalen. »Tut mir echt Leid, aber Hartmut und ich können nicht mithalten.«

Caruso hat die ganze Zeit über auffallend still an der Kabinentür gesessen. Jetzt trippelt er ganz nahe an Bille heran, schnüffelt an ihren Schuhen und sieht ihr interessiert beim Herausziehen der Bänder zu.

»Na, du!«, sagt sie und tätschelt seinen Kopf. »Du denkst wohl, es geht jetzt Gassi.«

»Mist!«, entfährt es Alina schuldbewusst. »Das haben wir total vergessen. Der arme Kerl war schon seit Stunden nicht mehr auf der Wiese.«

»Ein Grund mehr, jetzt mal richtig Gas zu geben«, sagt Bille entschlossen und reicht Alina ihre Schnürsenkel. »Hier, bitteschön. Gib mal die Ballons rüber, Alli! Ich helfe dir beim Aufpusten.«

Als Alina das Plastiktütchen öffnet, stellt sie fest, dass nicht nur ein Beutel mit zehn rosaroten Ballons darin ist, sondern auch ein extragroßer, rubinroter in Herzform und zwei kleinere, weiße, die perlmuttartig schimmern. »Dreizehn Stück, Bille«, freut sie sich. »Das kann kein Zufall sein. Das ist Magie. Fällt dir nichts auf?«

»Nö!«

»Die Dreizehn! Unsere Glückszahl! Wir haben doch beide an einem dreizehnten Geburtstag.«

»Können wir jetzt vielleicht mal anfangen«, drängelt Lukas,

dem das Gerede von Glückszahlen und Zufällen zu viel wird. »Einer pustet auf, einer beschriftet und einer bindet sie an, okay?«

»Jetzt halt mal die Luft an«, sagt Alina und drückt dem Bruder einen der rosa Ballons in die Hand. »Du brauchst deine Puste für diese Dinger und nicht für dumme Sprüche.«

Nach fünf, sechs kräftigen Atemzügen ist der Ballon prallvoll, und Lukas verknotet die Öffnung. Bille schreibt in dicken Buchstaben »HILFE« rundherum und gibt den Ballon an Alina weiter, die ihn an die Schnürsenkelleine bindet.

Alina reicht den Ballon an Ben, der ihn wie ein rohes Ei zwischen den Händen hält und zum Bullauge trägt, um ihn hinauszuwerfen.

»PENG!«

Der Knall klingt wie ein Pistolenschuss und lässt alle vor Schreck zusammenfahren.

»Er – das – ich –«, stammelt Ben, nahe daran die Fassung zu verlieren.

»Du kannst nichts dafür«, sagt Hartmut und fährt mit den Fingerspitzen am Rahmen der Fensteröffnung entlang. »Der Ballon war zu groß für das Bullauge. Außerdem scheint der Rand etwas rau zu sein.«

»Tja, da war'n es nur noch neun«, sagt Lukas und greift zum nächsten rosaroten Ballon. »Vielleicht sollte ich die anderen halb so groß machen.«

»Halt, Lukas! Warte!«, bittet Alina. »Wenn sie kleiner werden, können wir sie zwar durch das Ding da stecken, aber sie werden aus Entfernung nicht so gut gesehen. Und schließlich kommt es uns genau darauf an. Ich denke, es wird besser sein, sie draußen aufzublasen.«

»Wie? Draußen?«, fragt Ben. »Und wie soll Lukas da rauskommen, wenn nicht mal 'n Ballon durchpasst? Sogar du bist dafür nicht dünn genug, Alli.«

Alina wirft Bille einen Blick zu, der ausdrücken soll, was sie von diesem Satz hält.

Kurz darauf knotet Lukas den nächsten Ballon zu. Er hatte sich beim Aufpusten nur wenig nach vorn beugen müssen, damit der Ballon außerhalb des Schiffes an Größe gewinnen konnte.

Das Ergebnis – ein praller, schöner Luftballon – kann sich sehen lassen.

Es ist allerdings nicht einfach, ihn an dem Schnürsenkel zu befestigen, weil der leichte Wind ihn unruhig zappeln lässt. Gerade als Lukas glaubt, es geschafft zu haben, und ihn beschriften will, rutscht er aus der Schlinge heraus und lässt sich vom Wind in die Freiheit tragen. Es scheint, als würde er übermütig über die Wellen hopsen, gerade so, als hätte er Freude daran, Lukas' Händen entkommen zu sein.

Enttäuscht sehen die Kinder ihm nach.

»Da war'n es nur noch acht«, sagt Lukas mit einem Seufzer. »Jetzt darf aber nix mehr schief gehen.«

Bille betrachtet die restlichen Luftballons, die Alina auf dem Tischchen nebeneinander aufgereiht hat: ein großer, roter Herzballon, zwei kleine, weiße und acht rosa Ballons. »Insgesamt jetzt nur noch elf!«, sagt sie. »Alli, sieh mal! Es sind elf. Elf wie November. Dreizehnter Elfter, unser Geburtstag.«

Die beiden Mädchen zwinkern sich zu, als Lukas und Ben genervt die Augen verdrehen.

»Wir sollten die Ballons vor dem Aufpusten beschriften«, schlägt Alina vor. »Und dann auch nicht das ganze Wort ›Hilfe‹, sondern immer nur einen Buchstaben, den aber mehrmals und groß. Das kann man besser sehen. Auf den ersten schreiben wir vorne und hinten H, auf den zweiten I, auf den dritten L, auf den vierten F und auf den fünften E« – Alina tippt fünf Finger ihrer Hand an – »macht zusammen: H-I-L-F-E. Und wenn dann Leute auf einem Schiff vorbeifahren, können sie es lesen.«

»Das ist eine sehr gute Idee«, lobt Hartmut, und auch Lukas und Ben sind beeindruckt.

»Ich denke, wir beschriften erst mal die restlichen rosa Ballons. Wir haben noch acht, brauchen aber nur fünf. Da ist es nicht so schlimm, wenn noch einer platzt oder wegfliegt, denn wir haben drei in Reserve. Und wenn das nicht reicht, können wir auch noch die weißen dazunehmen«, sagt Lukas und beginnt ein dickes H auf Vorder- und Rückseite des ersten Ballons zu schreiben.

»Eigentlich schade, dass wir nicht mehr von den weißen haben«, sagt Bille, die weiße und rosarote Ballons abwechselnd hintereinander sortiert. »Wir könnten sie sonst wie zu einem altmodischen Rettungsring zusammenbinden. Das wäre doch sicher ein Super-hingucker.«

»Ring ist gut«, lacht Alina. »Das hat was. Annos Bischofsring hat uns in den ganzen Schlamassel reingebracht, und ein Ring aus Luftballons soll uns helfen, wieder rauszukommen.«

»Ta-ta-ta-taaa!«, posaunt Ben. »Die Geburt einer großartigen Idee! Wir machen einen Ring aus den Ballons, einen Rettungsring.«

»Warum eigentlich nicht? Wenn wir beim Aneinanderknoten sparsam mit den Schnürsenkeln umgehen, müsste das eigentlich gelingen«, sagt Alina und legt die Ballonhüllen auf dem Tisch zu einem Kreis zusammen. Zum Schluss fügt sie den dicken roten Herzballon wie einen Schmuckstein hinein und platziert rechts und links davon je einen der beiden perlmuttweißen Ballons.

»Toll!«, sagt Lukas anerkennend. »Wenn sie alle aufgeblasen sind, wird das Ganze wirklich wie ein Ring mit dickem Rubin aus-sehen. Beinahe wie der, nach dem wir suchen.«

Jetzt erkennen die anderen es auch.

»Also los!«, sagt Ben. »Lasst mich mal ran. Ich hab die meiste Puste.«

Fast hätte Alina »Angeber!« gesagt, aber sie kann sich gerade noch rechtzeitig auf die Zunge beißen.

Ben geht sehr dicht ans Bullauge, atmet tief ein und pustet vor-sichtig den Ballon mit dem großen H draußen vor dem Bullauge auf. Immer wieder kontrolliert er ihn und schätzt ab, wie viel Luft der Ballon noch zu fassen vermag. Schließlich verknotet er ihn mit dem Ende des Schnürsenkels.

Während Alina den Schnürsenkel so vorsichtig hält, als hinge ein wertvolles Juwel daran, pustet Ben schon den nächsten Ballon auf, den mit dem großen I.

»PENG!«

»Da war'n es nur noch sieben«, grummelt Lukas mit Blick auf die noch übrigen rosa Ballons, die auf dem Tisch liegen.

Alina reicht ihm, ohne ein Wort über sein Missgeschick zu ver-lieren, den nächsten Ballon, auf dessen Vorder- und Rückseite Bil-le das große »I« geschrieben hat.

Diesmal pustet Ben wieder vorsichtig und kontrolliert.

Den zweiten Ballon dicht hinter den ersten zu binden ist gar nicht so einfach, zumal Ben nicht genau sehen kann, wohin seine Hände greifen, weil er beide Unterarme aus dem Bullauge strecken muss. Er legt die Bandschlinge eng um den Knoten des Luftballons, zieht den Senkel zu und lässt den Ballon los.

Als hätten die schmatzenden, gluckernden Wellen nur auf dieses Spielzeug gewartet, umschlingen sie ihn, lassen ihn auf ihren Kronen tanzen und reißen ihn mit sich fort.

»Nein!«, schreit Ben auf und fuchtelt wild mit den Händen, als könne er den Ballon damit zur Rückkehr zwingen. »So 'n Mist! Ich hab schon wieder einen verdaddelt!«

»Da war'n es nur noch sechs«, sagt Lukas achselzuckend und reicht Ben den nächsten Ballon, auf den Bille wiederum ein großes I geschrieben hat.

Diesmal geht alles gut. Auch mit den nächsten beiden Ballons, hat Ben keine Schwierigkeiten. Bald darauf sind vier ansehnlich große Luftballons an der Schnürsenkelleine verknüpft.

H-I-L-F steht auf ihnen geschrieben. Ben sieht sich um. Auf dem Tisch hinter ihm liegen noch zwei rosa Ballons. Ben fühlt sich gut. Das wird schon klappen, denkt er. Der vorletzte rosa Ballon, den er zwischen die Lippen klemmt, trägt den Buchstaben E. Gelassen pustet er ihn auf.

Beim Verknoten platscht eine Welle gegen die Bordwand, und ein Spritzer Rheinwasser klatscht in Bens Gesicht. Er zuckt erschrocken zurück, und der Ballon setzt sich mit knatterndem Rückstoß in Bewegung.

Ben starrt dem großen E nach, das meterweit nach vorn schießt, vom Wind noch einmal hochgewirbelt wird und dann rasch in den Fluten abtaucht.

»Da war es nur noch einer«, murmelt Lukas sehr, sehr leise.

Bevor Ben etwas sagen kann, drückt Bille ihm den letzten rosaroten Ballon in die Hand.

Selbst scheinbar gelassenes Schulterzucken und seine gleichmütige Miene können die anderen nicht täuschen. Sie wissen, wie nervös Ben jetzt ist. Seine Gesichtsfarbe ist von der des Ballons kaum noch zu unterscheiden, und seine zitternden Hände sind schwitzigfeucht.

Während Alina die beiden Endstücke der Schnürsenkelleine so fest in ihren Händen hält, dass die Haut unter den Fingernägeln weiß schimmert, pustet Ben den nächsten Ballon vorsichtig auf.

Diesmal geht es gut.

Die Spannung weicht, als der fünfte Ballon sich in die Reihe fügt und mit den anderen munter auf den Rheinwellen hopst. H-I-L-F-E kann man jetzt lesen.

Bille und Lukas pusten die beiden kleineren, perlmuttweißen Ballons auf und binden einen vor und einen hinter die fünf rosa anderen. Jetzt fehlt nur noch der letzte, der große, rote Herzballon.

Bei diesem muss selbst Ben sich mächtig anstrengen und seine Lungen blähen. Es ist gar nicht so einfach den großen Ballon draußen vor dem Bullauge festzuhalten und ihn zu verknoten, weil Wind und Wellen beständig an ihm zerren.

Dann endlich, endlich ist es so weit: Ben schließt die Schnürsenkel zum Kreis und verbindet die Enden miteinander. Leider sind die Schnürsenkel durch die vielen Knoten recht kurz geworden, sodass kaum noch etwas davon zum Festhalten übrig ist.

»Lass bloß nicht los!«, sagt Alina. »Wenn der Ballonring weg ist, haben wir keine Chance, früher gefunden zu werden.«

»Weiß ich doch«, knurrt Ben und klammert seine Finger um das Stückchen Schnürsenkel. »Wenn wir doch nur mehr Band hätten.«

Lukas sieht sich in der Kabine suchend um. Irgendwo muss doch eine Schnur oder etwas Ähnliches zu finden sein. Sein Blick bleibt an Bille hängen.

»Wie wäre es damit?«, fragt er Ben und zeigt mit dem Kinn auf Billes Hals. »Das wäre vielleicht das Richtige.«

»Niemals!«, entrüstet sich Bille und bedeckt blitzschnell mit der Hand die goldene Kette und den Stern-Anhänger. »Die geb ich niemals her. Die Kette ist ein Geschenk von meiner Oma.« Ihre Augen blitzen empört.

»Deine Kette will ich doch gar nicht«, sagt Lukas. »Ich meine dein Schlüsselband.«

Erst jetzt fällt es Bille wieder ein: Sie hat ja noch das blaue Nylonband mit dem Hausschlüssel um den Hals, an dem sie auch ihr Handy trug.

»Ach das! Klar, das kannst du haben«, sagt sie, zieht sich das Band über den Kopf und schüttelt danach die braunen Locken. Sie klinkt den Karabinerhaken aus dem Schüsselring, steckt die Schlüssel in die Hosentasche und reicht Ben das Band.

Ben hakt den Karabiner in den Kreis aus Schnürsenkeln, und schon hat der Luftballon-Rettungsring einen idealen Haltegurt in genau der richtigen Länge. Fünf rosa, zwei perlmuttweiße und ein dicker, roter Herzballon schwimmen auf dem Wasser, heben und senken sich mit den Wellen und können doch nicht von ihnen weggespült werden. Klar und deutlich kann jeder erkennen, von wo der Hilferuf ausgesandt wurde.

»Na bitte, das sieht doch richtig gut aus!«, sagt Ben stolz.

»Saumäßig gut!«, lobt Alina, aber Bille scheint noch nicht ganz zufrieden zu sein. Sie wiegt ihren Kopf und tritt dicht neben Ben ans Bullauge.

»Lass mich mal ran, ich hab da eine Idee …«

Ben rückt nur zögernd zur Seite – ohne das blaue Halteband auch nur für einen Augenblick loszulassen. »Pass bloß auf, dass nichts kaputtgeht!«

Bille streckt beide Hände durch das Bullauge hinaus.

»Was fummelst du denn noch an den Ballons rum?« Alina ist nervös geworden. »Hör lieber auf, bevor noch einer platzt.«

»Ich weiß doch jetzt, wie's geht. Und außerdem bin ich total vorsichtig. Nur noch eine Sekunde …«

Als sie zurücktritt, um den anderen den Blick auf den Ballonring freizugeben, strahlt sie.

»Voll cool!«, sagt Ben, der es als Erster entdeckt: Ein Smiley prangt auf dem großen, rubinroten Herzballon.

Mit Hartmuts Filzstift hat Bille ein Gesicht mit Schweineschnauze und tieftraurigem, nach unten gebogenem Mund aufgetragen.

»Für diese Sechs würde Frau Kunert dir glatt eine Eins geben, Bille«, sagt Alina.

20. Kapitel

»Hier ungefähr muss es sein, Herr Kapitän! Sehen Sie, ziemlich ungefähr genau hier!«, sagt eine schrille Frauenstimme auf dem Gang vor der Kabinentür.

Wie von der Tarantel gestochen springen Lukas, Alina und Bille auf, stürzen zur Tür und lauschen gebannt.

»Wie ich Ihnen schon gesagt habe: Als wir vorhin von diesem wunderbaren Abendessen in der Altstadt an Bord zurückkamen, wollte ich noch ein bisschen die Aussicht auf die andere Rheinseite genießen. Es war genau halb zehn, als ich an der Reling stand und dieses rosa Dings neben dem Schiff entdeckte. Es schwimmt direkt vor einer der Kabinen, und es steht ›Hilfe‹ drauf.«

Jetzt trommeln die Kinder mit ihren Fäusten gegen die Tür, rufen wild durcheinander, und auch Ben, der am Fenster stehen bleiben muss, um das blaue Band festzuhalten, schreit aus Leibeskräften mit.

»Hallo!« – »Wir sind hier!« – »Hilfe!« – »Aufmachen!«

Caruso, von dem ganzen Geschrei verängstigt, klemmt den Schwanz ein, legt die Ohren an und verkriecht sich unters Bett.

Und dann hören sie, wie draußen jemand einen Schlüssel ins Schloss schiebt und ihn umdreht. Zweimal macht es »Klick«, und endlich, endlich öffnet sich die Tür.

Vor ihnen steht der weißhaarige, stattliche Mann, den sie am Nachmittag neben Bart Fleet auf der Brücke gesehen haben. Die vier goldenen Streifen an seinen Ärmeln weisen ihn als Kapitän aus.

Er scheint von ihrem Anblick überrascht zu sein. »Ich habe euch doch schon mal gesehen … seid ihr nicht die Kinder, die heute Nachmittag an Bord gekommen sind? Was macht ihr in dieser Kabine?«, fragt er streng und betrachtet sie nacheinander, bis sein eisblauer Blick schließlich an Hartmut hängen bleibt.

Noch bevor der etwas sagen kann, schiebt sich eine ältere Dame vor den Kapitän.

»Sehen Sie, Herr Dings ... Herr Kapitän! Ich hatte Recht! Ich habe es Ihnen doch gesagt. An Bord sind blinde Passagiere, die Hilfe brauchen. Ich habe es ganz genau gesehen auf diesem Dings ... diesem Ballondings. Da! Sehen Sie selbst!« Sie deutet aufgeregt zum Bullauge, wo Ben steht und das blaue Band festhält. »Da draußen muss es sein.« Ihre Stimme schraubt sich in höchste Höhen, als sie ruft: »Huuuhhh! Wie aufregend! Ein echtes Abenteuer! Auf diesem Schiff spielen sich wirklich wundersame Ereignisse ab ...«

Eine wundersames Ereignis ist in den Augen der Kinder auch diese Frau. Sie ist klein, rundlich und von Kopf bis Fuß lila.

Die Bluse, der Rock, Strümpfe und Schuhe, das Brillengestell – alles lila. Sogar ihre gelockten, weißen Haare schimmern violett. Sie plappert ohne Unterlass, und Ben stöhnt leise »*Rappelschnüss!*«, als der Kapitän den Redefluss der lila Dame endlich mit fester Stimme unterbrechen kann.

»Einen Moment bitte, gnädige Frau. Ich möchte gern eine Erklärung von diesen Leuten.« Er sieht Hartmut erwartungsvoll an, stutzt dann, kneift die Augen zusammen, als müsse er in seiner Gedächtniskartei kramen, und sagt schließlich: »Habe ich Sie vielleicht schon einmal auf einer Bühne gesehen?«

Die lila Dame rückt ihre Brille zurecht und fixiert Hartmut nun ebenfalls von oben bis unten. Plötzlich wedelt sie mit der Hand, an der ein goldener Ring mit riesigem lila Stein funkelt, und trällert: »Ich weiiiheiiiß ... Ich hahaaab's! Sie sind doch der Dings ... eh ... na, der von diesen ... eh ... diesen bläcken Dings. Nein, wie aufregend!«

Caruso scheint an der glockenhellen Stimme der lila Dame großen Gefallen zu finden. Er hopst hechelnd um sie herum und singt dazu in den höchsten Tonen.

»Nein! Was für ein süüüßes Hündchen!«, flötet sie jetzt und bückt sich, um Caruso auf den Arm zu nehmen und an sich zu drücken.

»DAS würde ich nicht tun«, sagt Alina schnell »Das süße Hündchen könnte ganz schnell ein nasses Hündchen werden. Caruso muss nämlich dringend mal auf eine Wiese.«

»Oh!«, sagt die lila Dame mit gespitzten Lippen, setzt Caruso sehr schnell auf den Boden zurück und wischt sich pikiert über Rock und Bluse.

»Nun?«, sagt der Kapitän und sieht Hartmut auffordernd an. »Was machen Sie auf meinem Schiff?«

»Mein Name ist Hartmut Priess, und dies sind Alina, Bille, Lukas und Ben«, stellt er vor und berichtet von dem verschwundenen Ring und ihrer Suche nach dem Mann, der ihn versehentlich eingesteckt hat.

Der Kapitän hört interessiert zu, macht zwischendurch ein paar Mal »Hm …«, »Soso …« und »Tsss … unterbricht ihn aber nicht.

Auch die lila Dame lauscht gespannt. Nur einmal, als Hartmut von der Pistole erzählt, schreit sie entsetzt auf und klammert sich an den Arm des Kapitäns. Alina, die ihr am nächsten steht, könnte schwören, dass sogar ihre Augen lila sind.

Der Kapitän ist sehr nachdenklich geworden. Mit ernstem Gesicht sagt er: »Als Sie heute Nachmittag an Bord kamen, habe ich meinen Zahlmeister angewiesen, Sie nach Ihrem Anliegen zu fragen. Er kam auf die Brücke zurück und sagte, Sie hätten sich nach einem der Passagiere erkundigt, er habe allerdings keine Auskunft gegeben. Danach hätten Sie das Schiff wieder verlassen. Ich war mit etwas anderem beschäftigt und habe nicht mehr auf Sie geachtet, aber ich hatte keine Veranlassung, an der Aussage meines Zahlmeisters zu zweifeln. Jetzt sieht das allerdings anders aus.«

»Haben Sie eine Erklärung für sein eigenartiges Verhalten?«, fragt Hartmut, aber der Kapitän schüttelt den Kopf.

»Nein, das habe ich nicht. Herr Fleet fährt schon seit Jahren auf meinem Schiff, und ich schätze ihn sehr. Er war immer zuverlässig und …«

»Superkorrekt?«, fragt Ben und weist mit dem Kinn auf die megaordentliche Kabine.

»Ja«, bestätigt der Kapitän. »Superkorrekt. Genau das ist er. Der ideale Mann für die Stellung eines Zahlmeisters. Und als er mich vor ein paar Monaten bat, seinen Zwillingsbruder als Steward einzustellen, habe ich das ohne Bedenken getan. Ich dachte, so wie der eine ist, so wird auch der andere sein.«

»Es sind zwei? Er hat einen Zwillingsbruder?«, rufen die Kinder überrascht, und sofort stellt sich bei Alina wieder dieses eigenartige Gefühl ein, etwas Wichtiges übersehen zu haben.

»Ja, Bart Fleet«, sagt der Kapitän. »So heißt der Bruder meines Zahlmeisters Burt Fleet. Bart arbeitet als Steward bei uns an Bord.«

»Bart und Burt«, murmelt Bille vor sich hin. »Komische Namen.«

»Nicht in Holland«, sagt der Kapitän. »Bei uns heißen viele Männer Bart.«

»Bart Simpson heißt auch Bart«, sagt Ben. »Aber Burt?«

»Burt Reynolds, Burt Lancaster«, zählt der Kapitän auf. »Beide amerikanische Filmschauspieler.«

»Pfff …«, macht Ben. »Nie gehört.«

»Also, wie jetzt?«, fragt Lukas irritiert. »Burt ist der Zahlmeister, und Bart ist der Steward?«

»Genau. Merk dir einfach Stewbart«, sagt Ben, »dann hast du beides in einem Wort.«

»Moment mal!« Alinas Gehirnzellen arbeiten mal wieder auf Hochtouren. »Derjenige, der uns eingesperrt hat, war demnach nicht der Stewbart … eh … der Steward, sondern der andere. Der Zahlmeister mit den silbernen Streifen am Arm. Ist das nicht der, den Sie schon lange kennen und dem sie vertrauen?«

Der Kapitän zögert. »Schon, aber … Seid ihr wirklich ganz sicher? Ich kann das einfach nicht glauben.«

Vor Alinas Augen taucht plötzlich ein Bild auf: Hände. Der Mann, der auf der Hohe Straße über Caruso gestürzt war, hatte Schürfwunden an den Händen davongetragen. Aber die Hände, die den Revolver festhielten, waren unversehrt. Diese Hände trugen keinen Verband, nicht einmal ein Pflaster, hatten nicht den kleinsten Kratzer. Das war es also gewesen, was sie so irritiert hatte. Mit fester Stimme antwortet sie dem Kapitän: »Ich bin vollkommen sicher.«

»Es ist mir unbegreiflich. Ich dachte, auf Burt wäre Verlass. Nie im Leben hätte ich ihm so etwas zugetraut.« Der Kapitän zögert kurz. »Außer, er hat es getan, um …«

»Um seinen Bruder zu schützen?«, fragt Hartmut.

»Ja, das wollte ich sagen. Ich kann mir zwar keinen Reim darauf machen, aber das könnte ein Grund gewesen sein.«

»Und deshalb bedroht er uns mit einer Pistole und sperrt uns ein? Der hat ja wohl 'nen fetten Knick in der Waffel!«, empört sich Bille.

»Ich fürchte, es steckt noch mehr dahinter«, sagt Hartmut.

Der Kapitän nickt zustimmend. »Es sieht ganz danach aus. Warum auch immer er es getan hat, so etwas ist kriminell. Solche Vorfälle schaden dem Ansehen unserer gesamten Flotte. Ich werde die Polizei informieren, damit man die beiden festnimmt.«

»Wie denn? Wo denn? Die sind doch längst über alle Berge. Die sehen wir nie wieder«, winkt Ben ab.

»Vielleicht nicht«, sagt Alina. »Vielleicht haben wir aber doch noch eine kleine Chance. Denkt an die beiden Konzertkarten.«

»Ja und?« Lukas weiß nicht, worauf sie hinauswill.

»ZWEI!«, betont Alina und spreizt Daumen und Zeigefinger.

»Na klar!«, ruft Bille, der plötzlich ein Licht aufgegangen ist. »Zwei Brüder – zwei Karten!«

Lukas verzieht skeptisch das Gesicht. »Nee, Alli, das glaubst du doch wohl selbst nicht: Ein holländischer Ganove sperrt uns doch nicht für Stunden in seine Schiffskabine ein, damit er in aller Seelenruhe mit seinem Bruder zum Bläck-Fööss-Konzert gehen kann?«

Ben knufft den Freund in die Seite. »Vielleicht hat Alli doch Recht. Wer sagt denn, dass die beiden sich da amüsieren wollen. Was ist, wenn die am Tanzbrunnen ein Riesending abziehen wollen?«

»Was denn für 'n Riesending?« Lukas sieht den Freund verwundert an.

Ben zieht die Schultern hoch. »Bin ich Hellseher? Oder Ganove?«

Jetzt schaltet sich der Kapitän wieder ein. »Die Sache wird immer undurchsichtiger. Kommen Sie mit! Wir gehen auf die Brücke und verständigen von dort aus die Polizei.«

In diesem Moment dringen von der Treppe an der anderen Seite des langen Ganges aufgeregte Stimmen zu ihnen herüber. Zwei ältere Damen kommen mit unsicheren, kleinen Schritten die Stufen herunter, gefolgt von zwei Polizisten.

»Juhuuu … Greeete!«, juchzt eine der beiden Damen, als sie hinter dem breiten Rücken des Kapitäns die lila Dame entdeckt.

Sie winkt ihr mit einem spitzenbesetzten Stofftaschentuch zu und deutet aufgeregt hinter sich. »Sieh mal, wen wir mitgebracht haben! Die Polizeiheiii!«

»Juhuuu!«, ruft die lila Dame hocherfreut zurück und trippelt den Freundinnen entgegen.

Die Stimme der lila Grete hat jetzt haargenau den Ton, der an Kreidequietschen auf Schultafeln erinnert.

Der Kapitän kann sich kaum das Grinsen verkneifen, als er Ben leise sagen hört: »Mit der Stimme bräuchte die eigentlich kein Telefon, um die Polizei zu alarmieren.«

»Sind sie das?«, fragt die eine Dame und begutachtet Hartmut und die Kinder neugierig von oben bis unten. »Sind das die blinden Passagiere?«

»Es sind keine blinden Passagiere, meine Damen«, erklärt der Kapitän. »Trotzdem war es eine gute Idee von Ihnen, die Polizei anzurufen, denn genau das wollten wir auch gerade tun.«

Doch noch bevor er den beiden Polizisten schildern kann, was auf seinem Schiff vorgefallen ist, hören sie am anderen Ende des Ganges eine laute, energische Frauenstimme und das Klappern von Stöckelschuhen.

Das Erste, was sie auf den Stufen sehen, sind rosa Stöckelschuhe aus Schlangenlederimitat.

»Frau Kunert? Was machen Sie …?« Alina bleibt der Satz an den Lippen kleben, als sie hinter Frau Kunert zwei weitere Polizisten entdeckt.

»Na bitte!«, sagt Frau Kunert in diesem Moment und dreht sich triumphierend zu ihren grünuniformierten Begleitern um. »Ich hatte Recht! Das hier sind meine Schülerinnen Alina und Sibylle, und dahinten sind auch Lukas, Ben und Hartmut Priess.«

Die beiden Polizisten machen ein bedröppeltes Gesicht, denn anscheinend hatten sie nicht wirklich damit gerechnet, die Vermissten auf dem Schiff zu finden.

Nachdem ihnen Hartmut, Lukas, Ben und der Kapitän haarklein berichtet haben, was geschehen ist, nimmt Frau Kunert die Mädchen zur Seite. »Ich bin so froh, dass es euch allen gut geht. Ich hatte befürchtet, dass irgendwas Furchtbares passiert sein musste.

Hardy ist immer absolut zuverlässig, und ich war ziemlich beunruhigt, weil ich weder ihn noch euch auf dem Handy erreichen konnte.« Frau Kunert hält inne. »Was habt ihr übrigens damit gemacht? Sind sie im Rhein gelandet?«

»Das dürfte der Wahrheit wohl ziemlich nahe kommen«, seufzt Alina.

»Als ich dann euren Hilfe-Ring aus Luftballons entdeckte und auch noch den Smiley – MEINEN Sechser-Schweinchen-Smiley! – darauf erkannte, da wusste ich, dass ihr auf dem Schiff seid und Hilfe braucht.«

Aline fragt irritiert: »Wieso konnten Sie denn überhaupt die Ballons sehen? Hatten Sie nicht zu Hause die Überraschungsparty für Ihren Mann zu veranstalten?«

»Ach, da habe ich wohl etwas falsch verstanden, mit Überraschung hatten unsere Freunde etwas anderes gemeint. Sie haben meinen Mann zum Bläck-Fööss-Konzert eingeladen, weil er doch so ein großer Fan ist. Wir sind alle gemeinsam hin. Ich habe mir unterwegs regelrecht die Finger wund gewählt. Sogar bei euren Eltern habe ich angerufen, aber da hat auch niemand abgenommen. Als dann das Konzert anfing und Hardy nicht auf die Bühne kam, hab ich mir richtig Sorgen gemacht. Da war mir klar, dass etwas Schlimmes passiert sein musste.«

»Und dann haben Sie unseren rosa Rettungsring gesehen?«, fragt Bille.

»Nein, da noch nicht. Ich habe erst hinter der Bühne die Security-Männer nach Hardy und auch nach euch gefragt, aber keiner konnte mir weiterhelfen. Die wussten nur, dass ihr lange vor dem Konzert zusammen weggegangen seid. Schließlich habe ich die Polizei angerufen. Aber der Polizist am Telefon konnte mich nicht richtig verstehen, weil die Musik so laut war. Und als ich rief, dass die Bläck Fööss ohne Hartmut Priess spielen, hat er geantwortet, deshalb müsse ich doch nicht die Polizei alarmieren.«

»Der hat wohl gedacht, Sie wollten ihn auf den Arm nehmen«, sagt Bille, und Frau Kunert nickt seufzend.

»Nicht nur er. Auch unsere Freunde. Die haben sich schon komische Blicke zugeworfen, weil ich immer nur das Handy am Ohr hatte, statt das Konzert zu genießen. Später bin ich aus der Menschenmenge herausgetreten, und da habe ich etwas Merkwürdiges gesehen.«

»Unseren Rettungsring?«

»Nein, immer noch nicht. Ich habe Zik gesehen, den EXPRESS-Fotografen. Er stand auf seiner Leiter und fotografierte mit einem langen Tele-Objektiv. Aber er hielt seine Kamera nicht etwa zur Bühne hin, was normal gewesen wäre, nein, er fixierte die andere Rheinseite. Das kam mir irgendwie komisch vor. Irgendwas musste ihm dort aufgefallen sein. Und dann entdeckte ich es auch, das Schiff und den rosa Rettungsring, der daneben schwamm. Rosa Luftballons! Da hat es bei mir ›Klick‹ gemacht, und ich bat Zik, mal durch seine Kamera sehen zu dürfen.«

»Konnten Sie lesen, was auf den Ballons stand?«, fragt Alina.

»Ja. In diesem Moment war mir, als hätte jemand einen Kübel mit eiskaltem Wasser über meinem Kopf ausgeschüttet. Ich war sicher, dass nur ihr dahinter stecken konntet. Ich habe wieder bei der Polizei angerufen, und diesmal war alles klar. Jedenfalls kam ruck-zuck ein Streifenwagen und hat …«

»CARUSO!!!«

Alinas Aufschrei lässt alle zusammenfahren.

»Caruso! Stopp! Wirst du wohl stehen bleiben!« Mit ausgestreckten Armen spurtet Alina dem Terrier nach, der sich losgerissen hat und über die Treppe flitzt. Sofort laufen auch Lukas, Ben und Bille hinterher, was mit ihren schnürsenkellosen Schuhen gar nicht so einfach ist, und außerdem sind ihnen die Passagiere, die über das Promenadendeck schlendern, im Weg.

»Klick-klick! Klick-klick!«, klappert der Anlegesteg aus Metall, als Caruso von Bord läuft.

»Klack-klack!«, klappert er eine Sekunde später unter Alinas Sandalen.

Caruso saust um die beiden Polizeiautos herum, und erst ein paar Meter weiter, an dem nächstbesten Pflanzenbeet, macht er Halt, hebt augenblicklich ein Hinterbein und pinkelt mit halb geschlossenen Augen erleichtert gegen die Waschbetoneinfassung.

»Du Ausreißer!«, sagt Alina streng, als sie ihn einholt und sich nach seiner Leine bückt. Doch schon im nächsten Augenblick beißt sie sich schuldbewusst auf die Lippen. »Du armer Kerl! Daran hatte ich überhaupt nicht mehr gedacht.«

»*Dat is jet, wo mer stolz drop sin!*« Drüben auf der anderen Rheinseite vermischen sich die letzten Klänge des Stammbaum-Liedes mit dem aufbrausenden Applaus des Publikums. Alina weiß selbst nicht, warum ihr, immer wenn sie dieses Lied hört, so wohligsentimental zumute wird, so … feierlich-heimatlich. Sie steht still, starrt auf die Wellen und träumt, denn plötzlich kommen ihr ganz eigenartige Fragen in den Sinn.

Was wohl damals aus dem Erzbischof Anno geworden ist? Und Gero? Und Hilla, der sie sich so nahe gefühlt hat, als Hartmut von ihr erzählte. So nahe, dass sie manchmal fast geglaubt hatte, selbst in die Rolle der energischen Hilla geschlüpft zu sein.

»Alina?«

Sie dreht sich um. Hartmut steht neben einem der beiden Streifenwagen und winkt sie heran. Bille sitzt schon auf der Rückbank. Frau Kunert dirigiert gerade Lukas und Ben in das andere Polizeiauto.

»Sollen wir etwa mitfahren?«, fragt Alina erstaunt.

Hartmut nickt. »Wir haben den Polizisten alles erzählt. Sie sagen, es käme auf einen Versuch an. Vielleicht sind Bart und Burt tatsächlich am Tanzbrunnen. Dann können wir sie identifizieren. Wir haben allerdings nicht mehr viel Zeit: Es ist schon zwanzig vor zehn.«

Alina nimmt Caruso auf den Arm und wirft sich neben Bille auf den Platz in der Mitte. Hartmut setzt sich neben sie und schließt die Tür. Der Polizist vor ihr auf dem Beifahrersitz spricht in ein Mikrofon, und seine um ein Vielfaches verstärkte Stimme schallt über die Uferpromenade: »Machen Sie bitte den Weg frei!«

In null Komma nix weichen die Spaziergänger zur Seite und bilden eine Gasse, durch die der Wagen mit quietschenden Reifen anfährt. Sie rasen auf die Bastei zu und über die Rampe zur Rheinuferstraße hinauf. Kurz vor der Auffahrt zur Zoobrücke schaltet der Fahrer Sirene und Blaulicht ein.

Es krächzt und knackt, als der Beifahrer die Tasten des Funkgerätes drückt. »Arnold 0208 an Arnold, bitte kommen!«

»Hier Arnold an Arnold 0208. Was gibt's?«, antwortet eine tiefe Männerstimme, die man vor lauter Rauschen kaum verstehen kann.

»Der Einsatz ›Rheinschiff‹ ist beendet. Die Vermissten haben wir unverletzt auf dem Schiff ›De Zonneschijn‹ gefunden. Sie sind in einer Kabine gefangen gehalten worden, waren bei unserem Eintreffen aber bereits befreit. Dringend tatverdächtig sind Bart Fleet und sein Zwillingsbruder Burt, beide niederländische Staatsbürger …« Der Polizist gibt noch die genauen Personenbeschreibungen durch und sagt, dass sie auf dem Weg zum Tanzbrunnen sind, weil die Verdächtigen möglicherweise dort zu finden sind.

Alina dreht sich um und sieht, dass das zweite Polizeiauto ihnen dicht folgt. Noch nie in ihrem Leben hat Alina in einem Streifenwagen gesessen. Damit gefahren ist sie schon gar nicht. Und schon ganz und gar überhaupt nicht mit Sirene, Blaulicht und allem Drum und Dran. Es kribbelt auf ihrer Haut, als ob sie mit der Colorado-Bahn im Phantasialand fahren würde. Caruso ist offenbar begeistert. Er hechelt aufgeregt und ruckelt dabei schwanzwedelnd von links nach rechts. Bille scheint an der rasanten Fahrt weniger Gefallen zu finden, denn ihr Gesicht hat einen grünlich grauen Farbton angenommen.

Mit hundertdreißig Sachen geht es über die linke Fahrspur der Zoobrücke in Richtung Deutz, die erste Abfahrt im großen Bogen rechts runter und weiter um verwinkelte Ecken zum Auenweg. Hier stellt der Fahrer plötzlich Martinshorn und Blaulicht ab.

»Man darf die Pferde nicht schon vorher scheu machen«, erklärt der andere Polizist. »Wenn solche Typen auch nur den leisesten Verdacht haben, dass wir ihretwegen unterwegs sein könnten, verschwinden sie, bevor wir da sind.«

21. Kapitel

Als sie nur wenige Meter vor dem Tanzbrunnen-Eingang anhalten, ist Alina doch ein bisschen blass um die Nase geworden, und auch Hartmut atmet tief durch, als er aussteigt.

Nur Caruso ist immer noch quietschvergnügt. Er hopst herum und zerrt an seiner Leine, weil er Lukas, Ben und Frau Kunert entdeckt hat, die aus dem anderen Streifenwagen steigen.

»Bye bye my love, mach et jot«, swingt Kafis Stimme ganz nah hinter ihnen durch die Lautsprecher, und rund um den Tanzbrunnen scheint selbst die warme Sommerluft zu schunkeln, weil viele tausend Menschen mitsingen.

Vom Eingangstor her nähern sich ihnen zwei Männer.

Den einen erkennt Alina sofort. Es ist Herr Kunert, der Mann ihrer Lehrerin, der seine Frau erleichtert in die Arme schließt. »Lena! Du ahnst nicht, welche Sorgen ich mir gemacht habe, als du so plötzlich weg warst. Gerade eben erst habe ich von ihm erfahren« – er deutet auf den anderen Mann – »dass du mit der Polizei zu dem Schiff gefahren bist.«

Vom Gesicht des anderen ist nicht viel zu sehen, denn er hält eine Kamera vor seine Augen und fotografiert eifrig die Polizisten, Hartmut und die Kinder. Denen ist längst klar, dass er nur Zik, der EXPRESS-Fotograf, sein kann.

»Danke, dass Sie meinem Mann Bescheid gesagt haben«, sagt Frau Kunert und drückt Ziks Arm.

»Keine Ursache«, antwortet er und nimmt auch gleich wieder die Kamera hoch, weil ein dritter Polizeiwagen neben ihnen anhält. Einen der beiden Polizisten, die aussteigen, erkennen Alina, Lukas und Ben auf den ersten Blick wieder.

Der Polizist, der vor Wochen, als sie Julius Caesars Schwert im Keller ihres Hauses gefunden hatten, den Polizeieinsatz leitete, kommt ihnen kopfschüttelnd entgegen. »Also wirklich! Mit euch kann man immer wieder etwas Neues erleben. Wenigstens habt ihr diesmal nichts aus der Römerzeit ausgegraben.«

»Nee, aus dem Mittelalter«, antwortet Lukas.

Der Polizist lacht kurz und klopft ihm augenzwinkernd auf die Schulter. »Guter Witz, Junge!«

Dann wendet er sich seinen Kollegen zu: »Ihre Funkdurchsage vorhin hat mich aufhorchen lassen. Es fiel der Name Fleet, und ein gewisser Bart Fleet ist für uns kein Unbekannter. Ich glaube, das hier könnte eine größere Sache werden. Ich habe deshalb auch die Kollegen von der Soko Sakristei informiert. Sie sind schon unterwe…« Er hält inne, denn sein Blick ist auf Hartmut gefallen. Irritiert sagt er: »Herr Priess, was machen Sie denn hier? Sollten Sie nicht auf der Bühne sein?

»Ich war mit den Kindern auf dem Schiff eingesperrt.«

»Sie? Sie waren auch dabei?«, fragt er verwundert. Dann sieht er die Kinder nacheinander an. »Gut, dass ihr hier seid. Mit eurer Hilfe können wir diesen Bart Fleet nachher sehr schnell identifizieren und festnehmen.«

»Wir sind aber gar nicht sicher, ob die beiden wirklich hier sind«, sagt Lukas.

»Wie, die beiden? Gibt es zwei von der Sorte?« Der Einsatzleiter ist überrascht und hört dann interessiert zu, als Lukas von Bart und dessen Zwillingsbruder Burt berichtet, von ihrem Ring und von den beiden Eintrittskarten, die aus der Tasche von Bart gefallen waren.

Plötzlich sieht der Einsatzleiter skeptisch aus. »Ach, so ist das«, sagt er und überlegt einen Moment, bevor er beschließt: »Trotzdem suchen wir hier nach ihnen. Es scheint die einzige Möglichkeit zu sein, denn nachdem Burt euch in dieser Kurzschlussreaktion auf dem Schiff eingeschlossen hat, können die beiden nicht mehr dorthin zurück. Sie werden abhauen wollen, und wenn sie vorher tatsächlich noch zu dem Bläck-Fööss-Konzert gegangen sind, dann nicht wegen der Musik, sondern aus einem ganz anderen Grund.«

Als er die fragenden Blicke der Kinder sieht, erklärt er weiter: »Vielleicht wollten sie hier noch ein Geschäft abwickeln. Was eignet sich dafür besser als eine große Veranstaltung?«

»Hat dieser Bart Fleet eigentlich noch was anderes angestellt? Ich meine … wegen der Soko?«, will Lukas wissen.

Der Einsatzleiter macht eine unbestimmte Handbewegung. »Ich habe einen Verdacht.«

»Was heißt eigentlich Soko?«, will Alina wissen, und sofort wird sie von Lukas belehrt.

»Mensch, Alli! Siehst du keine Fernsehkrimis? Das ist die Abkürzung für Son-der-Kom-mis-sion.« Lukas betont die Silben.

»Und warum heißt die Soko Sakristei?«, fragt Alina den Einsatzleiter.

»Weil es um Einbrüche in Sakristeien von Kirchen und Klöstern im Rheinland geht. Wir sind schon seit einiger Zeit an diesem Fall dran. Nach allem, was wir bisher wissen, steckt eine gut organisierte Bande dahinter, die wahrscheinlich auf Bestellung arbeitet. Die Diebe gehen immer nach demselben Muster vor. Sie klettern nachts von außen an den Mauern einer Sakristei hoch, setzen die Alarmanlagen außer Kraft, schlagen ein Fenster ein, seilen sich im Inneren ab und dringen in die Sakristei ein. Sie stehlen nicht wahllos, sondern nur äußerst kostbare Gegenstände – Kirchenschätze eben. Wir wissen, dass die gestohlenen Sachen ins Ausland geschafft und dort für viel Geld an reiche Sammler verkauft werden, aber wer dahinter steckt … keine Ahnung.«

»Und jetzt nehmen Sie an, dass dieser Bart Fleet mit der Sache zu tun hat, oder?«, fragt Alina.

»Nun ja, Bart Fleet hat schon einige Male wegen ähnlicher Geschichten mit der Polizei zu tun gehabt. Es ist bis jetzt nur eine Vermutung, aber es gibt hier in eurem Fall ein paar Dinge, die vielleicht nicht auf den ersten Blick zusammengehören.«

»Was denn, wie jetzt?« Ben versteht nicht.

»Wir hatten heute Abend einige Anrufe. Zuerst meldete eine sehr verwirrt scheinende Dame, dass am Tanzbrunnen nur sechs der Bläck Fööss auf der Bühne stehen, weshalb ihre Kinder verschwunden seien.«

»Das war ich«, meldet sich Frau Kunert zu Wort. »Aber so habe ich das ganz sicher nicht gesagt.«

Der Einsatzleiter zuckt die Schultern. »Der Kollege meint, sie seien sehr schwer zu verstehen gewesen, weil die Musik im Hintergrund so laut war.«

»Und dann?«, fragt Lukas ungeduldig.

»Innerhalb von einer Stunde riefen dann drei Elternpaare an, die ihre Kinder vermissten. Dann kam der Anruf von dem holländischen Schiff.

Eine Frau meldete, dass blinde Passagiere an Bord Hilfe brauchen.«

»Das muss die lila Frau mit ihren beiden Freundinnen gewesen sein«, sagt Ben.

»Sei doch leise!«, zischt Alina. »Und weiter«, drängt sie den Einsatzleiter.

»Sekunden später rief die Dame vom Tanzbrunnen wieder an und erklärte, sie sei die Lehrerin der verschwundenen Kinder. Als mein Kollege zur Kontrolle nach den Namen der Kinder fragte, waren es wirklich sie Kinder, deren Eltern bereits Vermisstenanzeige erstattet hatten. Leider brach das Gespräch mittendrin ab.«

»Mein Akku war leer, weil ich den ganzen Nachmittag telefoniert habe, um die Kinder und Hartmut zu erreichen«, erklärt Frau Kunert. »Aber zum Glück hat Zik mir mit seinem Handy ausgeholfen.«

»Stimmt!«, sagt der Einsatzleiter. »Zik war der nächste Anrufer. Er hat uns von seiner Entdeckung, diesem Ballonring mit Hilferuf, berichtet und dann sein Handy an Frau Kunert – so heißen Sie doch, oder? – weitergegeben.«

Alina sieht ihn kopfschüttelnd an. »Ich verstehe immer noch nicht, was das mit diesen Sakristei-Diebstählen zu tun hat.«

»Die Verbindung zu den Sakristei-Einbrechern brachte erst der letzte Anruf«, sagt der Einsatzleiter. »Der Kapitän der ›Zonneschijn‹ teilte uns mit, dass neben ihm ein Passagier stehe, eine Dame, die sich nach der ganzen Aufregung vergewissern wollte, dass ihr Schmuck noch sicher im Schiffssafe liegt. Dabei hat sie festgestellt, dass ihr Schmuck zwar noch da ist, er sich aber sozusagen vermehrt habe.«

»Vermehrt? Was soll das heißen?«, fragt Frau Kunert irritiert.

»Es sei mehr im Safe, als sie hineingelegt habe. Außer ihrem Schmuckkästchen war noch ein ihr völlig unbekanntes Etui auf ihren Namen deponiert. Der Kapitän hat das Etui geöffnet und fand ein paar wertvoll aussehende Rosenkränze, kleine, goldene Kreuze mit Edelsteinen und noch mehr. Die Beschreibung passte auf ein paar der Sachen, die gestern aus einer Kirche in Siegburg gestohlen worden sind.«

Der Einsatzleiter macht eine kurze Pause und sieht alle der Reihe nach an. »Bart Fleet ist schon zweimal wegen Einbruch und Antiquitätenraub verurteilt worden.«

»Ach, nee!«, rufen die Kinder wie aus einem Mund, denn jetzt haben sie verstanden.

»Aus einer Kirche in Siegburg gestohlen?«, fragt Hartmut nach. »War es womöglich Sankt Michael?«

Der Einsatzleiter wirft Hartmut einen erstaunten Blick zu. »Ja, war es. Haben Sie von dem Einbruch gehört?«

Hartmut sieht die Kinder vielsagend an. »In Sankt Michael, im Benediktinerkloster auf dem Michaelsberg in Siegburg, ist die Grabstätte von Erzbischof Anno.«

»Nee, ne?«, staunt Ben.

Lukas wundert sich. »So 'n Riesenzufall.«

»Zufall?« Bille pustet sich eine Locke aus dem Gesicht und lächelt wissend. »Es gibt keine Zufälle! Ich bin davon überzeugt, Anno selbst hat dafür gesorgt, dass seine Sachen zusammenbleiben. Bestimmt hat er es so eingerichtet, dass wir den Dieben auf die Spur kommen.«

Lukas klappt den Mund auf, aber ihm fällt nichts ein, was er darauf erwidern könnte.

Hinter ihnen mischen sich in die letzten Töne des Liedes »*Bye bye my love, auf Wiederseeeeeehn*« stürmisches Klatschen und laute Zugaberufe.

Der Einsatzleiter bemerkt es und sieht sich ungeduldig nach allen Seiten um. »Verflixt noch mal, jetzt könnten die Soko-Leute aber wirklich kommen. Das Konzert ist gleich zu Ende«, schimpft er.

Aufs Stichwort genau biegt ein Auto um die Kurve und hält hinter den beiden Polizeiwagen an. Die Fahrerin steigt aus, begrüßt den Einsatzleiter und spricht mit ihm den gemeinschaftlichen Einsatz ab. Dann stellt er sie den anderen vor. »Das ist Hauptkommissarin Frings.«

Sie begrüßt die Kinder mit einem kurzen, freundlichen »Hallo!« und wendet sich wieder ihrem Kollegen zu. »Wie viel Zeit haben wir noch?«

Der Einsatzleiter sieht nervös auf seine Armbanduhr. »Zehn vor zehn. Es wird eng. Was meinen Sie, Herr Priess? Wie lange spielen ihre Kollegen noch?«

»Meistens hören wir nach drei bis vier Zugaben auf. Wenn es fünf nach zehn wird, drückt das Ordnungsamt auch mal ein Auge zu, aber dann muss Ruhe sein – wegen der Anwohner.«

»ZU-GA-BE! ZU-GA-BE!«, grölen hinter ihnen am Tanzbrunnen die vielen tausend Zuschauer und klatschen sich die Hände wund.

»Wir könnten Verstärkung gebrauchen«, stellt Hauptkommissarin Frings fest. Sie dreht sich zu ihrem übergewichtigen Assistenten um, der sich mittlerweile aus dem Auto geschält hat und schnaufend zu ihnen herübertrottet, und ruft ihm zu: »Pitter, sag mal in der Leitstelle Bescheid, dass sie sofort ein paar Streifenwagen zum Tanzbrunnen schicken!«

Peter macht auf dem Absatz kehrt und schiebt sich zum Autotelefon zurück.

Die Bläck Fööss legen mit der ersten Zugabe los, und die Luft am Tanzbrunnen flirrt im Samba-Rhythmus. »*Kumm loss mer danze …*«

Ben schubst Alina an und sagt: »Guck mal, der dicke Pitter!« Alina muss schmunzeln, als sie sieht, was Ben meint: Peter, der Soko-Mann, steht neben dem Wagen und lässt seine pfundigen Hüften sambamäßig kreisen, während er telefoniert.

Ein paar junge Männer, die neben dem Kassenhäuschen stehen, haben diese Tanzeinlage auch beobachtet und amüsieren sich darüber. Einer biegt sich krumm vor Lachen, ein anderer versucht die elefant-eleganten Drehungen nachzumachen, während ein dritter damit beschäftigt ist, eines der vielen Bläck-Fööss-Plakate von der Wand zu lösen. Offenbar will er es hinter dem Rücken der Polizisten klauen.

Ein paar Zuschauer nähern sich vom Tanzbrunnen her dem Ausgang. Der Einsatzleiter beobachtet sie beunruhigt und sagt:

»Hoffentlich entwischen uns die Fleet-Brüder nicht. Wir sollten näher am Ausgang stehen. Passt aber gut auf, dass sie euch nicht sehen und wiedererkennen können. Sagt sofort Bescheid, wenn ihr sie entdeckt.«

Hartmut hält ihn zurück. »Hören Sie, ich halte das für viel zu gefährlich. Nicht nur für die Kinder, sondern auch für die Zuschauer. Immerhin ist Burt Fleet bewaffnet.«

Der Einsatzleiter fährt herum und starrt Hartmut an. »Was sagen Sie da? Sind Sie sicher?«

»Absolut. Er hat uns mit einer Pistole bedroht, als er uns einschloss.«

Der Einsatzleiter flucht.

»Davon war auch mir nichts bekannt«, sagt Hauptkommissarin Frings. »Hm … das ändert natürlich alles. Mal überlegen, wie wir jetzt am besten vorgehen. Wir müssen die Sache von Anfang an ordentlich aufrollen, damit uns die Kerle nicht durch die Lappen gehen.«

Während die Polizisten sich beraten, wandern Alinas Blicke wieder zu den jungen Männern hin, die hüftschwenkend und lachend weitergezogen sind. Derjenige, der das Plakat von der Wand gelöst hat, schielt, während er es aufrollt, noch einmal über die Schulter zu den Polizisten rüber.

In Alinas Kopf beginnt ein Gedanke, Kreise zu ziehen. Erst ganz kleine, dann immer größere. So wie ein Stein, der ins Wasser geworden wird, Kreise zieht.

Aufrollen.

Von Anfang an.

Wir müssen die Sache von Anfang an ordentlich aufrollen.

Genau das hatte die Hauptkommissarin eben gesagt. Wir müssen die Sache von Anfang an ordentlich aufrollen!

Die Sache aufrollen … ordentlich aufrollen … von Anfang an aufrollen … das Plakat aufrollen … aufrollen … von Anfang an …

Irgendetwas an diesem Plakat hat sie eben gefesselt … was war es bloß? Die Erkenntnis ist zum Greifen nah, und doch ist es, als würde Alina nur die Wellen sehen, aber nicht den Stein, der sie verursacht hat. Sie fixiert eines der anderen Plakate, die noch an der

Mauer kleben, und versucht die Idee einzufangen. Dabei kneift sie so lange die Augen zusammen, bis sie wie durch ein Rohr auf den Schriftzug stiert. Bläck Fööss. Eine große Abbildung der Bläck-Fööss-CD. Sie sieht aus wie ein Autokennzeichen, ein Nummernschild: »K – BF 33«.

Köln, Bläck Fööss, dreiunddreißig Jahre. Seit dreiunddreißig Jahren gibt es die Bläck Fööss in Köln. Von Anfang an … aufrollen … ordentlich …

Billes Augen sind Alinas Blick gefolgt und auf dem Plakat gelandet. »BF!«, plappert sie los. »Das könnte auch Bille Falk heißen.«

Alina reißt die Augen auf und jubelt: »Jaaa! Das ist es!« Sie wirft die Arme um die Freundin und drückt ihr auf beide Wangen saftig schmatzende Küsse. »Bille, du bist ein Genie!«

»Na klar. Weiß ich doch«, strahlt Bille, obwohl sie keine Ahnung hat, um was es geht, und schon wird sie von Alina zu den Polizisten mitgeschleppt.

»Wir haben eine Idee, wie wir die Brüder vielleicht schnappen können«, sagt Alina.

Der Einsatzleiter und die Hauptkommissarin werfen sich skeptische Blicke zu, aber wenigstens hören sie sich ihren Vorschlag an.

»Ich weiß nicht so recht …«, sagt der Einsatzleiter, als Alina fertig ist, aber Hauptkommissarin Frings ist nicht abgeneigt.

»Warum nicht … die Idee ist prima. Eine bessere Möglichkeit sehe ich nicht. Also … ich finde, wir sollten den Versuch wagen.«

22. Kapitel

Um nicht vorzeitig von den Fleet-Brüdern entdeckt zu werden, verstecken sich Hartmut und die Kinder in einem Nebenraum hinter der Bühne. Währenddessen quetscht sich vorn Frau Kunert zwischen den dicht gedrängt stehenden Zuschauern zum Bühnenrand vor und kassiert dabei ein paar blaue Flecke, weil nicht alle ihr bereitwillig Platz machen. Aus den Augenwinkeln blinzelt sie nach rechts und links, ob zwei Männer, die Bart und Burt Fleet sein könnten, sie bemerken. Obwohl sie genau weiß, dass die Fleet-Brüder sie noch nie gesehen haben und sie deshalb nicht wiedererkennen können, ist ihr etwas flau im Magen. Ihre Finger verkrampfen sich um einen zweimal gefalteten Zettel, auf den Hartmut eine Botschaft für Bömmel geschrieben hat. Auf Bömmel kommt jetzt alles an. Ein paar Frauen werfen ihr bitterböse Blicke zu und schimpfen: »Hinge es d'r Schluss!« Eine andere ruft: »Vürdrängele jitt et he nit!«

Endlich hat sie die rotweißen Absperrgitter vor der Bühne erreicht. Sie bückt sich, klettert durch den Zwischenraum und wird auf der anderen Seite sofort von einem der Sicherheitsmänner mit grimmigem Gesichtsausdruck in Empfang genommen. Er lässt keinen Zweifel aufkommen, dass er sie gleich wieder hinausbefördern wird. Sie hält ihm den Zettel entgegen, deutet auf Bömmel und schreit: »Von Hartmut Priess!«, aber der Mann schüttelt ungerührt den Kopf. Er glaubt ihr nicht. Sie stemmt die freie Hand gegen ihn, als er sie am Arm zur Seite zerren will. Ihr Gesichtsausdruck muss in diesem Moment so ernst und entschlossen auf ihn wirken, dass er den Griff lockert und fragend zu Bömmel hochsieht. Bömmel kennt Lena Kunert seit vielen Jahren durch die gemeinsame Freundschaft zu Hartmut. Bömmel lächelt, und als er dem Sicherheitsmann zunickt, lässt der ihren Arm augenblicklich los. Bömmel macht beim Spielen ein paar Schritte zum Bühnenrand, beugt sich vor und wirft einen Blick auf den Zettel. Frau Kunert liest in Gedanken jede Zeile, die Hartmut eben eilig aufgeschrieben hat, mit.

»BÖMMEL, DIES IST KEIN SCHERZ!
UNTER DEN ZUSCHAUERN SIND ZWEI VERBRECHER.
SIE SIND BEWAFFNET.
DIE POLIZEI STEHT HINTER DER BÜHNE BEREIT.
BITTE RUFE ALLE ZUSCHAUER, DEREN NAMEN MIT »B F«
BEGINNEN (Z.B. BERND FISCHER, BRIGITTE FUCHS), AUF
DIE BÜHNE UND SCHENKE DIESEN LEUTEN EINE CD!
HARDY«

Bömmel tritt fast beiläufig vom Bühnenrand zurück. Natürlich hat er Hartmuts Schrift erkannt. Sein Gesicht zeigt keinerlei Reaktion. Frau Kunert fürchtet schon, dass er die Nachricht nicht ernst genommen hat, da nickt er ihr fast unmerklich zu. In diesem Moment hat sie es in seinen Augen gesehen: Er kennt Hartmut lange und gut genug, um zu wissen, dass er mit so etwas keinen Scherz machen würde. Trotzdem greift er, als sei nichts geschehen, weiter in die Saiten der Bassgitarre.

Die Stimmung vor der Bühne kocht und brodelt. Die Menschen singen, tanzen und lassen sich vom Rhythmus mitreißen. Sie sind völlig losgelöst und spüren, dass hier eine Band steht, die ebenso viel Spaß an dem Konzert hat wie sie. Frau Kunert beißt sich auf die Unterlippe, und als das Stück zu Ende geht, faltet sie ohne es zu wollen die Hände. Wird Bömmel es schaffen, jetzt noch, so kurz vor dem Ende des Konzertes, eine Art Preisverleihung zu improvisieren?

»ZU-GA-BE!!! ZU-GA-BE!!!«

Die rotweiße Absperrung in ihrem Rücken schaukelt unter den Händen der begeisterten Fans mit.

»ZU-GA-BE!!!«

Frau Kunert hat den Eindruck, als würden die Rufe der vielen Fans über ihren Kopf hinweg auf die Bühne fliegen, direkt in die Herzen der Musiker, die schon so viele Jahre zusammen spielen und sich immer noch mit jedem einzelnen Zuschauer freuen können.

Bömmel nimmt wie beiläufig eine der von allen Bandmitgliedern signierten CDs, die auf einem Hocker neben dem Schlagzeug liegen, löst dann sein Mikrofon aus dem Stativ und geht ein paar Schritte nach vorn. Alles geschieht so selbstverständlich, als gehöre es zum normalen Programmablauf – selbst die leicht verwunderten Blicke der anderen Bandmitglieder scheinen dazuzugehören. Bömmel steht ganz dicht am Bühnenrand und hält die CD hoch.

»ZU-GA-BE … ZU-GA-BE … ZU-GA-BE!« Die Begeisterung der Zuschauer findet kein Ende. Sie klatschen, johlen, pfeifen und lassen ihn nicht zu Wort kommen.

Lieber Gott, lass alles gut gehen, betet Frau Kunert im Stillen. Sie weiß, dass Hartmut und die Kinder jetzt irgendwo hinter der Bühne stehen und die Daumen drücken, damit Alinas Plan gelingen möge.

Bömmel legt den Zeigefinger vor den Mund und raunt augenzwinkernd: »*Nit esu laut! Söns hürt mer bes noh Düsseldorf, dat meer he in Kölle su vill Spaß han!*«

Das Publikum lacht und legt dabei noch mal kräftig an Lautstärke zu. Bömmel hebt in scheinbarer Verzweiflung beide Hände, als er ins Mikrofon ruft: »Momeeeheeent! Ich muss euch doch was saaagen! Wir haben nämlich zum Schluss noch 'ne ganz besondere Zugabe für euch. Ein richtiges Leckerchen.«

Das kommt an. Die Zuschauer heben erwartungsvoll die Köpfe.

Bömmel deutet mit dem Finger auf den Schriftzug der CD-Vorderseite und sagt: »Ihr habt euch ja sicher längst alle gedacht, dass BF die Abkürzung für Bläck Fööss ist. Wir sind aber sicher nicht die Einzigen, die mit BF anfangen. Alle BF-ler, die heute Abend hier sind, bekommen von uns eine CD mit Autogrammen geschenkt.«

Von ganz hinten brüllt eine kräftige, tiefe Männerstimme: »Hier! Ich!«

»Un? Wer bis do dann?«, fragt Bömmel.

»Bruno Friesemann!«

Bömmel winkt ihn herbei: »Kumm erop, Bruno! Su Lück wie dich söcke mer!«

An der Seite kreischen ein paar Frauen auf.

Bömmel ruft ihnen zu: »Han die leckere Mädcher do hinge och en BF dobei?«

Die Frauen deuten auf eine in ihrer Mitte, die an ihren vor Verlegenheit rot glühenden Wangen unschwer als die Betreffende zu erkennen ist, und rufen »Brigitte Feger!«

»Der heiße Feger soll raufkommen!«, lacht Bömmel. »Alle sollen raufkommen, die mit B und F anfangen. Auch wenn sie Bärbel *Feschjeseech* oder Bätes *Föttchesföhler* heißen.«

Kafi fängt leise an zu singen: »Kutt erop, kutt erop, kutt erop! La laa lala, la laa lala!«

Die anderen Bläck Fööss nehmen mit ihren Instrumenten die Melodie auf und knüpfen fast nahtlos die nächste Zugabe an.

»*Ich wor ne stolze Römer, kom met Caesars Legion*«, beginnt Peter, und Erry fährt fort: »*Un ich ben ne Franzus, kom mem Napoleon.*«

Während die Zuschauer Schulter an Schulter, Arm in Arm mitsingen und zu schunkeln beginnen, beobachtet Frau Kunert erleichtert, wie sich rechts, an der Treppe zur Bühne, ein paar Menschen versammeln und dort von zwei kleiderschrankmäßigen Security-Männern aufgehalten werden. Die beiden muskelbepackten Männer lächeln höflich. Sie wissen genau, dass sich niemand, der auch nur halbwegs bei Trost ist, ernsthaft ihren Anordnungen widersetzen wird. Es sind zehn oder elf Männer und Frauen, die sich hier eingefunden haben. Einige halten Ausweise in der Hand, um zu beweisen, dass Ihre Namen wirklich mit B und F anfangen. Aber Bart und Burt Fleet scheinen nicht dabei zu sein – jedenfalls kann Frau Kunert niemanden, auf den die Beschreibung der Zwillinge passen könnte, unter ihnen entdecken. Sie tauscht Blicke mit Bömmel, zuckt bedauernd die Schultern.

»*Mir sin wie mer sin, mir Jecke am Rhing, dat es jet, wo mer stolz drop sin.*«

Die letzten Harmonien verklingen, gehen in einem ohrenbetäubenden Applaus unter. Bömmel hält noch einmal die CD hoch, während die anderen Fööss bereits winkend durch den Vorhang in den Backstage-Bereich verschwinden. Er gibt den Security-Männern an der Treppe Zeichen, woraufhin man den Wartenden Zutritt zur Bühne gewährt. Bömmel lässt sich auf Ausweisen, Führerscheinen oder Krankenkassen-Karten die Namen zeigen und drückt jedem eine signierte CD in die Hand.

Frau Kunert steht am Fuß der Metalltreppe und sieht auf ihre Armbanduhr. Es ist genau zweiundzwanzig Uhr und drei Minuten. Nervös blickt sie sich um und versucht in dem Menschenstrom, der sich dem Ausgang entgegenschiebt, zwei junge Männer zu entdecken, die schlank, dunkelhaarig und nicht sehr groß sind und sich gleichen wie ein Ei dem anderen.

»Hallo!«

Frau Kunert erschrickt, als sich eine Hand auf ihre Schulter legt. Sie hat nicht bemerkt, dass Bömmel die Bühne verlassen hat und jetzt hinter ihr steht.

»Was war das denn für eine Aktion. Sollte das ein Test sein, ob ich gut im Improvisieren bin?«

Doch noch bevor sie etwas sagen kann, bemerkt sie, dass Bömmel an ihr vorbeisieht. Sie blinzelt über die Schulter – geradewegs in ein spinatgrünes Augenpaar. Der Mann im blütenweißen Hemd und der dunkelblauen Stoffhose ist genau so groß wie sie, schlank, hat dunkelbraunes, wie mit dem Lineal gescheiteltes Haar. Auch ohne seine Uniformjacke ist er auf den ersten Blick zu erkennen.

Der Mann daneben sieht ihm zum Verwechseln ähnlich, allerdings ist er anders gekleidet. Er trägt eine weiße Jeans, grünes Hemd und darüber eine Weste mit vielen aufgenähten Taschen.

Frau Kunert spürt, wie sich ihre Nackenhaare aufstellen, und ein eiskalter Schauer über ihren Rücken rieselt. Ohne über ihr Tun nachzudenken, lächelt sie die beiden Männer kurz an, dreht sich wieder zu Bömmel um und hört sich selbst trotzig sagen: »Aber ich heiße wirklich Barbara Frommen! Ich habe bloß keinen Ausweis dabei!«

Bömmel kapiert sofort und spielt mit. Er sagt: »Dann tut es mir sehr Leid, Barbara, aber … da kann ja jeder kommen«, und wendet sich dem Mann mit den Spinataugen zu. »Beide BF?«, fragt Bömmel lässig, und der andere hält ihm zwei Personal-Karten der »Zonneschijn« vor die Nase.

»Burt Fleet, Bart Fleet«, liest Bömmel laut vor. »Na prima! BF im Doppelpack! Sie bekommen natürlich beide eine CD. Moment noch, ich muss erst welche holen. Oder … kommen Sie doch einfach mit hinter die Bühne.«

Für einen kurzen Augenblick scheinen die beiden zu zögern, doch dann folgen Bart und Burt Fleet, ohne einen Ton zu sagen, Bömmel über die Metallstufen zur Bühne hinauf und weiter durch den Vorhang in einen angrenzenden Raum. Hier rollen zwei Tontechniker gerade Mikrofonkabel ein, ein ziemlich dicker Mann bietet den Musikern belegte Brötchen auf einem Tablett an, eine Frau sortiert einen Stapel Autogrammkarten. Alle wirken sehr entspannt, es wird gelacht, gegessen und getrunken – niemand scheint sich für Bömmel und die beiden Männer zu interessieren. Bömmel nimmt zwei CDs von einem Stapel. »Hier, bitteschön. Viel Spaß damit.«

Bart und Burt strecken gleichzeitig ihre Hände danach aus, und im selben Moment macht es »Klick! Klick!«, weil sich Handschellen um ihre Handgelenke schließen. Die beiden sind dermaßen überrumpelt, dass sie wie erstarrt stehen und keinen Mucks von sich geben.

Der Einsatzleiter hält Bart und Burt Fleet seinen Dienstausweis der Kripo Köln unter die Nase, während die angeblichen Techniker, die eben noch mit Kabelaufrollen beschäftigt waren, die beiden nach Waffen abtasten. Sie finden die Pistole, die unter Burts weißem Hemd in den Hosenbund geschoben war, und bei Bart entdecken sie einige dicke Bündel Geldscheine, die er in den Taschen seiner Weste versteckt hat.

Der Dicke stellt das Brötchentablett auf einer Bank ab und sagt: »Das war's, meine Herren. Burt Fleet, ich nehme Sie wegen Betrug und Hehlerei in mehreren Fällen sowie fünffacher Freiheitsberaubung fest!«

Hauptkommissarin Frings legt den Stapel Autogrammkarten zur Seite und präsentiert ihre Dienstmarke, bevor sie sich jedes Wort genüsslich von den Lippen gleiten lässt. »Und Sie, Bart Fleet, Sie sind festgenommen wegen Einbruch, Kunstraub und Taschendiebstahl.«

Die Fleet-Brüder bringen immer noch keinen Ton über die Lippen.

Weil alles so schnell gehen musste, hatten die Kripoleute kaum Gelegenheit, die Bläck Fööss über den Einsatz zu informieren.

»Kann mir jetzt endlich mal einer sagen, was hier eigentlich abgeht? Wo ist Hardy?«, fragt Bömmel die anderen, erntet aber von ihnen nur ratlose Gesichter und Schulterzucken.

In diesem Augenblick öffnet sich die Tür zum Nebenraum einen Spalt weit, und Alina linst vorsichtig hindurch. Caruso drängelt an ihren Füßen vorbei und steuert zielstrebig zu der Bank, auf der das Brötchentablett steht.

»Ihr könnt reinkommen, Kinder!«, ruft die Hauptkommissarin. »Alles in Butter! Wir haben beide geschnappt.«

Jubelnd stürmen Alina, Lukas, Ben und Bille heraus, gefolgt von Hartmut, dem sehr erleichterten Herrn Kunert, der seine Frau sofort in die Arme schließt, und Zik, der ein Foto nach dem anderen schießt.

Hauptkommissarin Frings zwinkert Alina zu. »Volltreffer! Ich war nicht so ganz überzeugt von deiner Idee, aber es hat funktioniert. Wie du gesagt hast: Burt ist echt superkorrekt. Wenn er was gewonnen hat, dann holt er es auch ab.«

»Gut gemacht«, sagt der Einsatzleiter und klopft Alina anerkennend auf die Schulter. »Ich muss gestehen, ich habe nicht wirklich dran geglaubt, dass die beiden überhaupt hier am Tanzbrunnen sind. Ich dachte, sie wären längst auf der Flucht.«

»Herr Fleet, das ist ja ein Vermögen, das Sie mit sich herumschleppen«, ruft Hauptkommissarin Frings erstaunt, als sie ein Bündel der Banknoten aus Barts Weste auffächert. »Haben Sie etwa hier ein krummes Geschäft abgewickelt? Ich bin gespannt auf ihre Erklärung.«

Bart macht ein verkniffenes Gesicht und schweigt. Burt räuspert sich, und seine Mundwinkel zucken nervös, als er sagt: »Wir sind wegen der Musik hier.«

Hauptkommissarin Frings lächelt süffisant. »Das glaube ich Ihnen sogar. Wenn so viele Menschen zusammenkommen, fallen zwei Ganoven mittendrin überhaupt nicht auf. Die Frage ist nur, für was haben Sie so viel Geld bekommen?«

In diesem Augenblick betritt einer der Security-Männer den

Raum, bleibt aber an der Tür stehen und ruft: »Da draußen steht noch einer. Er behauptet zwar, dass er nicht dazugehört, aber er kam vorhin mit den beiden zusammen zur Bühnentreppe. Soll ich ihn reinholen?«

»Noch einer?« Hauptkommissarin Frings scheint im ersten Moment irritiert zu sein, dann macht sie eine auffordernde Handbewegung. »Aber sicher! Ich liebe Überraschungen. Immer rein mit ihm in die gute Stube.«

Als der Mann den Raum betritt und die Fleet-Brüder in Handschellen sieht, macht er auf dem Absatz kehrt und will flüchten. Aber er prallt gegen den breiten Brustkorb des Security-Kleiderschranks, dessen hammerharte Arme ihn sofort wie Schraubstöcke umschließen.

Der Mann muss ein alter Bekannter der Soko-Leute sein, denn Hauptkommissarin Frings und ihr schwergewichtiger Kollege stutzen erst und strahlen dann über das ganze Gesicht, als sie ihn begrüßen: »Hallo, Mister Barnes! Nice to meet you again here in Cologne!«

In null Komma nix trägt auch Mister Barnes Armbänder aus Edelstahl und wird nach Waffen abgetastet.

Hauptkommissarin Frings hat leuchtende Augen, als sie Alina erklärt: »Mädchen, da ist uns dank deiner Idee möglicherweise ein ganz dicker Fisch ins Netz gegangen. Mister Barnes ist Amerikaner, schwer reich und sammelt mit seinen Millionen Dollar Antiquitäten der besonderen Art. Solche nämlich, die man eigentlich nicht kaufen kann. Wir hatten ihn schon einmal im Verdacht, einen Diebstahl in Auftrag gegeben zu haben – damals konnten wir ihm nichts nachweisen und mussten ihn ausreisen lassen. Aber diesmal könnte die Sache für uns gut aussehen.«

»Sie sieht sogar ziemlich gut aus«, meldet der dicke Pitter und hält einen Lederbeutel hoch, den Mister Barnes sich als Bauchtasche umgeschnallt hatte. »Ich habe hier drin nämlich was ganz Feines gefunden«, sagt er und fischt drei Gegenstände heraus: ein über und über mit Edelsteinen besetztes, goldenes Kreuz, ein Ring mit funkelnden Brillanten und ein Anhänger, dessen Smaragd so groß ist, dass er in einem Eierbecher Platz hätte.

Alina, Lukas, Ben und Bille halten den Atem an und starren auf die Schmuckstücke. Ihre Enttäuschung ist grenzenlos.

»Aber – das, das ist nicht der – wo –«, stammelt Lukas, aber die Hauptkommissarin wendet sich bereits Mister Barnes zu.

»Ich finde, die Sachen sehen genau so aus wie die, die gestern in Siegburg gestohlen worden sind. Was meinen Sie?«

Mister Barnes dreht den Kopf zur Seite, bläst die Wangen auf und zieht die Schultern hoch. »… don't understand«, grummelt er.

»Sie werden schon noch verstehen, wenn wir erst mal im Präsidium sind und einen Dolmetscher haben«, sagt die Hauptkommissarin.

Da mischt sich Bille ein. »So lange müssen Sie nicht warten. Frau Kunert ist unsere Englischlehrerin, und sie kann nicht nur … eh … Englisch-Englisch, sondern auch … Amerikanisch-Englisch.«

»Prima!«, freut sich die Hauptkommissarin. »Frau Kunert, teilen Sie Mister Barnes doch bitte mit, dass er festgenommen ist und dass wir ihn zum Verhör aufs Präsidium bringen. Da kann er uns in aller Ruhe erklären, woher die Klunker in seiner Gürteltasche stammen.« Süffisant lächelnd fügt sie hinzu: »Das kann er dann meinetwegen auch auf Chinesisch tun. Wir haben Übersetzer für alle Sprachen.«

»Vielleicht kommt dann ja auch raus, wo unser Ring ist …«, beginnt Alina, aber Hauptkommissarin Frings ist abgelenkt, weil ihr einer der Polizisten etwas zuflüstert.

»Aber sicher!«, antwortet sie. »Immer herein mit ihnen.«

Bevor Alina einen neuen Versuch starten kann, kommt der Moment, in dem es für die Kinder so richtig schlimm wird. Denn was sonst könnte schlimmer sein als Mütter und Väter, die plötzlich hereinstürmen, denen die Panik noch im Gesicht steht, die sich auf ihre Kinder stürzen, als hätte man sich ein halbes Jahr nicht gesehen, die sie an sich drücken, abschmatzen, mit Vorwürfen und Liebhab-Beteuerungen zugleich überschütten und ständig fragen, ob es ihnen auch wirklich gut geht und was genau denn nun eigentlich geschehen ist.

»Luki! Alli!« Die Stimme ihrer Mutter klingt erleichtert – sehen können sie sie allerdings nicht, weil ihr Vater sie so innig an sich drückt, dass ihnen fast die Luft wegbleibt.

Ein schneller Blick auf Lukas zeigt ihr, dass auch er das unausweichliche Donnerwetter fürchtet. Sie holt noch einmal tief Luft, bevor sie beginnt. »Papa, ich muss –«

Weiter kommt sie nicht, denn jetzt schließen sich die mütterlichen Arme um sie und den Bruder. »Pschschsch …«, zischt die Mutter leise. »Später!«

In diesem Moment verzeiht Lukas ihr seufzend, dass sie ihn eben Luki genannt hat.

Zum ersten Mal sehen sie Billes Mutter, die ihrer Tochter buchstäblich bis aufs Haar gleicht. Auch Frau Falk hat dunkle Locken, die sich wie Spiralen um die Schultern legen. Sie hat sogar die gleiche Angewohnheit wie Bille, sich eine widerspenstige Strähne aus dem Gesicht zu pusten. Die beiden stehen schweigend, die Arme umeinander gelegt, und lächeln sich an.

Ben wird von den starken Armen seines Vaters fast erdrückt, was ihn nicht nur atemlos, sondern auch verlegen macht. Schnell wendet er sich seiner Mutter zu. Sie ist einen ganzen Kopf kleiner als er, doch sie zieht kurzerhand sein Gesicht zu sich herunter und küsst ihn schmatzend auf beide Wangen.

»Mama, hör auf! Du bist peinlich«, grummelt Ben, weil ausgerechnet in diesem Moment Zik ein Foto von ihnen macht. Er wischt sich mit dem Handrücken die Lippenstiftspuren aus dem tomatenroten Gesicht.

Rot, allerdings vor unterdrückter Wut, sind auch die Gesichter von Bart und Burt Fleet, als sie und Mister Barnes von den Kriminalbeamten abgeführt werden.

Hautkommissarin Frings dagegen ist gut gelaunt. Sie erzählt den Kindern, dass sich Mister Barnes dank Frau Kunerts Hilfe doch noch geständig gezeigt hat. »Er war plötzlich sogar erstaunlich gesprächig und gab zu, dass er schon seit Jahren als Geschäftsmann ganz normal die Kölner Messe besucht, nebenher aber gestohlene Antiquitäten eingekauft. Keiner seiner Geschäftspartner ahnte, dass er *Böses im Schilde führte*. Auf seiner Suche nach einer speziellen ›Einkaufsmöglichkeit‹ waren ihm die Fleet-Brüder begegnet. Bart hat die bestellten Gegenstände gestohlen und sie an seinen Bruder Burt weitergegeben, der dann den geschäftlichen Teil erledigt hat.«

»Ist ja 'n richtiges Familienunternehmen«, sagt Ben.

»Das könnte man sagen«, bestätigt die Hauptkommissarin. »Mister Barnes hat erzählt, dass Burt bisher Glück gehabt hat, er ist nie erwischt worden. Bart war allerdings schon einige Male im Gefängnis. Er hat natürlich seinen Bruder nie verraten. Erst vor wenigen Monaten ist Bart wieder mal entlassen worden. Mit Hilfe seines Bruders bekam er die Stelle als Steward auf dem Schiff. Burt Fleet, der absolut korrekte und vertrauenswürdig scheinende Zahlmeister der ›Zonneschijn‹, hat ihn dem Kapitän empfohlen, und der hat ihn sofort eingestellt. So konnten die Brüder sogar noch besser zusammenarbeiten. Burt führte die Verhandlungen mit den Auftraggebern, handelte den Preis aus und gab die gestohlenen Gegenstände gegen den vereinbarten Betrag an den Kunden heraus – so wie heute Abend an Mister Barnes.«

»Ich fasse es nicht. Hartmut, du hattest also ganz Recht mit deiner Vermutung«, sagt Lukas. »Der Typ hat uns echt nur in seine Kabine eingesperrt, um uns für ein paar Stunden aus dem Weg zu räumen – weil er Vorsprung brauchte, um sein krummes Geschäft mit dem Amerikaner abwickeln zu können.«

Mit einem zornigen Blick auf die Fleet-Brüder knurrt Ben: »Wir hätten da drin verschimmeln können. Die Typen hätten sich doch nie wieder auf dem Schiff blicken lassen.«

Die Hauptkommissarin lächelt. »Sie hatten offenbar nicht vor, jemals dorthin zurückzukehren. Mister Barnes hat schon Tickets für die beiden besorgt. Während er noch einige Geschäfte erledigen musste, sollten die Brüder gleich nach dem Konzert nach Amsterdam vorausfahren und von dort aus morgen früh nach Chicago fliegen. Für Bart und Burt war der Boden in Köln zu heiß geworden.«

Alina wundert sich. »Was sollten die denn in Amerika?«

»Dort gibt es noch mehr reiche Auftraggeber. Mister Barnes hat denen die Fleet-Brüder für einen speziellen ›Job‹ empfohlen. Sie sollten für diese Leute einige besonders wertvolle Gemälde aus einem Museum stehlen.«

Ben grinst in Richtung von Bart und Burt. »Daraus wird ja nun nix mehr.«

»Es ging nur haarscharf daneben«, sagt Hauptkommissarin Frings. »Das einzige Risiko für die beiden war nämlich, dass ihr zu schnell gefunden und befreit werden würdet. Aber selbst wenn … wie hättet ihr drauf kommen können, dass sie sich ausgerechnet das Bläck-Fööss-Konzert als Treffpunkt für die Übergabe der gestohlenen Gegenstände ausgesucht haben. Bart und Burt haben alles ziemlich clever eingefädelt.«

»Aber die hatten keine Ahnung, dass Alli noch cleverer ist«, sagt Lukas nicht ohne Stolz. »Zum Glück hat sich Alli die Sachen, die heute Mittag aus Barts Reisetasche gefallen sind, genau angesehen. Die Konzertkarten und die Identity Card haben uns ja dann auf die richtige Spur gebracht.«

»Zu blöd nur, dass mir der Ring in die Tasche gef…« Alina beißt sich auf die Unterlippe.

»Welcher Ring?«, fragt prompt ihr Vater.

Alina seufzt. Sie weiß, dass jetzt die Zeit gekommen ist, um Farbe zu bekennen. Sie ahnt, dass es ein fürchterliches Donnerwetter geben wird. Und das Schlimmste daran wird sein, dass es zu Recht auf ihr niederprasseln wird, weil der Ring immer noch verschwunden ist.

Es gibt vielleicht noch eine allerletzte, klitzekleine Chance, denkt sie und sieht den Einsatzleiter beinahe flehentlich an. Ihre Stimme krächzt ein bisschen, als sie ihn fragt: »Sie sagten doch, eine Frau habe im Safe des Schiffes Schmuck gefunden, der ihr nicht gehört – Rosenkränze, Goldkreuze mit Edelsteinen und so … wissen Sie vielleicht, ob ein großer Ring mit riesigem Rubin dabei war?«

Lukas, Ben und Bille beugen sich vor, um jetzt ja kein Wort zu verpassen.

Der Einsatzleiter kratzt sich an der Schläfe und wirft einen Blick auf seine Kollegin. »Keine Ahnung … wissen Sie vielleicht …?«

Hauptkommissarin Frings zuckt die Schultern und schüttelt den Kopf.

»Welcher Ring denn nun?« Die Stimme des Vaters klingt ungeduldig.

»Äh …« Alina überlegt noch, wie sie am besten beginnen soll.

Da erklärt die Hauptkommissarin dem Vater: »Die Fleet-Brüder haben gestern aus einem Kloster in Siegburg sehr kostbare Schmuckstücke gestohlen. Burt hat ein paar davon zurückgehalten und dort versteckt, wo wertvolle Sachen am wenigsten auffallen: im Schiffssafe. Das hat bisher keiner bemerkt, aber dummerweise hat er diesmal Schmuckstücke auf den Namen eines Passagiers hineingelegt, der bereits Schmuck im Safe deponiert hatte. Als diese Dame nachsehen wollte, ob ihr Eigentum noch da ist, fand sie mehr im Safe, als sie reingelegt hatte. Dadurch fiel die Sache natürlich auf.«

»Aha«, sagt Alinas Vater, aber er lässt nicht locker. Streng blickt er von Alina zu Lukas. »Und was habt ihr damit zu tun?«

»Also, das war so …« beginnt Lukas, aber auch er wird unterbrochen.

»Britta! Kommst du?«, ruft der dicke Pitter von der Tür her. »Wir können zum Präsidium fahren. Die Typen sitzen schon im Streifenwagen.«

»Moment mal!«, ruft Bömmel. »Heißen Sie Britta Frings?«

Die Hauptkommissarin ist zuerst ziemlich verdutzt, freut sich dann aber riesig, als Bömmel ihr eine signierte CD überreicht.

»Schade, dass ich Peter heiß, und nicht Beter«, sagt der dicke Pitter mit einem Lächeln. »Sonst hätte ich auch eine CD gewonnen. Mein Familienname ist nämlich Fassbender.«

»*Pitter, do ärme Käl, do häs sojar me'm Jlöck no Pech*«, schmunzelt die Hauptkommissarin und wendet sich zum Ausgang.

»Bitte warten Sie, Frau Frings«, sagt Alina schnell. »Es gibt da noch etwas …« Sie wirft einen besorgten Blick auf ihren Vater. Hat er nicht eben eine Augenbraue hochgezogen? »Also … es ist so … wir haben heute im Römerkeller einen Ring gefunden, aber leider ist der jetzt … weg.« Ein zweiter Blick auf ihren Vater bestätigt, was sie befürchtet hatte: Sein Gesicht läuft dunkelrot an.

Zum Glück nimmt das Schicksal in diesem Augenblick eine überraschende Wende, weil an der Tür jemand versucht, sich am dicken Pitter vorbeizuquetschen und dabei laut »Juhuuu!« trällert. Die Kreidequietsch-Stimme kommt ihnen sehr bekannt vor.

»Die lila Grete!«, rufen Lukas, Alina, Bille und Ben gleichzeitig.

Dem dicken Pitter hat es die Sprache verschlagen. Er zieht den Bauch ein, reißt die Arme hoch, und die lila Grete schlüpft an ihm vorbei.

»Juhuuu! Da sind sie ja!«, juchzt sie erfreut, steuert geradewegs auf Hartmut zu und schwenkt dabei einen Stoffbeutel. »Sie, Herr Dings, sehen Sie mal, was dieser Mensch sich erlaubt hat. Das lag im Tresor. Auf meinen Namen. Gehört mir aber nicht.« Sie plappert munter weiter, und währenddessen drängen sich ihre beiden Freundinnen, der Kapitän und zwei Männer der Soko, die alle hergebracht haben, ebenfalls an Pitters Bauch vorbei. Hartmut reicht den Beutel an die Hauptkommissarin weiter, die wirft einen Blick hinein, stülpt ihn kurzerhand um und breitet den Inhalt auf einem Tisch aus. Inmitten von schimmerndem Glanz, Glitzern und Funkeln liegt ein imposanter, goldener Ring mit ungewöhnlich großem, blutrotem Stein.

»Der Ring des Anno«, haucht Alina und pickt die Kostbarkeit mit spitzen Fingern heraus.

»Steil!«, sagt Ben. »Ich hab schon nicht mehr daran geglaubt, dass wir ihn je wieder sehen.«

Hauptkommissarin Frings sieht die Kinder der Reihe nach ernst an. »Warum nur hab ich gerade jetzt den Eindruck, dass ihr mir etwas wirklich Wichtiges mitteilen wollt?«

Jetzt endlich kommt Alina dazu, die ganze Geschichte zu erzählen. Sie braucht dafür nur ein paar Minuten, denn niemand unterbricht sie, niemand stellt Fragen.

»Na prima«, sagt Hauptkommissarin Frings und wirft einen Blick auf Alinas Vater. »Dann sind deine Eltern sicher nicht nur hier, um dich und deinen Bruder wohlbehalten in Empfang zu nehmen, sondern auch, um der Polizei den Fund zu melden, oder?«

»Genau das!«, sagt die Mutter schnell und knufft ihren Mann in die Seite, bevor er auch nur einen Mucks von sich geben kann.

Alina bemerkt, dass die Hauptkommissarin ihrer Mutter einen fast verschwörerischen Blick zuwirft, als sie sagt: »Sehr vorbildlich, dass Sie der Meldepflicht so unverzüglich nachkommen. Sie dürfen Ihr Eigentum morgen auf dem Präsidium abholen. Wie ich weiß, haben sie die Archäologen ja bereits im Haus. Mit denen können Sie dann alles Weitere besprechen.«

Der Vater holt zwar tief Luft, sagt aber nichts. Er nickt nur stumm.

In diesem Moment bittet Zik mit lauter Stimme: »Ich hätte gern, dass die Kinder sich für ein Foto nebeneinander stellen.« Er dirigiert Hartmut zwischen Alina und Lukas in die Mitte und drückt ihm den Bischofsring in die Hand. »Klick!« macht die Kamera, und schon zeigt Zik auf die Mütter und Väter und bittet: »Jetzt noch eins mit den Eltern, ja?«

Als ihr Vater seine Hände von hinten schwer auf ihre Schulter legt, wendet Alina ihren Kopf zu ihm hoch. Sie versucht ein zaghaftes Lächeln. Der Blick des Vaters ist streng. Ziemlich streng. Aber … Moment mal … ist da nicht ein Zucken um seine Mundwinkel? Er drückt noch einmal ihre Schultern, zwinkert dabei ganz kurz mit den Augen und flüstert ihr zu: »Denkt aber bloß nicht, dass ihr nach dem zweiten Fund auch noch einen zweiten Hund bekommt.«

Alina erstarrt. Es läuft ihr eiskalt den Rücken herunter.

»Caruso!«, schreit sie auf. »Wo ist Caruso?«

Sie haben ihn völlig aus den Augen verloren. Wo ist er? Die Tür stand die ganze Zeit offen … Er wird doch nicht etwa …?

Alina, Lukas, Ben und Bille stürmen los.

»Caruso?«

»Caruso!«

»Caruuusooooo!«

»CA-RUUU-SOOO!!!«

Schließlich ist es Hartmut, der den Hund entdeckt. Caruso liegt, halb hinter einer Sitzbank versteckt, auf dem Boden und schnarcht. Er schläft tief und fest. Sein Bauch wölbt sich dick wie eine Trommel. Neben ihm liegt das Brötchentablett.

Es ist leer.

Wörterverzeichnis

Aapejeseech – (kölsch, Schimpfwort) Affengesicht

abgeknöpft – jemandem etwas abknöpfen, Redewendung, die ihren Ursprung im Mittelalter hat. Wertvolle Knöpfe aus Silber oder Gold, die wohlhabende Männer an ihrer Kleidung trugen, wurden von ihnen abgetrennt und statt Geld als Bezahlung verwendet.

Ahl Säu – (kölsch) alte Säue, Schlachtruf bei ländlichen Tanzveranstaltungen, den so genannten Scheunenbällen

Albe – (lateinisch *albus* = weiß) hemdartiges weißes Untergewand der liturgischen Kleidung

Anno II. – Um das Jahr 1010 in Altsteußlingen (Schwaben) geboren, im März 1056 zum Erzbischof von Köln ernannt, war gleichzeitig Reichskanzler, starb am 4. Dezember 1075. Seine Gebeine ruhen in dem von ihm gegründeten Benediktinerkloster Michaelsberg in Siegburg. Am 29. April 1183 wird er von Papst Lucius III. heilig gesprochen. Zweite Heiligsprechung 1186 durch den Kölner Erzbischof Phillipp I. von Heinsberg auf einer Generalsynode in Köln. Um diese Zeit entsteht der Anno-Schrein. Am 25. September 1949 wurden Annos Gebeine herausgenommen und in einen neuen Schrein gebettet.

Anno-Pforte – (auch Anno-Stollen) Auf dem unteren Parkdeck der »Tiefgarage am Dom« ist eine halbrunde Tuffsteinmauer zu sehen. Sie war in längst vergangenen Zeiten der Brunnen des alten Doms. Fünfzehn Meter tief ist der Schacht im Inneren. Die Mauer im Hintergrund ist das Fundament des heutigen Doms. Ein paar Meter weiter links, hinter dem Parkplatz mit der Nummer 200, sieht man ein Stück Römermauer. Der Anbau aus Ziegeln ist der Anno-Stollen, durch den Erzbischof Anno am 23. April des Jahres 1074 vor den aufgebrachten Kölnern floh.

Arnika – Die gelb blühende Pflanze ist als Heilmittel (z.B. bei Prellungen) schon sehr lange bekannt. Arnika, wie auch die hier erwähnten Kräuter Blutwurz, Ringelblume und Zinnkraut, fanden in der Heilkunst der heiligen Hildegard von Bingen (geb. in Alzey 1098, gest. 1179) besondere Bedeutung.

auf den Hund kommen – Redensart, die im Mittelalter ihren Ursprung hat. Auf Truhenböden brachte man aus Aberglauben ein Schutzsymbol – oft die Abbildung eines Hundes – an, das man nur dann sehen konnte, wenn die in der Truhe eingelagerten Vorräte aufgebraucht waren. War nichts mehr da, sah man den Hund: Man war auf den Hund gekommen.

Bart – männlicher Vorname, in Holland sehr verbreitet

Bass – (italienisch *basso* = tief, unten) In der Musik Bezeichnung für eine tiefe Stimmlage. Die tiefen Töne sind die Basis der Musik, sie haben eine tragende, stützende Funktion. Trotzdem ordnet sich der Bass in der Musik meist den anderen Stimmen unter, ist also nicht vordergründig hörbar.

Bätes – Personen, deren Namen auf -bert enden (Hubert, Engelbert, Herbert usw.) wurden/werden in Köln gern kurz Bätes genannt.

blenden – grausame Art der Bestrafung im Mittelalter: Dem Bestraften wurden die Augen ausgestochen.

Blutwurz – Die unscheinbare Pflanze aus der Familie der Rosengewächse wird in allen mittelalterlichen Kräuterbüchern beschrieben. Man nutzte ihre entzündungshemmenden und adstringierenden (zusammenziehenden) Wirkstoffe bei der Wundbehandlung.

Böses im Schilde führen – Redewendung aus dem Mittelalter. Da Ritter in ihren Rüstungen schlecht zu erkennen waren, konnte man sie nur anhand des Wappens auf ihren Schilden identifizieren. Feinde führten demnach Böses im Schilde.

Bresche – Lücke

Büggelkläuer – (kölsch) Beuteldieb, Taschendieb

Burgenses – Die Neuschöpfung dieses Wortes im Mittelalter lässt erkennen, dass in jenen Tagen das Bürgertum als eigene politische Kraft neben den Ständen des Adels und des Klerus (Gesamtheit aller katholischen Geistlichen) entstand.

Büttel – Gerichtsdiener, Häscher, Henkersknecht

BZ – Abkürzung für »Berliner Zeitung«

Cardo Maximus – Name der Hohe Straße zur Römerzeit

Cöllen – Zu Erzbischof Annos Zeiten sagten die Menschen nicht Köln, sondern Cöllen. Deshalb steht in diesem Roman an entsprechenden Stellen Cöllen in der wörtlichen Rede.

Dä Föösch muss fott – (kölsch) Der Fürst muss weg.

Dat es jet, wo mer stolz drop sin – (kölsch) Das ist etwas, worauf wir stolz sind = letzte Zeile im Refrain des Bläck-Fööss-Liedes »Unsere Stammbaum«

Dat Wasser vun Kölle es jot – Lied von den Bläck Fööss

Dress – das, was bei Mensch und Tier am Ende des Verdauungsprozesses herauskommt

düchdich – (kölsch) tüchtig, ordentlich

Eigenleute – Im Gegensatz zu den Städtern hatte die Landbevölkerung nicht das Recht, über Aufenthalt, Arbeitskraft und Güter zu bestimmen. Der Erzbischof hatte Herrenrechte an ihnen.

EL-DE-Haus – Hier war von Dezember 1935 bis März 1943 die Kölner Zentrale der Gestapo, der Geheimen Staatspolizei. Hierher wurden Kölner Juden und so genannte Staatsfeinde gebracht. Hier wurde ermittelt, verhört, gefoltert und gemordet.

Elle – altes Längenmaß, entspricht einer Länge von 85–87 Zentimetern

Fegefeuer – Nach Auffassung der katholischen Kirche eine Art Reinigungsort für die Seelen Verstorbener, bevor sie in den Himmel kommen

Feschers Köbes – Ballade der Bläck Fööss aus dem Jahr 1979, die vom Aufstand der Kölner gegen ihren Erzbischof Anno erzählt. Darin wird der junge Mann, der das Schiff seines Vaters nicht an Anno herausgab, Feschers Köbes genannt. Sein richtiger Name und auch der Name des Schiffes sind leider nicht überliefert. Den Text der Ballade schrieb Hans Knipp, angeregt durch die lebendige Schilderung von B. Gravelott und seiner mehrbändigen Familienchronik »De Feschers em hellije Kölle«, Albert Vogt Verlag. Der Text der Ballade findet sich auf Seite 218.

Übrigens: Die Geschichte von Feschers Köbes/Velten ist wirklich geschehen. Am 23. April 1074, dem Mittwoch nach Ostern, hat erstmals ein Kölner Widerstand gegen die erzbischöfliche Gewaltherrschaft geleistet. Die Handlung eines einzelnen jungen Mannes hat die Menge geeint und führte letztendlich zur Gründung des Bürgertums als eigenem Stand neben Klerus, Adel und den Bauern.

Feschjeseech – (kölsch) Fischgesicht

fiese Möpp – (kölsch) widerwärtiger Mensch

Forum Feni – Heumarkt

Föttchesföhler – (kölsch) jemand, der andere betätschelt

fott – (kölsch) fort, weg

Fuss – (kölsch) Bezeichnung für einen rothaarigen Menschen

Gademen – Verkaufsstände

Gerichtsherr – Der Erzbischof von Köln war seit dem 10. Jahrhundert der oberste Richter. Ihm unterstanden sowohl das geistliche als auch das Hohe weltliche Gericht.

Hanf – Bezeichnung für verschiedene Faserpflanzen

Hät et wih jedonn? – (kölsch) Hat es wehgetan?

Heinrich IV – Deutscher König aus dem Geschlecht der Salier, (1050–1106), der nach einem Streit mit dem Papst gezwungen war, 1077 zur Buße den berühmt gewordenen Gang nach Canossa vorzunehmen.

Hellebarde – Hieb- und Stichwaffe mit eiserner Spitze, Widerhaken und Beil

Hoffart – Hochmut, Dünkel

Hörige – vom Grundherrn abhängige, unfreie Menschen

Hungsfott – (kölsch) wörtlich: Hundepopo, erbärmlicher Mensch

Ich wor ne stolze Römer … – (kölsch) Ich war ein stolzer Römer … (Text aus »Unsere Stammbaum«)

Indianer kriesche nit – (kölsch) Indianer weinen nicht (Textzeile aus dem gleichnamigen Lied der Bläck Fööss)

irden – aus gebranntem Ton oder gebrannter Erde

Jekläbbels – Straßenkot, der die Saumkanten von Kleidungsstücken verschmutzt

Jepötts – (kölsch) anhaltendes Trinken

Judas Thaddäus – Judas Thaddäus war einer der Apostel und ein Verwandter Jesu Christi. Er war einer der beiden Jünger, denen Jesus nach seiner Auferstehung erschien. Er gilt bei Katholiken als Helfer in besonders schwierigen Anliegen.

Kanonikus – in der katholischen Kirche Mitglied eines Dom- oder Stiftskapitels

kanonisches Recht – katholisches Kirchenrecht

Kapaun – kastrierter Masthahn

Kappeskopp – (kölsch) Kohlkopf

Kontor – Büro

Kradepohl – (kölsch) Krötenpfuhl, Sumpf

Leyen – Dachschiefer

Mark – Um das Jahr 1050 bürgerte sich in Köln eine neue Gewichtseinheit ein, die Kölner Kaufleute aus Skandinavien mitgebracht hatten: die Mark. Sie löste das Pfund als Münzfuß ab. Die »Marca« wog 233 Gramm, aus einer Mark Silber konnten 144 Pfennige (siehe *Pilgrim*) geschlagen werden.

Matutinae – im klösterlichen Leben der Gottesdienst zwischen fünf und sechs Uhr morgens. In späteren Zeiten wurde die Bezeichnung Matutinae in Laudes, das Morgenlob, geändert.

Mer bruche keiner, dä uns sät … Mer bruche keiner, dä de Schnüss opmät, dä se besser halden dät – (kölsch) Wir brauchen keinen, der uns sagt … Wir brauchen keinen, der den Mund aufmacht, der ihn besser halten sollte. Aus dem Lied der Bläck Fööss »Mer bruche keiner«

Messdiener – Jungen und Mädchen, die während des katholischen Gottesdienstes dem Priester assistieren.

Nit esu laut! Söns hürt mer bes noh Düsseldorf, dat meer he in Kölle su vill Spaß han! – (kölsch) Nicht so laut! Sonst hört man bis nach Düsseldorf, dass wir in Köln so viel Spaß haben!

Nit mih schänge – (kölsch) nicht mehr schimpfen

Novize – junger Mönch während der Probezeit

Oberländer – dickbauchige Schiffe, die Leyen (Dachschiefer) vom Mittelrhein nach Köln brachten.

Ohm – (auch: Oheim) altes Wort für Onkel, bezeichnete ursprünglich nur den Bruder der Mutter

Onder Sporenmecheren – (auch: Onder Spoirmecheren) Unter Sporenmacher, alter Name für ein Teilstück der heutigen Hohe Straße, zwischen Minoriten- und Brückenstraße

Pilgrim – Um 1027 erhielt Erzbischof Pilgrim vom Kaiser das Münzrecht. Seitdem wurde in Köln eine der führenden Währungen des Reiches geprägt, der »Kölner Pfennig«. Auf der Vorderseite zeigte er das Bild des Erzbischofs, auf der Rückseite das der Stadt »Colonia Urbs«. Die Münze war in ganz Europa verbreitet und wurde von den Kölnern Pilgrim genannt.

Pitter, do ärme Käl do häs sojar me'm Jlöck no Pech – (kölsch) Peter, du armer Kerl, du hast sogar mit dem Glück noch Pech.

Pranger – auch Schandpfahl genannt. An dem Stein- oder Holzpfahl wurden Verurteilte öffentlich zur Schau gestellt.

Primores Civitatis – die ersten Bürger einer Stadt, hier die kaufmännische Führungsschicht

Prügel – derber Stock, Knüppel

Quacksalber – einer, der Heilmethoden oder Medikamente unsachgemäß anwendet. Mit der Heilkunde war es im Mittelalter nicht allzu weit her: Bartscherer und Bader traten öffentlich als »Chirurgi« auf – mit oft schlimmen Folgen für die Kranken. Besser aufgehoben waren sie bei Mönchen und Nonnen, die in den Klöstern den richtigen Umgang mit Kräutern und anderen Heilmitteln erlernten.

Rappelschnüss – (kölsch) Plappermaul

Rappelskopp – (kölsch) aufgeregter, verrückter Mensch

Rauchwarenhändler – Pelzhändler

Regal – (lateinisch) Regalien waren im Mittelalter die ursprünglich dem König zustehenden nutzbaren Hoheitsrechte, wie z.B. Zoll-, Münz- und Marktrecht, Forst-, Jagd- und Fischereirecht und andere mehr. Regalien waren die Grundlage der Reichsfinanzen, also in etwa das, was heute Steuern sind.

Ringelblume – Von der Wirkung der Ringelblume wussten schon die Römer. Die Heilkraft der Pflanzen wird unter anderem in der Wundbehandlung genutzt.

Sag dingem huhe Här, hä künnt minge Pisspott hann, ävver nit mie Scheff! – (kölsch) Sag deinem hohen Herrn, er könnte meinen Nachttopf haben, aber nicht mein Schiff!

Sancta Colonia – Schon in der Mitte des 11. Jahrhunderts wurde Köln von Anselm in seinen »Gesta episcoporum Leodiensium« Sancta Colonia genannt. Die Stadt erstreckte sich über eine Fläche von 400 Hektar und hatte 40.000 Einwohner. Köln war im Mittelalter die größte deutsche Stadt.

Sankt Heribert – Klosterkirche in Köln-Deutz, von Erzbischof Heribert 1002/03 in den Ruinen des römischen Kastells Deutz erbaut.

Sankt Mariengraden – (lateinisch = Maria ad gradus) Stiftskirche, die nur wenige Meter östlich des Doms lag. Von Erzbischof Anno II. am 21. April 1057 gegründet, 1817 niedergerissen.

Sankt Peter – der Name des alten Doms. Schon Ende des 4. Jahrhunderts gab es an der Stelle des heutigen Doms eine christliche Kirche mit dem Namen Sankt Peter. Im Laufe der Zeit wurde dieser Bau immer wieder verändert und vergrößert. Der Baubeginn des gotischen Doms, so wie wir ihn heute kennen, war im Jahr 1248.

Schäl Sick – (kölsch) wörtlich: schielende, blinde Seite. So nennen die linksrheinischen Kölner die gegenüberliegende Rheinseite.

Schauermänner – Hafenarbeiter

Schlafittchen – (ursprünglich: Sprungfeder, auch Rockschoß) »jemanden beim Schlafittchen packen« bedeutet im übertragenen Sinn: jemanden zu fassen kriegen, um ihn zu bestrafen oder zurechtzuweisen.

sputen – beeilen

Stadtvogt – Rechts- und Verwaltungsbeamter, in Köln im Jahr 1061 erstmals beurkundet. Er untersteht dem (adeligen) Burggrafen.

stäupen – jemanden mit Ruten schlagen, Strafe im Mittelalter

Strata Lapidea – Name der Hohe Straße im Mittelalter, die einzige (fast) vollständig gepflasterte Straße in Köln. Etwa um das Jahr 1300 wurde sie in »Op deme Steynwege« umbenannt. Der Name Hohe Straße entstand erst in der Franzosenzeit, also um 1812.

Talgfunzel – schlecht oder schwach brennende Lampe, in der statt Öl oder Bienenwachs das billigere Rinder- oder Hammelfett brannte.

Treidelpferde – Kaltblüter, die an dicken Tauen vom Ufer aus über Treidelpfade die Schiffe stromaufwärts zogen. Getreidelt wurde auch mit Hilfe von Ochsen oder starker Männer.

Un ich ben ne Franzus, kom mem Napoleon – (kölsch) Und ich bin ein Franzose, kam mit Napoleon (Text aus »Unsere Stammbaum«).

verkamesöle – (kölsch) durchprügeln

Vicus Mercatorum – Das neue Stadtviertel der Kaufleute entstand, nachdem der Rheinarm zwischen dem römischen Köln und der vorgelagerten Insel nach und nach versumpfte. Danach ließen sich in diesem Bereich, östlich der Hohe Straße, christliche und jüdische Kaufleute nieder. Zu Erzbischof Annos Zeiten gab es zum Rhein hin keine Stadtmauer. Eine Befestigung durch Wall und Graben konnte erst ab 1106 nachgewiesen werden. Der Baubeginn der mittelalterlichen Stadtmauer war im Jahr 1180.

Wall – lang gestreckte Erdaufschüttung, besonders zur Befestigung einer Ansiedlung

Wallonien – Südbelgien

Zinnkraut – (auch Acker-Zinnkraut) Heilpflanze, die zu den Schachtelhalmgewächsen zählt. Sie wirkt blutstillend und gewebefestigend.

zur Sau machen – Redewendung, die im Mittelalter entstand. Damals setzte man Spitzbuben zur Strafe einen echten Schweinekopf auf und trieb sie zum Gespött der Leute durch die Straßen.

Hier wird in einfachen Worten die Vorgeschichte der Schlacht bei Worringen erzählt. Der Anno-Aufstand fand 1074 statt, die Auseinandersetzungen dauerten an und fanden dann 1288, also 214 Jahre später, ihr vorläufiges Ende. Wir wurden durch B. Gravelotts lebendige Schilderung in »De Feschers em hellije Kölle« zu der Ballade angeregt.

Die mehrbändige Geschichte der Kölschen Familie Fischer von der Zeit der römischen Besetzung bis heute ist im Albert Vogt Verlag erschienen.

Fescher's Köbes

(Originalfassung nach Vorgabe von: De Bläck
Fööss Musikverlag GmbH)

1. *De Feschers lävten em hellije Kölle*
   Et wor en Familich vun ech kölscher Art
   Mer schreff de Zick su koot vör Elfhundert
   Et Leeve trof se hatt

2. *D'r Vatter dat wor d'r Feschers Bätes*
   Hatt drei stolze Scheffe, wor Handelshär
   Hä fuhr vun Kölle bes England un Holland
   Sing Fuhre tonneschwer

3. *Singe ältste Son, dat wor d'r Köbes*
   Für dä hatt dä Bätes e Frachscheff jebaut
   Domet wor dä Köbes en Holland jewäse
   Beim Keetje, dat wor sing Braut

   Refr.: Hä wor jung un stolz, hatt e Hätz
   Standhaff un nit bang hä wor 'ne kölsche Fetz

4. *Hä wor jrad doheim, do braat im d'r Stadtvogt*
   Vum Erzbischof Anno e Schrieve vorbei
   Si Frachscheff sollt d'r Köbes im jevve
   Su einfach, als wör nix dobei

5. D'r Köbes sat: Su lang wie ich levve kritt ehr et nit
Dozo hat ehr kei Räch
Un die Kölsche, die dovun hote, die saten:
D'r Köbes, dä hät Räch

6. D'r Erzbischof Anno sprung faß us dem Wöbsche
Hä bröllte: He driev d'r Düvel si Spill
Hä dät vun d'r Kanzel janz Kölle usschänge
Dat wor dann denne Kölsche zo vill

7. Em Nu hatt sich dat wie e Für römjesproche
»Kölle dä Kölsche« heeß jetz die Parol
Erus met däm Kradeföösch us Schwobe
Schmießt en vum Bischofsstohl

8. Doch als se de Dür vum Dom objebroche
Do wor dä Anno als längs durch de Kood
Hä hatt sich durch e Pözje verkroche
Die Kölsche, die kochten vör Wot

9. Se däten ehr Wot an denne usloße
Die jrad op Besök beim Anno jewäs
D'r Feschers Köbes, dä wollt se beruhije
Un reef laut: Höt op met dem Dreß

Refr.: Hä wor jung un stolz, hatt et Hätz
Standhaff un nit bang hä wor ne kölsche Fetz

10. D'r Köbes, dä die Kölsche jefoht hatt
Dä wood jetz en janz Kölle jefiert
Doch üvver Naach, do kom d'r Anno
Met Söldner anmarschiert

11. Hä wollt zwar verjevve, doch sing Soldate
Han einfach koote fuffzehn jemaat
Se han och dä Köbes zesammejeschlage
Und han in dann en Kette jelat

12. Sing Mamm, die jing beim Anno dann bedde
Un sat: Leeve Föösch, verschont minge Jung

Ehr kritt unser Scheff un all unser Jrosche
Doch jevvt mer minge Jung

Refr.: *Denn hä es jung un stolz, hät e Hätz*
  Standhaff un nit bang hä es ne kölsche Fetz

13. *De Anklach wod vörjelese un dann passeete*
  Wat keiner verstund
  Se däten dem Köbes et Augelech nemme
  En letzte Tron em Auch im stund

14. *Dem Papp un d'r Mamm es et Hätz faß jebroche*
  Ehr Siel wod ze Stein vör Troor un vör Ping
  Blotrut stund de Sonn üvver Kölle
  D'r Köbes, dä kunnt se nit sin

Refr.: *Hä wor jung un stolz, hatt e Hätz*
  Standhaff un nit bang hä wor ne kölsche Fetz

Das Lied von »Feschers Köbes« haben wir vor fünfundzwanzig Jahren für das Album »Uns Johreszigge« aufgenommen. Die dort geschilderten Ereignisse waren für den Kampf um die Stadtfreiheit von großer Bedeutung. Auf ihren Spuren können wir den Weg bis heute verfolgen, in die offenste und freieste Gesellschaftsform, in der Kölner Bürger in den zweitausend Jahren unserer Stadtgeschichte gelebt haben.

Wir haben Eva Steins unsere Namen gern zur Verfügung gestellt, um diesen Gedanken an Schülerinnen und Schüler weiterzugeben. Mit den Figuren der Handlung sind wir allerdings nicht identisch, da sind wir einfach Geschöpfe der Autorin.
Richtig ist aber, dass wir seit vielen Jahren im Kölner Tanzbrunnen mit Schulkindern Musik machen, da ist der Roman in der Wirklichkeit angekommen.

Viel Spaß,
Bömmel und Hartmut

Wörterverzeichnis zum Lied Fescher's Köbes:

Fescher's Köbes – Jakob Fischer

lävten – lebten

em hellije Kölle – im heiligen (katholischen) Köln

ech – echt

Mer schreff de Zick – Man schrieb die Zeit

koot vör Elfhundert – kurz vor 1100

Leeve – Leben

trof se hatt – traf sie hart

Bätes – Hubert Fischer, der Vater

Keetje – Katharina

Fetz – Jung', Lümmel, gutmütig gemeint

braat – brachte

e Schrieve – ein Schreiben

jevve – geben

sat – sagte

Räch – Recht

die dovun hote, die sate – die davon hörten, die sagten

sprung faß us dem Wöbsche – sprang beinahe aus dem Gewand

He driev d'r Düvel si Spill – Hier treibt der Teufel sein Spiel

usschänge – ausschimpfen

Für – Feuer

Kradeföösch – Halbstarkenfürst, Lumpenfürst

us Schwobe – Erzbischof Anno kam aus Schwaben

wor dä Anno als längs durch de Kood – hatte sich Anno schon längst aus dem Staub gemacht

Pözje – geheime Pforte (noch heute vorhanden)

Wot – Wut

op Besök beim Anno jewäs – Anno hatte gerade Besuch vom Erzbischof aus Münster

Höt op – Hört auf

Dreß – Scheiße, Mist

jefoht – geführt

wood jefiert – wurde gefeiert

verjevve – vergeben

koote fuffzehn – aufräumen, brutal durchgreifen

Sing Mamm – Seine Mutter

bedde – beten

Leeve Föösch – Lieber Fürst (Erzbischof Anno war auch Fürst)

Ehr kritt – Ihr bekommt

jevvt – gebt mir

Augelech – Augenlicht (Köbes wurde geblendet, die im Mittelalter gebräuchliche Strafe für Hochverrat, wenn man die Todesstrafe vermeiden wollte)

Tron – Träne

Ehr Siel wod – Ihre Seele wurde

Troor un Ping – Trauer und Pein

Blotrut stund – Blutrot stand

nit sin – nicht sehen

Hier noch ein paar Tipps zum Weiterforschen:

Internet:
www.mittelalterstadt-koeln.de (Website der Monte-Kids)
www.dom-fuer-kinder.de
www.koelner-dom.de
www.blaeckfoeoess.de

Bücher:
Köln contra Köln, H.-M. Becker, J.P. Bachem Verlag, Köln 1992
Quellen zur Geschichte der Stadt Köln, Band 1, hg. von W. Rosen
    und L. Winter, J.P. Bachem Verlag, Köln 1999
De Feschers em hellije Kölle, B. Gravelott, Albert Vogt Verlag,
    St. Goar/Köln 1977
Der historische Atlas Köln, Emons Verlag, Köln 2003

Dank

Ein herzliches Dankeschön an die Bläck Fööss, ganz besonders an
Hartmut Priess, ohne den dieser Roman in der vorliegenden Form
nicht zustande gekommen wäre.

Für die vielen Tipps und Anregungen bedanke ich mich außerdem
bei Helga Alfuß, Dr. Helga Alt, Emely Camaggio (Köln/Düssel-
dorfer Rheinschifffahrt AG), Hans Knipp, den Monte-Kids der
Montessori-Schule Köln, Ruth Schulhof-Walter, Hildegard Spo-
den und Almut Stelzer.

Eva Steins
**DAS SCHWERT DES
JULIUS CÄSAR**
Köln Krimi für Pänz 6
Broschur, 192 Seiten
ISBN 3-89705-277-6

»Neugierige Pänz, eine spannende Handlung und
natürlich viel Lokalkolorit.«
Kölner Stadt-Anzeiger

»Eine spannende Zeitreise in die Vergangenheit
der Stadt, voller Rätsel und einem überraschenden Ende.«
KölnSport

»Ein Lesespaß für Jung und Alt.«
Känguru

www.emons-verlag.de